KB197903

루나시움 선물공장

로나사움 선물공장

정문경 지음

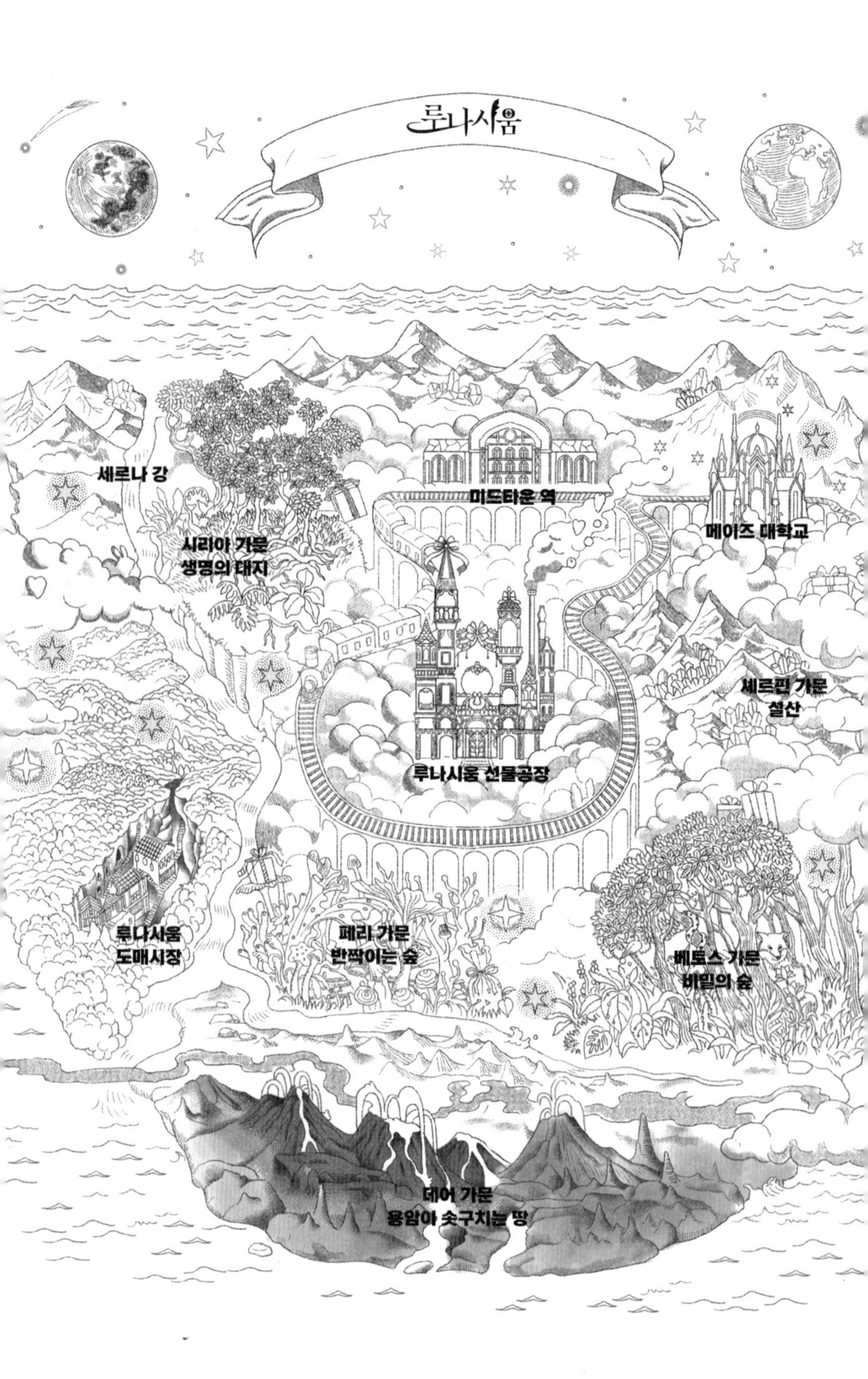

루나시움
세로나 강
시리아 가문
생명의 대지
미드타운 역
메이즈 대학교
세르핀 가문
설산
루나시움 선물공장
루나시움
도매시장
페리 가문
반짝이는 숲
베토스 가문
비밀의 숲
데어 가문
용암이 솟구치는 땅

■ 데어 가문

로한 데어와 그의 가문은 어둠의 힘과 악마를 부리는 능력을 가지고 용암이 솟구치는 땅에서 지옥을 관할한다. 그의 자손 데어 가문은 온몸이 화염과 타투 같은 문양으로 덮여있다. 몸 일부는 로봇이며 인상적인 경험을 할 때마다 저절로 몸에 문양이 새겨진다.

■ 시리아 가문

하니 시리아와 그의 가문은 아름다운 노래를 부른다. 식물들은 시리아 가문의 노래에 따라 흔들리다가 손짓 한 번에 위험한 무기로 변한다. 시리아 가문은 생명의 대지에서 천국을 관할한다. 망자 앞에 꽃길을 펼쳐 그 길을 인도한다.

■ 페리 가문

메이지 페리와 그의 가문은 작은 몸집과 날개로 빠르게 날 수 있다. 반짝이는 숲에서 마법 원재료를 엮어 상품을 만들고 그것을 선물공장이나 소호 거리 등 상점에 전달한다. 직접 비행해 인간세계에 배달하기도 한다.

■ 셰르핀 가문

한세 셰르핀와 그의 가문은 마법 재료가 자라는 설산을 관할한다. 신의 제자 중 가장 허약한 신체를 가졌지만, 신의 특별한 총애를 받아 마법 광물이 자라나는 눈 덮힌 설산을 맡게 되었다.

■ 베토스 가문

레아 베토스와 그의 가문은 동물과 교감할 수 있고 자신만의 수호 동물을 가진다. 루나 베토스를 따라 셰르핀 가문의 독재에 맞서 저항군을 만들었지만, 현재는 흩어져 비밀의 숲에 숨어 살고 있다.

목차

프롤로그

이승보다 커다란 달이 따뜻한 태양과 함께 빛나는 곳. 에메랄드빛 바다에서 불어온 파도가 새하얗게 빛나며 선선하게 부서지고, 학 한 마리가 바다를 향해 날아가는 곳. 루나시움은 오늘따라 시끌벅적하다. 베브 시리아가 본 미래 때문이다. 그녀는 루나시움 서쪽을 따라 흐르는 세르나 강 동쪽의 생명의 대지에 숨어 지내지만, 그녀가 본 미래는 이미 루나시움 전역을 떠들썩하게 만들었다. 부드럽게 하늘을 날던 열차가 벽돌색 미드타운 역사 위로 가볍게 내려앉으면, 각양각색의 모습을 한 루나시움 시민들이 타고 내린다. 루나시움 중앙에 자리한 미드타운 역은 조용한 속삭임으로 가득했다.

"들었어? 오늘이 그날이래!"

"무슨 날?"

"루나가 돌아오는 날!"

"루나? 루나 베토스? 정말?"

"쉿! 셰르핀 가주 귀에 들어갈라!"

"확인할 방법이 없잖아. 그냥 소문 아니야?"

"베브 시리아가 본 미래래."

"베브 시리아가 본 미래는 단 한 번도 틀린 적이 없잖아!"

"루나가 돌아오면 루나시움에 변화가 찾아오겠지?"

"그랬으면 좋겠다! 셰르핀 가주가 독재한 뒤로 모든 가문이 힘들었어."

미드타운 역을 가득 채운 무성한 소문을 뒤로하고, 카일은 역사 밖으로 향했다. 새하얀 머리에 매혹적인 눈동자를 가진 그는 겉으로는 무심해 보이지만 떨리는 마음을 숨길 수가 없었다. 30년을 기다린 루나가 돌아온다. 그녀에게 어떤 말을 건네야 할까. 생각에 잠긴 채 루나시움 본부에 도착했다.

루나시움 본부는 오늘도 사후세계 루나시움에 입장해 이승에서의 신념에 따라 영생을 살아가게 될 이들로 북적인다. 루나시움은 믿음대로 이뤄지는 곳이다. 천주교인 사람은 천주교 창구로, 무교인 사람은 무교 창구로, 불교인 사람은 불교 창구로 들어가 그들의 믿음대로 영생을 살아갈 것이다. 그 모습을 지켜보던 카일 곁으로 로즈 할머니가 지나간다.

"카일! 오랜만이네. 거리가 떠들썩하더구나."

"그러게요. 여긴 어쩐 일이세요?"

"선물공장에서 일할 새 직원을 뽑으러 왔네."

"소중한 인연을 만나길 바라요."

"자네도."

미드타운에 위치한 루나시움 선물공장은 인생에서 길을 잃은 인간들에게 따뜻함을 전하는 선물을 만드는 곳이다. 오늘도 선물공장의 직원들은 고객에게 전달할 특별한 선물을 만들고 있다. 커다란 작업대 위에서 루나시움 전역에서 공수해온 빛나는 마법 재료를 엮는다. 어두운 밤, 두 손 모아서 올리는 당신의 간절한 기도 소리를 귀 기울여 듣고 있는 존재들이 있다. 당신이 삶의 구렁텅이에 빠져 절망하고 있을 때, 같이 아파하는 존재들이 있다. 평범하기 그지없는 일상 속에서 작은 선물 같은 일이 일어났다면, 그것은 선물공장 직원들이 당신의 삶에 들렀다 갔기 때문일지도.

1장

루나시움 입장권과 기억의 빛

새하얗다. 시작도 끝도 없는 광활한 공간에 온통 새하얀 빛이 가득하다. 웅성웅성, 소리가 들린다. 사라는 감각이 조금씩 되살아남을 느낀다. 빛이 천천히 녹아내리자 주위의 모습이 하나둘씩 눈에 들어오기 시작했다. 그녀는 거대하고 웅장한 건물 안에 있었다. 바닥은 대리석으로 반짝거렸고, 대낮임에도 커다란 달이 은빛으로 빛나며 건물 안쪽을 비추었다. 사라는 왠지 이곳이 익숙했다. 탁탁탁탁, 반가운 소리가 들려왔다. 조금은 묵직하고도 경쾌한 이 발걸음 소리는, 분명하다. 라테의 발소리다! 강아지 한 마리가 정신없이 꼬리를 흔들며 뛰어와 사라에게 안겼다.

"라테야!"

오랫동안 기다리던 주인을 만난 라테는 행복한 표정으로 혀를 내밀고 헉헉거린다.

"드디어 온 거야? 정말 보고 싶었어, 사랑해 엄마, 사랑해!"

라테를 안은 사라는 그 상태로 멈추고 말았다.

"방금 내가 뭘 들은 거지? 라테? 네가 한 말이야?"

"엄마! 내 말이 들리는 거야?"

"뭐야! 죽으니까 라테 말도 들리네?"

"아니야, 엄마! 지금까지 내 말을 알아들은 인간은 한 명도 없었어. 엄마가 내 주인이라 그런 거 같아! 나 여기서 엄마를 기다리느라 오래 있어서 아는데, 저 안으로 들어가야 해. 나만 믿고 따라와!"

라테는 꼬리를 살랑거리며 신비로운 부스로 그녀를 이끌었다. 부스 안에 들어선 그녀의 시선은 스크린에 멈춰 섰다.

"환영합니다. 생년월일과 성함을 입력해주세요."

"한사라, 여, 1993년 12월 25일생."

"정면 렌즈를 보세요. 3, 2, 1."

찰칵.

사진 속 사라는 너무 순식간에 진행된 촬영에 조금 우스운, 얼빠진 표정으로 정면을 응시하고 있다.

"인생 스캔을 시작합니다. 지금 내려오는 기계에 머리를 넣어주세요."

천장에서 투명하고 동그란 구가 내려와 사라의 머리를 감쌌다. 신비로운 소리와 함께 사라의 삶의 장면이 빠르게 스쳐 지나갔다. 이내 사라의 기억이 금색 빛이 되어 머릿속에서 빠져나가더니, 투명한 구를 가득 채우며 소용돌이쳤다.

"스캔 완료. 스크린 아래에서 한사라님의 사후세계 입장권과 기억의 빛을 가져가세요."

사라는 금박 테두리가 화려하게 번쩍거리는 와인색 입장권과 엄지손가락 크기의 투명한 병을 꺼내 들었다. 입장권에는 얼빠진 표정의 사진과 인적 사항이 적혀있다. 입구가 코르크로 막혀있는 투명한 병 속에서는 갓 추출한 금빛 기억이 보글거리고 있었다. 라테는 그 모습에 넋을 놓고 있던 사라의 옷자락을 끌어 부스 앞의 직원에게 향했다.

"루나시움에 오신 것을 환영합니다. 입장권을 받으신 분은 번호표를 뽑아주세요. 창구를 통해 당신이 상상하던 모습의 사후세계에 입장하게 됩니다."

"제가 상상하던 모습의 사후세계요?"

"네, 사후세계는 곧 당신의 믿음의 세계. 창구를 지나가면 당신의 믿음대로 살아가게 됩니다."

웃으며 대답하는 직원의 길고 부드러운 머리카락 위에 놓인 화환이 사라의 눈길을 사로잡았다. 동그란 화환의 연두색 이파리 사이사이에는 싱그러운 노란색 꽃이 피어있다. 머리와 자연스레 연결된 화환은 마치 그녀의 머리 위에서 실제로 자라난 것 같았다. 진짜 머리 위에서 꽃을 피워낸 것인지 물어보려던 차에, 창구 직원들이 손님을 호출하는 소리가 들렸다.

"350번 고객님 '불교' 창구로 입장해주세요."

조그마한 체구의 여자가 번호표를 확인하더니 불교 창구로 걸어갔다. 불교 창구의 직원은 그녀에게 빛나는 환을 하나 건넸다.

“두 번째 삶이었군요. 이 환이 당신의 전생을 기억나게 해줄 겁니다.”

여자는 환을 받아 조심스레 입에 넣었다. 눈을 감고 입을 오물거리던 그녀의 얼굴에선 한 조각, 두 조각 눈물이 흘러내렸다. 전생의 애달픈 인연에 마음이 요동치는 모양이었다. 직원과 짧은 이야기를 마치고, 여자는 창구 뒤편의 수많은 문 앞으로 걸어갔다. 아마도 세 번째 삶을 향해 나아가는 것 같다.

“351번 고객님 ‘천주교’ 창구로 입장해주세요.”

백발이 희끗희끗한 할아버지가 천주교 창구로 향했다. 직원은 능숙하게 기억의 빛이 담긴 통의 코르크 마개를 열고 스프레이 마개로 갈아 끼웠다. 공중에 스프레이를 칙칙 뿌리자, 스프레이가 만들어낸 안개 사이로 할아버지의 삶의 장면들이 홀로그램처럼 빠르게 재생됐다. 매우 빠르게 재생되는 기억들을 사라는 이해할 수 없었지만, 직원은 그 찰나의 순간에 모든 내용을 숙지한 듯 눈을 감고 고개를 끄덕인다.

“자기 한 몸 건사하기에도 고된 삶 속에서 어려운 이를 돌보며 사셨군요. 고생 많으셨습니다. 이제, 당신이 상상하던 천국에서 푹 쉬십시오.”

“어머니, 저희 어머니께서 그곳에 계시나요?”

“그럼요, 그것이 고객님께서 상상하던 천국이었는걸요.”

“감사합니다! 감사합니다!”

할아버지는 그토록 그리던 어머니를 만날 생각에 어릴 적 아이로 돌아간 듯이 설레는 표정으로 걸음을 재촉했다.

"이 모습으로 가면 어머니께서 마음 아파하셔요. 어머니께 고객님은 아직도 아이인걸요."

직원은 정체를 알 수 없는 반짝이는 가루를 노인에게 뿌렸다. 한 걸음, 두 걸음 발걸음을 딛을 때마다 그는 어릴 적 모습으로 되돌아갔다. 희끗하던 머리는 검은색으로 변하고, 굽었던 허리는 곧게 펴지는가 싶더니 서서히 크기가 줄어들어 어릴적의 모습으로 되돌아갔다. 마침내 문을 연 그는 엄마를 외쳐 부르며 하얀 계단으로 뛰어 올라갔다.

"어린아이의 모습으로 찾아가서 그 시절 가장 고운 모습의 어머니와 재회하겠지요. 고된 삶의 기억은 모두 뒤로하고, 어머니와 먼저 간 친구들을 만나 행복만 가득하시길 바랍니다."

창구 직원은 따뜻한 미소로 할아버지의 행복을 바라주었다.

사라는 자신의 번호표를 확인했다. 372번. 아직 한참의 대기 시간이 남았다. 폭신한 소파 구석 자리에 앉아 편안하게 등을 기대니, 이제야 주위의 풍경을 천천히 음미할 수 있었다. 창구가 있는 곳은 루나시움 본부의 두 번째 건물로, 창구 옆쪽으로는 약 5층 정도 높이의 첫 번째 건물이 연결되어 있었다. 외벽마저 대리석으로 된 그 건물은 빛이 비추는 방향에 따라 다르게 보이는 세련된 색을 뿜어내고 있었다. 창구가 있는 곳은 하나의 층에 불과했지만, 옆 대리석 건물의 절반은 될 만큼 층고가 높았다. 채광이 좋은 투명한 유리 천장엔 이승보다 커다란 달이 태양과 함께 밝게 빛나며 루나시움 본부를 비추었다. 달이 이토록 크고 아름다워 루나시움이라 불리는 것일까, 생각하며 한참 달의 자태를 바라보았다. 그런 사라를 한 마리의 하얀 고양이가 지긋이 바라보고 있었다.

"야옹!"

그 순간이었다. 하얀색 고양이가 점프하더니 순식간에 젊은 남자로 변했다. 그는 하얀 셔츠에 날렵한 턱선, 그리고 웨이브가 흐르는 백발을 하고 있었는데, 깊은 눈매는 매혹적이다 못해 신비로운 느낌까지 우러났다. 사라는 홀린 듯이 그를 바라봤다. 눈동자에 빠져드는 듯했다.

"루나시움에 오신 걸 환영합니다."

그는 어째서인지 가슴이 아려오는 표정으로 사라를 보고 있었다. 그런 그의 표정을 보자 사라는 알 수 없는 애틋한 기분에 휩싸였다. 분명 처음 보는 사람인데… 정리되지 않은 책상 서랍 깊은 곳 이제는 찾지 않는 오래된 물건처럼, 기억의 서랍 깊은 곳에 그가 숨어있는 듯한 익숙한 느낌이 들었다.

"삶이라는 여행은 즐거우셨나요?"

사라는 자신도 모르게 얼굴이 붉어져 너무나 당황스러웠다. 하지만 웃으며 말하는 그의 모습은 홀릴 듯이 황홀했다.

"네…? 네! 아마도요?"

바보 같은 대답을 하고 말았다.

그때 새카만 정장을 입고 하얀 머리를 한 사람이 나타나 고양이였던 그를 '카일'이라 부르며 걸어왔다.

"카일 씨! 가주님이 찾으십니다. 얼른 집무실로 가보세요."

카일은 가볍게 묵례하고 집무실로 걸어갔다. 그는 걸어가는 도중에 잠시 뒤를 돌아보았는데, 사라는 그가 자신을 뚫어지게 보는 듯한 착각이 들었다. 사라의 머릿속에는 자신을 가슴 아리게 바라보던 카일의 눈빛이, 쿵쾅거리는 자신의 심장 소리에 맞춰 계속 맴돌았다. 사라는 자신의 심장박동 소리가 이토록 크게 울릴 수 있다는 사실에 놀라 누군가가 자신을 애타게 부르고 있다는 사실조차 알아채지 못했다.

"사라 씨! 사라 씨!"

그녀는 어째서인지 얇은 베일로 얼굴을 가리고 있었다. 하지만 베일 사이로 삐죽 튀어나온 화관은 그녀가 아까의 직원과 같은 종족임을 넌지시 알리고 있었다. 사라 씨라고? 나를 아는 사람인가?

"어… 저를 아세요?"

"이름 한사라, 사고로 방금 루나시움에 오셨죠. 사라 씨에게 꼭 전해야 할 말이 있어요. 저는 베브 시리아에요. 가주님한테 들키면 안 돼서, 10시 방향에 계단 보이죠? 거기로 내려가면 지하 세계가 있어요. 거기서 만나요. 코드는 루나 베토스."

하고선 첩보 작전이라도 펼치듯 주위를 살피며 빠르게 사라졌다. 사라도 괜히 주위를 살피며 걸음을 옮겼다. 온갖 대리석과 보석들이 건물을 이루고 있어 마치 호화로운 신전을 탐험하는 기분이었다. 계단을 내려가자 굳게 잠긴 커다란 목재 문이 있었다. 언뜻 보기에도 아주 무거워 보였다. 떨리는 마음으로 가볍게 노크하자, 눈 위치의 작은 문이 열리더니 저음의 목소리가 울렸다.

"코드?"

"루나 베토스."

커다랗고 무거운 문이 삐걱 소리를 내며 스스로 열렸다. 지하 세계 안은 호화로운 위층과는 다르게 어두컴컴하고 눅눅한 냄새가 났다. 사라가 조심스럽게 발걸음을 옮기자, 누군가의 목소리가 울려 퍼졌다.

"플라레오!"

횃불 수십 개가 일제히 빛나기 시작했다. 그녀는 반사적으로 눈을 찌푸렸다. 라테도 이곳은 처음 와보는지 킁킁거리며 탐색하기 바빴다. 지하 세계라 불리는 이곳은 마치 광활한 지하 광장 같았다. 호화로운 지상과는 대조적으로, 이곳은 어둠이 짙게 깔렸다. 횃불들만이 군데군데 불빛을 흩뿌리며 주위를 밝혀주었다. 지하 광장의 중앙에는 높은 곳부터 동굴 벽을 따라 흘러내린 새빨간 액체가 한곳에 모여 고여 있었다. 용암을 연상시키는 뜨거운 액체로, 신비롭고 위협적인 분위기를 자아냈다. 액체 위로는 강 위에 놓인 다리처럼, 지하 세계의 바위들이 겹겹이 쌓여 있었다. 이 바위들은 묵직하고 거대했으며 그 아래의 뜨거운 액체를 보호하는 듯한 모습이었다.

"와, 이 빛나는 빨간 액체는 뭐지?"

주위를 둘러보며 혼잣말을 하던 사라에게 모습을 가린 여인이 다가오며 말했다. 베브 시리아였다.

"그 액체는 용암이 솟구치는 땅으로 흘러가요. 데어 가문이 지닌 어둠의 힘의 원천이죠."

그녀는 아직도 두리번거리는 사라의 어깨를 양손으로 꼭 잡은 채 이야기를 시작했다.

"사라 씨! 시간이 얼마 없어요. 우선은 저를 믿고 따라주셔야 해요. 전 사라 씨 부모님의 부탁으로 당신을 만나러 왔어요. 그분들은 사라 씨를 애타게 찾고 있거든요."

사라는 부모란 인간들을 떠올리자마자 표정이 굳었다.

"부모님이요? 그 인간들이 절 찾을 리가 없는데…"

"아! 그 사람들 말고요. 사라 씨의 진짜 부모님이요."

"진짜… 부모님이요? 무슨 뜻이에요?"

"사라 씨에게는 진짜 부모님이 따로 있어요. 사라 씨를 버린 그 부모님 말고요. 사라 씨를 진심으로 아끼고 사랑했던 부모님이요. 지금도 사라 씨를 다시 만나기 위해 살아가고 계셔요."

"잠깐만요."

사라는 혼란스러웠다. 그러니까 어린 사라를 버린, 그래서 평생을 버려졌다는 위축감과 외로움 속에 살게 한 그 인간들이 사라의 진짜 부모가 아니라는 것이다. 그렇다면 진짜 부모는 왜, 사라가 외롭게 살아가는 동안 단 한 번도 나타나지 않았단 말인가?

"왜 이제야 절 찾는 거죠?"

"이제야 찾는 것이 아니에요. 평생을 찾아다녔어요. 하지만 만나지 못했죠. 셰르핀의 가주 때문에요. 자세한 내용은 제가 말씀드릴 수 없어요. 사라 씨가 직접 찾아야만 해요. 제가 방법을 알려드릴 수는 있어요."

사라는 평생을 부모의 사랑에 목마른 채로 살아와서, 이 세상에 있는 부모란 존재를 모두 원망하기에 이르렀다. 어릴 때는 처절하게 애정을 갈구했었다. 엄마, 아빠의 손을 꼭 잡고 길거리를 걸어가는 세상의 모든 아이가 너무나도 부러웠다. 하지만 자신을 버린 부모는 다시는 돌아오지 않았다. 늘 내게만 차갑던 그 존재들로 인해 세상의 모든 부모를 원망하기에 이른 것이다. 그런 그녀에게 진짜 부모님이 따로 있나니. 그녀를 사랑하고, 그녀와 다시 만나려고 하루하루를 살아내는 부모님이 있다니. 세상이 뒤집힐 만큼 커다란 소식이었다. 적어도 사라의 작은 세상은 뒤집고도 남을 만큼 거대한 소식. 마음속 한구석에 있는 결핍이 어쩔 수 없이 사라를 자극했다. 애써 부모를 증오했지만, 한순간 그리워지고 궁금했다.

"어떻게 해야 하죠?"

"이곳은 셰르핀 가문의 가주, 그러니까 하얀 머리의 무섭게 생긴 여자에게 지배당하고 있어요. 그녀의 이름은 이리샤에요. 이리샤가 있는 한 사라 씨의 부모님은 이곳에 올 수 없어요. 그 여자가 사라 씨의 부모님을 죽이려 들었거든요. 이곳에서 사람들은 자신의 믿음대로 살아가요. 사라 씨는 인간이 죽으면 무로 돌아간다고 믿었으니, 이대로라면 바로 무교 창구로 불려가서 영혼이 소멸될 거예요. 우선 시간을 벌어야 해요. 영혼 소멸은 절대 안 되고요. 무교 창구에서 그곳 직원의 추천서를 받아 면접을 보고 선물공장에서 일하세요. 쉽지는 않을 거예요. 하지만 무슨 수를 써서라도 면접에 붙어야 해요. 당신이 없어진 것을 루나시움 본부에서 발견하기 전에 얼른 올라가세요! 때가 되면 당신을 찾아갈게요. 명심해요, 셰르핀 가주 이리샤를 조심하세요."

그녀는 질문할 틈도 주지 않고 연기만 남기고 사라졌다. 사라는 그녀의 말을 이해할 수 없었다. 진짜 부모님이 궁금한 것은 사실이지만, 처음 본 그녀를 믿어야 할지조차 알 수 없었다. 혹시 이것이 함정이라면? 그녀의 말대로라면 사라에게도 진짜 부모님이 존재하며, 그들을 만나기 위해서는 루나시움에 머물러야 한다. 셰르핀의 가주 이리샤가 루나시움을 지배한다. 그녀를 조심해야 한다. 게다가 무교 창구니, 선물공장이니, 도저히 이해할 수 없는 것들뿐이었다. 이 모든 것에 대한 경계심이 자욱이 낀 안개처럼 가득했다. 하지만 진짜 부모님을 만나보고 싶다는 생각이 마음속 저울에서 조금 더 무겁게 내리 앉았다. 그들을 만난다고 그토록 비참하게 살아야 했던 지난날이 눈 녹듯 없어지진 않겠지만, 궁금한 마음은 어찌할 수가 없었다. 사라는 머릿속으로 무교 창구, 선물공장, 추천서를 되뇌며 호화로운 지상으로 올라갔다.

"372번 고객님 '무교' 창구로 입장 해주세요."

때마침 사라의 차례였다. 지하 세계에서 만난 베브 시리아가 말해준 것처럼 정말로 무교 창구에서 그녀를 불렀다. 딱 맞는 정장 차림의 직원은 사라를 쳐다보지도 않은 채 한 손을 창구 너머로 내밀었다. 이해하지 못한 사라가 멍하니 서 있자 직원은 뾰족한 안경 너머로 사라를 보며 말했다.

"입장권이요."

"아…"

날카로운 직원의 태도에 괜히 잘못한 사람처럼 마른침을 삼켰다. 사라는 입장권을 보는 직원의 표정에 또 한 번 긴장하고 말았다.

"1993년 12월 25일생이라…"

고개를 들어 사라의 얼굴을 확인한 그녀의 왼쪽 눈썹이 맛있는 먹잇감을 발견한 맹수처럼 치켜 올라갔다. 지금까지는 자각하지 못했던, 죽음에 대한 불안감이 마음 속에서 스멀스멀 올라오기 시작했다.

"한사라 씨? 흥미로운 삶을 살았네요."

"흥미롭다는 말의 의미가 실패한 삶이라면 그럴 지도요."

망가진 것만 같던 삶을 짧게 회상한 사라의 입에선 자신도 모르게 가시 돋친 말투가 튀어나왔다. 사라의 말에 직원의 뾰족한 얼굴에는 의미를 알 수 없는 묘한 미소가 희미하게 번진다.

"면접을 보고 이곳을 위해 일하는 것은 어떠세요? 고객님한테 딱이네요. 면접을 통해 고객님께 가장 적합한 직업이 배정됩니다. 자세한 내용은 선발 공고문을 확인하세요."

새침한 직원에게 얼떨결에 넘겨받은 선발 공고문을 들여다보았다.

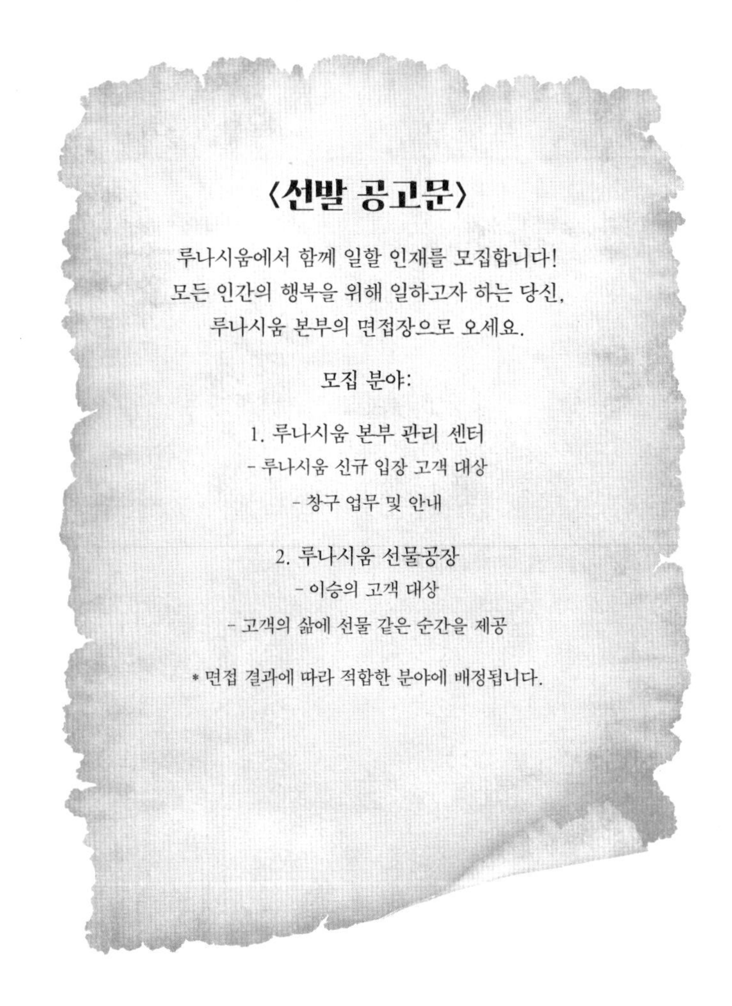

〈선발 공고문〉

루나시움에서 함께 일할 인재를 모집합니다!
모든 인간의 행복을 위해 일하고자 하는 당신,
루나시움 본부의 면접장으로 오세요.

모집 분야:

1. 루나시움 본부 관리 센터
- 루나시움 신규 입장 고객 대상
- 창구 업무 및 안내

2. 루나시움 선물공장
- 이승의 고객 대상
- 고객의 삶에 선물 같은 순간을 제공

* 면접 결과에 따라 적합한 분야에 배정됩니다.

지하 세계에서 만났던 여자가 말한 면접을 뜻하는 것 같다. 사라는 다시 고민에 빠졌다. 처음 보는 사람의 말을 어디까지 신뢰해야 할까. 사는 동안에는 지원하는 회사마다 거절 통보만 돌아왔다. 사라는 오히려 거절에 익숙했다. 그런 그녀가 사후 세계에서 일자리를 제안받다니. 사라의 마음속에 의심이 피어오르는 것도 당연한 일이었다.

"별로라면 사라 씨의 믿음대로 우주먼지로 돌아가는 방법도 있습니다. 죽으면 무로 돌아간다고 믿으셨더군요. 자, 어떻게 하실래요?"

이건 뭐 반협박이 아닌가. 투덜거렸지만 한편으로는 부모님을 만날 수 있다는 희망이 생겨났다. 부푼 마음은 직원이 건네준 추천서를 자꾸 보게 했다. 한참을 헤매다 도착한 곳에는 큰 글씨로 '루나시움 관리본부 면접장'이라고 적혀있었다. 면접장엔 이미 몇 명의 지원자들이 기다리고 있었다.

"한사라 씨, 박예나 씨 들어오세요."

사라와 예나가 들어서자, 일순간 면접장에는 정적이 돌았다. 사라는 면접장을 둘러보았다. 심사위원 4명은 모두 개성이 넘쳤다. 왼쪽부터 번호표를 뽑아주던 직원처럼 화관을 쓰고 있는 아름다운 사람, 카일처럼 새하얀 머리카락을 지닌 세련된 인상의 사람, 이어서 자기 몸의 일부를 로봇으로 개조한 거대하고 험악한 인상의 사람, 마지막으로는 몸집이 작고 날개를 가진 사람. 날개를 가진 할머니는 사라를 한참이나 쳐다보았다. 생각을 알 수 없는 그녀의 표정에 사라는 자신도 모르게 긴장해버렸다.

반면에 함께 면접을 보는 여자는 이에 놀라지도 않았는지 모범 답안들을 술술 대답하고 있었다. 대체 어떻게 저렇게 침착함을 유지하는 것일까. 사라의 머릿속에는 회사 면접을 망쳤던 장면들이 떠올랐다. 그럴수록 사라는 자신감을 잃어갔다.

"예나 씨, 루나시움에서 일하고 싶은 이유가 뭔가요?"

"저는 오랜 투병 생활 끝에 젊은 나이에 생을 마무리했습니다. 투병 생활을 시작하기 전, 저는 흔히 워커홀릭이라 불리는, 저의 일을 사랑하고 잘하는 사람이었습니다. 이런 저의 능력을 활용해 루나시움의 발전에 기여하고 싶습니다."

"그렇군요, 좋습니다. 혹시 인간세계에 기다리는 누군가가 있나요?"

"네… 사실, 그것도 루나시움에서 일하고 싶은 이유 중 하나입니다. 엄마 사랑을 제대로 받아보지도 못한 제 딸이 눈에 밟혀 차마 떠날 수가 없어요. 처음에는 일이 바빠서 그랬고, 그 뒤엔 제가 아픈 바람에… 이곳에서 일하다 보면 언젠가는 다시 딸아이를 만날 테니 그때 꼭 엄마가 미안하다고, 사랑한다고, 그렇게 말해주고 싶어요."

예나는 터지는 울음에 말끝을 흐리며 답변을 마무리했다. 사라의 삶은 애절한 예나의 사연에 비교되어 초라하게 느껴졌다. 그렇지 않아도 모난 곳 투성이었다. 기계로 온몸을 개조한 면접관이 타투가 가득한 얼굴을 사라를 향해 돌리며 물었다. 그의 얼굴엔 호기심이 가득했다.

"사라 씨는 아인 씨에게 추천서를 받았다면서요? 아인 씨는 까다롭기로 유명한데, 흥미롭네요. 사라 씨의 삶에 대해 말해 줄래요?"

예나의 인생과 달리 평범한, 아니 평범에도 닿지 못하는 인생을 살았던 사라는 자꾸만 횡설수설하게 되었다. 면접관들의 얼굴엔 실망감이 드리웠다. 사라는 그냥 될 대로 되라는 심정으로, 모든 것을 포기하고 자신의 삶을 솔직하게 얘기했다.

"하, 사실 다 거짓말이에요. 전 아주 평범한, 아니, 뭐 하나 제대로 풀리지 않는 삶을 살다 의미 없게 죽었어요. 어릴 때 부모에게 버려졌고 예나 씨 같은 애절한 사연도 없고요."

면접관은 실망감을 숨기지 않았다.

"솔직한 답변 감사합니다. 아인 씨는 사라 씨의 특별함을 본 것 같지만, 저희 루나시움 본부와는 맞지 않을 것 같네요."

그러면 그렇지, 역시 탈락이다. 수십 번은 들어본 저 탈락 멘트가 이제 익숙하다. 그 말을 듣는 순간, 사라는 살아생전 여러 면접장에서 들었던 말들이 물밀 듯 떠올랐다. 특히 처음으로 최종 면접을 본 날 행운기업에서 들은 말은 놀랍도록 다정했다. 하지만 포장되었을 뿐, 거절이었다. 어떻게든 선물공장에 취직하라던 베브 시리아의 말은 결국 지키지 못할 것 같다. 면접장은 항상 그녀를 주눅 들게 했다.

"미션 하나를 성공한다면, 선물공장에서 데려가고 싶구나."

적막을 깨는 목소리가 면접장을 채우며 떠나려던 사라의 걸음을 멈춰 세웠다. 어딘가 익숙한 주름진 얼굴이었다. 투명할 정도로 밝고 연한 갈색 눈동자가 빛났다. 면접관 중 가장 오른쪽 자리에 앉아 있던 날개가 달린 작은 키의 할머니였다. 이 할머니는 왜 나를 데려가고 싶어할까?

"나는 선물공장에서 일하는 로즈라고 하네. 선발 공고문에서 보았겠지만, 우리 선물공장에서는 삶에서 힘든 시간을 겪고 있는 평범한 사람들에게 꼭 필요한 마법 같은 순간을 선물하지. 고객마다 필요한 것이 다르니까, 가까이서 관찰하고 그들에게 가장 필요한 것을 파악해 제공하는 능력이 가장 중요해. 여기 면접장에 있는 사람 중 한 명을 선택해서 꼭 필요한 것을 선물한다면 무엇은 선물하겠나?"

사라는 면접관들을 둘러보았다. 처음 보는 그들에게 무엇이 필요할지 도저히 짐작할 수조차 없었다. 조급해지는 사라의 마음도 모른 채 라테는 옆에서 편안한 하품을 하며 바닥에 엎드렸다. 그 순간, 사라의 머릿속에는 무엇인가가 반짝였다. 사라가 이 중에서 사연을 아는 사람은 단 한 명, 예나뿐이다. 남겨진 딸을 그리워하는 그녀의 마음은 라테를 그리워하던 마음보다도 깊고 절절하겠지.

'라테, 나를 기다리는 동안, 무엇이 가장 그리웠어?'

'나는 엄마랑 함께하던 모든 시간이 다 그리웠는데?'

'그래, 예나 씨도 그럴 거야.'

사라는 떨리는 마음으로 로즈를 바라보며 대답했다.

"음… 저는 라테가 먼저 세상을 떠난 뒤에 라테가 보고 싶을 때마다, 라테와 찍은 영상을 보며 추억을 회상하곤 했어요. 예나 씨에게도 아름다운 추억을 회상할 수 있는 무엇인가를 선물하면… 위로가 될 수 있지 않을까요?"

"좋은 생각이구나. 추억을 되살릴 수 있는 물건은 무엇이 있을까?"

순간 사라의 눈에, 면접장 창틀 한쪽에 놓인 스노우볼이 들어왔다. 그 스노우볼은 어떤 마법이 걸려있는 것인지 끊임없이 눈이 쏟아져 내렸다.

'만약 눈이 계속 쏟아지는 대신, 딸과의 추억이 담긴 영상이 계속 재생된다면 어떨까…?'

"딸과의 아름다운 추억을 재생해주는 스노우볼을 선물하면 좋을 것 같아요! 예나 씨는 딸에게 충분한 사랑을 주지 못했다고 자책하고 있지만, 딸은 예나 씨가 준 모든 사랑이 너무나도 따스하고 행복했을 거예요. 저도 그랬거든요. 저희 할머니는 항상 바쁘셨어요. 하지만 할머니께서 집에 오셔서 제 머리를 쓰다듬어주던 그 짧은 순간은, 하루 중 가장 기다려지는 시간이었어요. 딸아이와의 행복한 순간이 계속해서 재생되는 스노우볼을 선물한다면, 예나 씨도 행복해하던 딸의 모습을 보며 죄책감을 덜고, 딸에 대한 그리움도 조금이나마 충족할 수 있을 거라고 생각합니다."

사라는 선물을 구체적으로 상상할수록 그 생각에 빠져들었다. 나중에는 이곳이 면접장이란 사실도 잊어버리고 스노우볼에 대한 상상에 푹 빠져 술술 이야기하고 있었다. 처음의 자신 없던 말투와 눈치 보던 얼굴은 온데간데 없었다. 선물을 상상하는 사라는 온전하게 행복해 보였다.

"좋은 생각이야. 지금 한 번 만들어 볼 수 있겠나?"

"지금 당장이요…?"

"그럼, 루나시움은 상상하는 대로 이루어지는 곳인걸."

로즈 할머니는 자신의 가방을 열었다. 그 가방은 겉으로 보기에는 매우 작고 평범한 숄더백이었지만, 가방을 열어보면 그 안은 가늠할 수 없이 깊은 어둠이 가득했다. 실수로 가방 속에 볼펜이라도 떨어뜨렸다가는 블랙홀처럼 우주 공간 저 건너편 어딘가로 떨어져 다시는 찾지 못할 것만 같았다. 로즈 할머니는 가방을 열어 사라에게 건네며 말했다.

"가방 속에 손을 넣고, 필요한 재료를 최대한 구체적으로 상상해. 상상하는 모든 것이 자네 손안에 있을 것이야."

사라는 떨리는 마음으로 가방 속에 손을 집어넣고, 조용히 눈을 감았다. 그러고선 스노우볼의 모양을 생생하게 상상했다. 눈이 내리는 대신에, 따스한 조명이 스노우볼 속 스크린을 밝히고, 그 스크린 속에서는 예나가 딸과 함께한 행복한 기억들이 재생되는 모습을… 그 순간, 그녀의 손끝에 차가운 질감의 물체가 느껴졌다. 동그란 모양이었다. 설마…! 가방에서 손에 든 물체를 꺼낸 사라는 자신이 정말 스노우볼을 만들어냈다는 놀라움과 스크린 속 모녀가 예나를 거의 닮지 않았다는 실망감을 동시에 느꼈다. 로즈 할머니는 여전히 생각을 알 수 없는 표정으로 천천히 걸어왔다.

그녀는 스노우볼을 건네 들고는 찬찬히 살펴보았다. 그리고 이내 예나에게 다가가 예나의 머리에 한 손을 가져다 댔다. 예나의 기억 속에서 빛이 스르륵 빠져나와 로즈 할머니의 손바닥에 모였다. 할머니는 모은 기억을 그대로 스노우볼에 집어넣었다. 그러자, 스노우볼 속 스크린에서는 진짜 예나의 기억들이 재생되기 시작했다. 딸아이가 처음 세상에 태어나던 순간부터, 남편의 배 위에서 곤히 잠든 딸을 사랑스러운 눈빛으로 바라보던 순간, 그리고 시한부를 선고받은 예나가 딸을 데리고 놀이공원을 찾아 원 없이 행복했던 그 날까지. 행복해하는 딸의 모습을 본 예나는 서서히 감정이 북받쳐 오르더니, 이내 뜨거운 눈물을 쏟아냈다.

"마지막이라도, 딸아이를 딱 한 번이라도 다시 보고 싶었는데… 정말 감사해요, 사라 씨."

"제법이구나."

로즈 할머니의 표정은 여전히 생각을 알 수 없었다. 하지만 사라는 따뜻한 말투에서 그녀의 기분을 짐작할 수 있었다.

"선물공장에서 함께 일해 보겠나?"

합격이다!

'네 덕분이야, 라테! 고마워!'

라테도 옆에서 꼬리를 흔들었다.

사라는 로즈 할머니를 따라 면접장을 나서며 물었다.

"왜 저를 뽑아주신 거예요? 저는 당연히 탈락할 거라고 생각했어요."

"삶은 생각보다 복잡하지. 지금 당장은 말할 수 없지만, 자네도 차차 알게 될 거야. 루나시움이 자네가 속해야 할 곳이라는 걸 말이야."

로즈는 망설임 없이 문을 열고 건물 밖으로 향했다. 사라는 떨리는 마음에 선뜻 로즈를 따라갈 수 없었다. '사후세계' 하면 떠오르는 무시무시한 어둠의 세계가 나타나면 어쩌지? 지금까지 본 루나시움 본부의 모습은 호화로운 대리석 건물 안에 아름답고도 신비로운 존재들이 가득했다. 하지만 그들은 그 자체만으로도 사라를 위축되게 만들었다. 사라는 크게 숨을 들이마시고 내쉬며 라테를 쓰다듬었다. 언제나처럼 옆에서 든든히 함께해주는 라테 덕분에, 줄지어진 창구는 마치 공항의 출입국 심사 창구처럼 보이기 시작했다. 사라는 새로운 여행을 시작하는 것이라 최면을 걸며 스스로를 달랠 수 있었다. 이 문을 나서면 이국적인, 아니, 그보다 더 신비로운 사후세계의 풍경이 가득할 것이다. 조금은 무서울 수도 있다. 하지만 수학여행 때 제주 공항을 나서면 새로운 여행이 시작되었던 것처럼, 루나시움에서도 새로움이 가득한 여행이 시작될 것이다. 삶도 죽음도 하나의 여행일 뿐, 사라는 떨리는 마음으로 문의 손잡이를 잡아당겼다.

"와!"

건물 안에서는 상상도 하지 못했던 아름다운 풍경이 펼쳐져 있었다. 쌀쌀하게 추웠던 본부 내부와 달리, 따스한 햇살이 나른하게 온 세상을 비추었다. 햇살은 루나시움의 구석구석까지

가닿아 따뜻하게 반짝였다. 붉은 벽돌 건물을 따라 녹색 넝쿨이 화사하게 피어있는 역사 위로는 놀이공원에서 볼법한 하늘을 날아다니는 열차들이 부드럽게 멈춰 섰고, 다양한 모습의 시민들이 타고 내렸다. 역사 뒤로는 수평선을 따라 끝없이 펼쳐진 에메랄드 바다가 태양 빛에 반짝이고 있었다. 파도가 시원하게 부서지는 모습은 선선하게 불어오는 바닷바람과 하모니를 이뤘다.

반짝이는 바다 위로는 밝은 태양에도 불구하고 자신의 모습을 숨기지 않는 커다란 달이 더욱 가까이서 그 존재를 드러내고 있었다. 마치 이른 아침, 달은 지기 전이고 해는 서서히 세상을 밝혀오는 신비로운 그 시간대에만 볼 수 있는 하늘의 모습 같았다. 신기하게도 곰보 자국 하나 없는 달의 매끄러운 표면이 아름다움을 더했다. 눈꽃처럼 새하얀 학 한 마리가 수평선 가까이 내려앉은 커다란 달을 향해 날아갔다.

"사후세계가 이렇게 아름다운 줄 몰랐어요."

"인간들 기준에서 이곳은 사후세계이지만, 태초부터 이곳에 살아가는 존재들에게 이곳은 루나시움이라 불리는 삶의 터전이라네. 그리고, 보는 것처럼 아름답고 평화롭지만은 않아."

"무슨 일이 일어나고 있는 건가요?"

"마침 소호 거리에 볼일이 있는데, 가서 설명해 주겠네."

소호 거리는 선물공장과 루나시움 본부 등 중요한 건물이 모여 있는 미드타운 서쪽 끝 작은 골목에 있다고 한다. 몸집이 작은 로즈 할머니는 날개를 펼치더니, 그대로 가볍게 날아 커다란 나무의 겨드랑이 밑에 숨겨진 버튼을 눌렀다. 버튼을 누르자 나무는 마법에 걸린 듯 반짝거렸고, 투명한 열매 중 한 알이 숨을 가득 불어 만든 비눗방울처럼 순식간에 크기가 커졌다. 깜짝 놀란 사라와 달리 로즈 할머니는 익숙하게 거대한 이파리를 땄다. 그 이파리를 커진 열매 아래 연결하더니, 이파리에 올라탔다. 눈앞에서 일어난 보고도 믿기 힘든 광경에 정신을 못 차리는 사라를 보며 할머니는 웃었다.

"어서 타게나."

사라와 라테가 타자, 나뭇잎에 연결된 열매 방울이 더욱 커지며 서서히 날아올랐다.

"와- 루나시움의 택시 같은 건가요?"

"우리는 '루시'라고 부른다네."

사라는 여행하는 마음으로 천천히 길거리를 구경했다. 루나시움에는 생김새가 다양한 존재들이 공존했다. 로즈 할머니처럼 날개가 달리거나, 면접관들처럼 진짜 같은 화관을 쓴 존재, 또는 로봇으로 몸을 개조한 존재들이 있는가 하면, 평범한 인간의 모습을 한 존재도 있었다.

"왜 루나시움의 존재들은 모두 생김새가 다른 거예요?"

"루나시움 시민들은 크게 두 분류로 나뉘지. 신을 모시던 4제자의 후손인 귀족 가문들과 인간의 영혼인 노버. 4제자의 후손들은 제자를 닮은 신비로운 생김새를 지니고 있어. 반면 노버들은 인간의 모습과 닮았다네."

"그럼 저는 노버이군요. 뭔가 불공평해요."

"노버들도 일 년에 한 번 열리는 문라이트 서바이벌에 참여해 뛰어난 두각을 보이면, 귀족 가문에서 스카우트해 간다네. 가문의 힘을 유지하기 위해 인재를 데려오는 것이지. 그렇게 선발된 이들은 특별한 의식을 치르고 가문의 일원이 되어 그들과 비슷한 생김새와 고유한 능력을 가지게 돼."

"와! 멋져요! 저도 참여하고 싶어요. 어떻게 하면 참여할 수 있나요?"

"메이즈 아카데미에 등록하면 돼. 많은 사람이 메이즈 아카데미에서 신성한 힘을 다루는 법과 루나시움에 대한 기본 교양을 배운다네. 메이즈 아카데미는 인간들 세계로 따지면 그… 대학교 같은 곳이야. 그곳에 다니는 시민만이 문라이트 서바이벌에 참여할 수 있지."

"대학교라니! 대학에 다니는 건 제 평생의 꿈이었어요!"

"그리고 신성한 힘을 키워야 해. 문라이트 서바이벌은 신성한 힘을 겨루는 대회라 신성한 힘이 많아야 하고 자유자재로 사용할 수 있어야 한다네."

대화를 나누다 보니 어느새 파스텔 톤 노을이 커다란 달을 감싸며 층층이 구름을 물들였다. 가로등은 금색의 빛을 뿜으며 거리를 반짝였다. 소호거리의 기다랗게 늘어진 거리의 양옆으로는 아기자기한 가게들이 늘어서 있었다. 소호거리의 시작을 알리는 곳에는 알록달록한 구름 조각들이 빛을 내뿜으며 SOHO라는 모양으로 걸렸다. 그 위로는 세차게 피어나는 꽃처럼 불꽃 축제가 일렁이고 있었다. 끊임없이 피어나는 불꽃 아래로는 거리마다 비눗방울이 흩날리고 있어, 설레는 느낌이 물씬 났다. 라테도 주인을 따라 산책을 나온 동물들과 인사를 나누며 잔뜩 신이 난 듯 꼬리를 흔들며 웃어 보였다.

"여긴 꼭 놀이공원 같아요."

"오, 이곳 놀이공원은, 가고 싶지 않을게야. 주문이 어찌나 정신없이 걸려있던지! 어쨌거나 이곳은 어른들의 놀이공원이라 할 수 있지. 아기자기한 가게들이 가득하고 밤에는 야시장도 열린다네."

로즈 할머니는 〈페리 가문 마법 상점〉이라 적힌 가게로 향했다. 작은 오두막 안은 신비로운 분위기가 가득했고, 은은한 빛이 가게 안을 비추고 있었다. 페리 가문 요정들이 천장을 날아다니며 불빛을 내뿜었고, 벽과 천장 곳곳에 반짝이는 빛의 점들이 마치 별처럼 빛나고 있었다. 벽 쪽에는 여러 개의 선반이 있었다. 빛나는 보석, 반짝이는 구슬, 정체를 알 수 없는 솜사탕과 '보고 싶은 사람을 꿈에서 만날 수 있는 가루'와 같은 각종 가루가 놓여 있었다. 가장 아래쪽 선반 끝에 놓인 오르골은 끊임없이 돌아가며 부드러운 멜로디를 가게 안에 수놓았다. 바닥은 부드러운 이끼와 꽃잎으로 만든 카펫이 깔려 있어 발걸음을 옮길 때마다 자연의 향기가 느껴졌다. 로즈 할머니는 가게 한쪽 구석에 놓인 카운터로 향했다.

"로즈! 선물 재료를 사러 왔나요?"

"선물공장에 새로 온 사라가 이곳의 역사를 궁금해해서요."

“우리 가게에 ‘기억 사탕’이라는 상품이 있어요. 루나시움 본부의 기억 구슬을 모방해 만들었죠. 기억 사탕에는 생명력이 있어서 생생하게 이야기를 보여준답니다. 조금 비싸기는 하지만 사라 씨께서 루나시움을 제대로 이해할 수 있을 거예요!”

로즈 할머니는 못 이기는 척 “그래요, 사라를 위해서니까.” 하며 빛나는 기억 사탕 하나를 계산했다. 사라는 큰 알사탕을 집어 입에 덥석 물어넣었다.

“워- 성격도 급하셔, 기억 사탕을 사용하는 동안은 의식을 잃기 때문에 앉아서 사용해야 해요.”

그러고선 가게 한쪽 구석 소파에 사라를 앉혔다.

“눈을 감고 보이는 기억에 집중하세요.”

주위가 흐려졌다. 그리고 서서히 멀어져가는 점원의 목소리가 들려왔다.

“그렇지만, 이 기억의 모든 것을 믿지는 마시길.”

2장

어딘가 수상한 공장의 비밀

최면에 걸린 듯 기억의 조각들이 떠오르기 시작했다. 분명 사라의 기억이 아닌데, 자신의 기억처럼 선명하게 떠올랐다. 저 멀리 온몸으로 빛을 내뿜는 존재가 있다. 실루엣밖에 보이지 않지만 어째서인지 사라는 그가 신이라는 것을 알 수 있었다. 4명의 제자가 그의 주위를 따라다녔다.

'와… 저들이 신의 제자구나. 멀어서 잘 안 보이는데 되게 신기하다!'

"가까이서 보여줄까?"

"깜짝이야! 넌 누구야?"

"난 기억 사탕의 요정이야. 지금 네게 루나시움의 역사를 보여주는 존재!"

"말도 할 수 있었어?"

"생명력이 있다고 했잖아! 한 제자씩 천천히 보여줄게. 자자, 준비하시고, 첫 번째 제자에게 출발!"

기억 사탕의 요정은 꺄르르 웃으며 사라를 첫 번째 제자에게 데려갔다. 사라는 롤러코스터를 탄 것처럼 온몸이 붕 떴다가 앞으로 쏟아지는 느낌과 함께, 첫 번째 제자에게 도착했다. 첫 번째 제자는 온몸이 화염으로 뒤덮여있다. 너무 생생한 나머지 사라는 파스스 하고 튀어 오르는 화염을 피하려고 몸을 움츠렸다. 그는 덩치가 매우 크고, 몸에는 타투 같은 문양이 가득했다. 면접장에서 봤던 로봇으로 몸을 개조한 면접관의 조상인 모양이다.

그는 능숙하게 불을 다뤄 철을 조형하고, 그 철로 몸 구석구석을 보호하고 있었다. 신은 그를 대장장이 '로한 데어'라 불렀다. 가상 성의로운 그에세 어둠의 힘과 악마를 부리는 능력을 주며 지옥을 운영하도록 했다. 그의 후손인 데어 가문은 용암이 솟구치는 땅에서 어둠의 힘으로 과학기술을 발전시켰다. 현재는 아까 본 면접관처럼 자기 몸의 일부를 로봇으로 개조하는 데 한창이다. 그들의 몸집은 인간보다 두세 배는 크고, 선천적으로 탄탄한 근육을 자랑한다.

두 번째 제자가 아름다운 노래를 부르자 식물들이 이리저리 흔들렸다. 사라의 손끝에도 산들거리는 식물이 기분 좋게 스쳤다. 그러다 한순간, 그녀의 손짓 한 번에 그 식물은 위협적인 무기로 변신했다. 사라는 반사적으로 몸을 피했다. 그녀의 이름은 하니 시리아, 그녀의 후손인 시리아 가문은 생명의 대지에서 천국을 운영한다. 천국을 믿던 사람이 죽자, 시리아 가문은 망자의 앞에 아름다운 꽃길을 펼쳐주었다. 망자는 그 길 위를 걸으며 천국으로 향했다.

사라는 기억 사탕을 경험하며, 루나시움 본부에서 안내하던 화관을 쓴 직원에 대한 궁금증도 풀렸다. 이들의 머리에선 동그란 화관 모양으로 식물이 자라나 꽃을 피운다. 나이가 들수록 화관도 화려해지는 모양이다. 시리아 가문 한 명이 눈을 감은 채 공중으로 날아오르고는 알 수 없는 말을 내뱉기 시작했다.

"어? 저 사람은 왜 저러는 거야?"

"시리아 가문만의 능력이지. 미래를 보는 거야. 사람들은 그 예언을 소중하게 여겨. 다음은, 네가 자주 보게 될 페리 가문의 조상이야!"

세 번째 제자는 작은 몸집과 날개로 빠르게 날 수 있는 메이지 페리. 사라는 로즈 할머니의 조상인 메이지 페리를 단숨에 알아볼 수 있었다.

"와…"

"메이지 페리의 후손들은 반짝이는 숲에서 지내. 궁금하다고? 그럼, 반짝이는 숲으로 출발!"

사라가 대답할 새도 없이 이미 사라의 몸은 다시 붕 떴다가 앞으로 하염없이 쏠렸다. 아래로는 반짝이는 강이 보였다. 강의 위쪽으로 그녀의 후손인 페리 가문 요정들이 보였다. 그들은 반짝이는 숲에서 원재료를 엮어 마법 재료를 만들고 있다. 반짝이는 숲의 동쪽 햇살 아래에서 자란 버섯을 으깨 하얀 눈 같은 가루를 만드는 요정도 있었고, 숲속 중앙공원에 있는 가장 큰 소나무에서 나온 솔방울의 송진을 짜내어 시간의 흐름을 조절하는 향수를 만드는 요정도 보였다. 작은 손으로 세심하게 만든 마법 상품 중 일부는 선물공장에 공급되거나 지금처럼 소호 거리 등 상점에서 판매되고, 그들이 직접 비행하여 인간세계로 배달하기도 한다.

마지막 제자는 한세 셰르핀, 그는 새하얀 머리카락을 지녔다. 루나시움 본부에서 봤던 카일도 하얀 머리였다. 그의 조상인 한세 셰르핀은 넷 중 가장 허약한 신체를 지녔을 뿐만 아니라 타고난 능력도 없어 다른 제자들에게 무시를 당하기 일쑤였다. 신은 설산을 가장 약한 제자에게 주며 그곳을 지키도록 했다. 눈 덮인 설산은 온갖 마법 광물이 자라나는, 신이 소중하게 여기던 곳이다.

"왜 가장 약한 제자에게 그 중요한 곳을 맡긴 거야?"

"약한 제자에 대한 애틋한 마음 때문이었겠지."

"설산도 가까이서 볼 수 있어?"

"설산으로 출발!"

사라는 순간 진짜 설산에 온 것처럼 추위를 느끼기 시작했다. 기억 사탕의 재현 능력은 어마 무시했다. 새하얀 눈이 쌓인 설산 위에선 오색찬란한 빛을 내뿜는 마법 광물들이 자라나고 있었다. 반짝이는 마법 광물은 새하얀 눈과 대조되어 놀이동산의 퍼레이드처럼 아름답게 빛났다.

"이 모든 일을 마친 신은 제2의 우주를 만들겠노라고 루나시움을 떠났고, 셰르핀의 후손들은 신이 떠난 뒤에도 설산을 지키며 살아가고 있어."

사라는 지구에서 인간으로 살아가며, 자신이 아는 세계가 전부인 줄만 알았다. 그런데 이렇게 큰 다른 차원의 세계가 있고 이렇게 다양한 존재들이 있었다니! 당장이라도 뛰쳐나가 데어 가문의 용암이 솟구치는 땅도, 페리 가문의 반짝이는 숲도, 셰르핀 가문의 설산도 가보고 싶었다.

그리고, 신을 보고 싶었다. 살아있을 때부터 꼭 만나보고 싶은 존재였다. 묻고 싶은 것이 너무나도 많았다. 고아라는 이유로 친구들에게 따돌림을 당하며 살아가던 학창시절, 사라는 항상 궁금했다. 신이 있다면, 과연 인간에게 신경이나 쓸까? 매일 생각했다. 매일 밤 울며 기도해도 변하지 않는 이 끔찍한 일상 속에서 신은 없다고 생각하게 되었다. 사라의 생각이 맞았던 걸일까. 신은 인간에게 무관심해 제자들 손에 인간을 맡겨놓고 떠나버린 것일까. 인간들은 버려진 것일까?

“아니, 신은 인간들을 사랑했어. 그래서 선물공장을 만든 거야. 자신의 제자들이 인간을 돌보길 바랐기 때문이지.”

기억사탕의 속삭임이 사라의 귀를 간지럽혔다.

“내가 일하게 될 선물공장?”

“신이 인간을 위해 만든 완벽한 계획을 망가뜨린 것은 셰르핀 가주의 욕망이었을 뿐.”

“베브 시리아가 조심하라던 하얀 머리의 여자?”

“응, 셰르핀의 49대 가주, 이리샤.”

고유한 능력 없이 마법 광산이 자라나는 설산을 지키던 셰르핀 가문은 루나시움에서 가장 권력이 약했다. 페리 가문 요정이 설산에 마법 광물을 가지러 간 어느 날, 세르핀 가문의 가주였던 이리샤는 페리 가문에게 하트늄을 넘기기를 거부했다. 하트늄은 마음을 안정시키는 강력한 효능을 지닌 마법 광물로, 이리샤는 그 광물의 진정 효과에 중독되어 유달리 집착하고 있었다. 세르핀 가문의 의무는 광물을 지키는 것이지 소유하는 것이 아니라며 다른 가문들이 항의문을 보내오기 시작했고, 이를 등에 업고 페리 가문의 요정은 보란 듯이 하트늄을 빼앗아 갔다.

이어서 매우 위태로워 보이는 세르핀 가주의 모습이 보였다. 사람들은 그녀가 미쳤다며 수군거렸다. 그녀는 하트늄 중독 증세로 눈이 충혈된 채 온몸을 떨며 부하들에게 하트늄을 구해오라고 소리치고 있었다. 부하들은 몇 날 며칠 동안 눈 덮인 설산을 뒤져 하트늄을 구해왔고, 이리샤는 마침내 마음의 평화를 찾은 듯 평화로운 날들을 보냈다. 하지만 인간세계에 불안을 느끼는 사람이 많아질수록, 선물공장에는 하트늄이 더욱 많이 필요했고, 두 번째 하트늄마저 빼앗긴 세르핀 가주는 이성을 잃고 말았다. 그동안 가장 약한 가문의 가주로서 무시당하던 순간들에 악에 받친 그녀는 다른 가문에 마법 재료를 공급하는 것을 멈췄다. 강력한 힘을 지닌 모든 마법 광물을 독점하고 이를 이용하여 세르핀의 군사들을 살아있는 살생 무기로 만들기 시작했다. 오랫동안 평화를 누렸던 루나시움의 다른 가문들은 공격에 대처할 어떠한 준비도 되지 않은 채 한밤의 기습에 하나, 둘 무너져 내렸다.

끔찍한 살생의 현장이 보였다. 수많은 존재가 영혼 소멸을 당했다. 사라는 눈을 감아도 기억사탕의 이야기가 멈추지 않는다는 것을 알면서도 눈을 꼭 감아버리려 발버둥 쳤다. 하룻밤만에 모든 가문을 굴복시킨 셰르핀 가주는 무력으로 선물공장의 공장장 자리를 차지했다. 이로써 설산에서 자라는 마법 광물뿐만 아니라 선물공장으로 오는 신성한 힘조차 셰르핀 가문이 점령하게 된 것이다. 이는 마법 광물과 신성한 힘으로 권력을 유지하던 다른 가문들을 무력화했다. 그렇게 기나긴 독재의 시기가 시작되었다.

"지금도 독재의 시기야?"

"응, 그런데 세상을 바꾸려는 자가 등장했었어. 이름은 루나베토스."

사라의 눈앞에 새로운 기억 파편이 떠올랐다. 루나 베토스라는 자였다. 어째서인지 굉장히 익숙한 모습이었다.

"루나에 대해 알려줄게, 이건 루나시움의 그 누구도 알려줄 수 없어."

"왜?"

"가주가 만든 법 때문에, 잘못하면 영혼 소멸을 당하거든. 그런데 나는 기억 사탕 요정이라 루나시움의 법 따위에 연연하지 않는다고! 어차피 사탕이 다 녹으면 같이 녹아 없어질 존재인 걸. 사실 루나는…"

그때였다. '지지직'하는 소리와 함께 기억이 사방으로 조각

조각 흩어지고, 기억 사탕의 요정은 온데간데없이 사라져버렸다. 사라에게는 머리가 깨질 듯한 고통이 몰아쳤다.

"악!"

"어머! 괜찮으세요?"

페리가문 점원이 날아왔다.

"셰르핀 가주가 엄격히 역사를 검열해서, '그 일'이 일어난 뒤의 역사는… 모두 강제로 지워졌어요."

"그 뒤에는 어떻게 되었는데요?"

"셰르핀 가주가 만든 새로운 루나시움 법령 때문에 말씀드릴 수 없어요. 강력한 처벌이 주어지거든요. 저번에 누군가는 '그 일'에 대한 책을 썼다가 루나시움 시민용 지옥에 갇혔어요. 데어 가문 뒷골목에 가면 아직도 그가 울부짖는 목소리가 울려 퍼진다고 해요. 하지만 사라 씨, 스스로 진실을 찾아내야 해요. 그래야만 해요."

"검열된 진실이라…"

"아, 혹시나 해서 말씀드리자면, 지금 상황은 매우 안 좋지만 어딘가에 저항군이 존재한다는 조용한 소문이 있어요. 셰르핀 가주는 그 저항군을 없애기 위해 현상금까지 걸었어요."

"그렇군요. 으, 아직도 머리가 깨질 것 같아요. 로즈 할머니는 어디에 있죠?"

로즈 할머니는 이미 계산대에서 다른 페리 요정과 이야기 중이었다. 자세히 보니 할머니는 무엇인가를 구매하고 있었다.

"하… 이게 정말 옳은 선택인지 모르겠네요."

로즈 할머니가 말했다. 얼굴엔 근심이 가득했다.

"아시잖아요, 선택은 언제나 본인의 몫이라는 것을. 저희가 할 수 있는 것은 그들의 선택을 믿고 기다려주는 것뿐이라는 것도요."

"그렇죠."

"사용법은 로즈가 이미 다 아시겠지만, '특별 마법 용품 정보 공시법'에 따라 설명드려야 해서요. 기억을 지우는 솜사탕은 반드시 기억의 주인과 증인 한 명이 함께 사용해야 합니다. 솜사탕을 먹은 당사자는 잊고 싶은 기억이 지워집니다. 솜사탕 일부는 반드시 액체에 녹여 따로 보관하여, 기억의 주인이 복기를 원할 때 언제든지 이용할 수 있어야 합니다. 이 스프레이에 녹인 솜사탕 액체를 부어 기억의 주인에게 뿌려주면 지운 기억이 되살아납니다. 기억을 녹인 액체는 가지고 계실 테니, 스프레이와 눈동자 염색약만 계산해드릴게요. 가격은 50 피어스입니다."

로즈 할머니가 돈을 건넨다. 사라는 궁금증을 더는 참을 수 없었다.

"지운 기억을 되살리는 스프레이요? 누구에게 줄 건가요?"

"사라, 방금 일은 못 본 척 해주게. 자신에 대한 소문을 좋아하는 사람은 없는 법이니까."

아무리 눈치가 없는 사람이라도 그녀의 단호한 태도는 알아챌 수 있을 터였다. 사라는 궁금증을 애써 삼켰다.

로즈 할머니와 사라는 가게를 빠져나와 공장으로 향했다. 어느덧 해가 저물어 가는 파스텔톤 하늘에 떠 있는 구름 조각들, 그 아래로 늘어진 이국적인 가로등의 반짝임에 매료되어 이곳에 기억사탕에서 본 갈등이 있다는 것이 믿어지지 않았다.

"할머니, 선물공장에 가면 셰르핀 가주가 있나요? 기억 사탕이 그녀가 공장장 자리를 무력으로 차지했다고 보여줬어요."

"맞아, 셰르핀 본부에 가느라 자리를 비울 때가 많지만, 그녀가 공장장이라네."

"왜 수많은 것 중 하필 선물공장을 골랐을까요?"

"선물공장은 루나시움의 심장이라 할 수 있어. 신이 떠나고 오랜 시간이 지난 지금은 인간이 노버 취급을 받지만, 신은 인간을 사랑했다네. 자신의 제자들에게 루나시움을 맡긴 이유도 인간들을 잘 들여다보아 달라고 부탁하는 차원에서였지. 그래서 떠나기 전에, 인간들을 도와주면 돌아오는 학이 신성한 힘의 근원이 되도록 만들고서야 길을 떠났던 거야."

"그런데, 신성한 힘이 정확히 뭐에요?"

"기억 구슬에서 각 가문에 고유한 능력이 있다는 것은 보았지? 그 능력을 발현하려면 신성한 힘이 꼭 필요하네. 선물공장에서 인간들에게 마법 같은 순간을 선물하면, 그들이 느낀 마법 같은 순간이 담긴 학이 되돌아오지. 이게 바로 신성한 힘이야. 셰르핀 가주에게는 신성한 힘이 더 이상 필요하지 않지만."

"다른 가문의 힘을 견제하기 위해 공장을 독점한 것이군요."

"정확해. 이 학은, 선물공장 사람들에게 매우 특별한 의미가 있어. 모든 손님과의 추억이 담겨 있기도 하고, 선물공장에서의 시간을 상징하기 때문이야. 또한, 이렇게나마 신성한 힘을 모아 세상을 바꾸려는 우리의 작은 소망이 담겨 있기도 하네."

로즈 할머니는 유난히 반짝이는 가로등 아래 멈춰 섰다. 그 앞의 신비로운 건물이 바로 루나시움 선물공장이다. 루나시움 선물공장은 크게 4개의 건물로 이루어졌다. 가장 중앙에는 한 층 짜리 앞뒤로 기다란 선물공장 가게가 있다. 주황색의 따뜻한 조명이 아늑하게 빛을 밝히는 이 공간에선 특별한 선물을 판매하고 있다. 가게 위에는 옥상 공원이 자리해 신비로운 빛을 내뿜는 마법 식물들이 자라고 있고, 그 가운데에는 용도를 알 수 없는 투명 유리구가 햇살을 받아 눈부시게 반짝이고 있다. 투명 구는 캄캄한 밤에도 등대처럼 반짝인다고 한다. 인생에서 길을 잃은 모든 사람을 위해서, 선물공장은 연중무휴 영업 중이기 때문이다.

가게 오른쪽으로는 2층짜리 건물과 4층짜리 건물 두 개가 자리했다. 앞쪽의 2층짜리 건물은 선물공장 카페로, 카페 옥상에는 신비로운 파스텔 톤의 음료 원액들이 병에 담겨 가지런히 놓여 있다. 남은 공간에는 푹신한 1인용 소파와 테이블이 넉넉히 자리해, 선물공장 직원 몇 명이 휴식하고 있었다. 그 뒤로 연결된 4층짜리 건물이 바로 선물을 만들어내는 진짜 선물공장 건물이다. 공장은 열심히 돌아가고 있다는 듯이 굴뚝으로 하얀 연기를 뿜어내고 있었다. 4층짜리 선물공장 건물의 1, 2층은 선물이 대량으로 생산되는 공장이라고 한다. 3층은 고객들에게 맞춤형 선물을 만들기 위한 작은 공방들이 자리하고, 4층은 공장장의 방과 용도를 알 수 없는 다양한 방이 가득했다.

마지막으로 가장 왼쪽에는 높은 탑이 솟아 있었다. 탑은 선물공장 직원들을 위한 기숙사다. 4층짜리 선물공장 건물과 기숙사는 선물공장 가게를 사이에 두고 서로 마주 보고 있어, 직원들이 기숙사에서 일어나 바로 4층 건물로 이동할 수 있도록 연결하는 구름다리가 놓여 있었다. 기숙사의 앞쪽이자, 선물가게의 왼쪽에 있는 빈 공간에는 크리스마스트리가 반짝이고, 선물더미들이 쌓여 있다. 건물의 외벽 곳곳에는 밝은 빛을 진하게 뿜어내는 조명이 달려있어 공장의 정취를 더했다.

사라는 아름다운 모습에 홀린 듯이 건물로 들어가려 했으나, 로즈 할머니는 아직이라는 듯 그녀를 멈춰 세웠다.

"자 먼저, 선물공장에 들어가기 전에 알아두어야 할 것이 있어. 루나시움에서 선물공장으로 들어갈 때는 어느 문을 사용해도 상관이 없지만, 인간세계를 오갈 때는 반드시 선물공장 가게를 통해야 해. 선물공장 가게는 인간세계에서 행운동이라 불리는 동네에 위치하지. 선물 가게에 인간들도 와서 물건을 사갈 수 있어. 하지만 바로 그 옆의 카페와 기숙사, 그리고 선물공장 건물은 인간들의 눈에 보이지 않아. 오직 루나시움의 존재들에게만 보이지. 그래서 루나시움의 존재가 가게를 통해 선물공장에 들어왔다가 다른 건물로 이동하면, 인간들 눈에는 내 옆에 있던 사람이 그대로 사라져버리는 기괴한 현상이 보이는 거야. 그래서 루나시움으로 돌아올 때는 반드시 선물공장 가게 안쪽에 '직원 전용'이라 적힌 문을 통해 들어와야 해."

"인간들의 눈에 우리가 보인다는 말씀이신가요…?"

"선물공장의 구역 중에 인간이 초대된 곳에서만 그렇다네. 선물공장 가게처럼."

"아 그렇군요…! 꽤 복잡하군요."

사라는 잊어버리지 않기 위해 열심히 메모하며 로즈 할머니의 말에 귀 기울였다.

"저도 행운동에 살았어요. 하지만 이런 멋진 건물은 단 한 번도 본 적이 없어 의아했는데, 그 부분은 인간들의 눈에는 보이지 않는 영역이었군요."

"자, 그럼 들어가서 공장 직원들을 만나보겠나?"

둘은 가장 중앙의 선물공장 가게로 향했다. 주황색의 따뜻한 조명이 아늑하게 빛을 밝히고, 매대 위에는 행복함을 주는 에버블리스 진액이 담긴 달달한 디저트, 안식초 꽃잎이 들어간 곰인형, 또는 선물공장 직원들이 만들고 어떤 이유로 고객에게 전달하지 못한 물건들이 진열되어 있다. 만약 당신이 조그마한 초콜릿 하나에 온 세상을 가진 듯 행복해진 적이 있다면, 그것은 자신도 모르게 선물공장 가게를 들러 갔다는 뜻이기도 하다. 가게 안쪽에는 로즈 할머니가 말한 직원 전용 미닫이문이 하나 있었다. 그 문을 열자, 선물공장 카페가 모습을 드러냈다. 카페의 통유리로는 햇살이 한가득 내리비추고, 햇살이 밝히는 가장 안쪽에는 원목 소재로 된 카운터가 있었다. 보기만 해도 풀 내음이 가득한 연두색 식물들이, 카운터와 같은 색의 테이블들을 구분하고 있었다.

카페 뒤쪽에는 4층짜리 선물공장 건물이 있었다. 1층과 2층에서는 자동화된 마법 장치들이 선물을 끊임없이 만들어냈다. 거대한 마법 공장의 내부는 은은한 빛으로 가득 차 있고, 마법 장치들은 부드러운 소리를 내며 움직였다. 여러 작업대가 줄지어져 있었는데, 첫 번째 작업대에서 부드러운 천이 펼쳐지자 가위가 스스로 움직이며 천을 재단했다. 그 천은 공중으로 떠올라 두 번째 작업대로 이동했고, 바늘이 공중에서 춤을 추듯 천을 꿰매어 인형의 각 부위를 만들었다. 모양이 잡힌 인형이 다시 공중으로 떠올라 세 번째 작업대로 이동하자, 반짝이는 숲의 가장 햇볕이 잘 드는 따뜻한 곳에서 자란 안식초의 파스텔 톤 꽃잎이 보드라운 솜과 함께 인형을 가득 채웠다. 이 모든 과정이 끝나자, 마지막 작업대로 이동하여 아름다운 선물상자 안으로 쏙 들어갔다. 안식초 꽃잎이 들어간 이 인형을 받은 고객은 인형을 안을 때마다 평화로움을 느낄 수 있을 것이다.

그 뒤의 작업대에서는 인간에게 행복을 전해주는 에버블리스 꽃잎의 진액이 들어가는 초콜릿이 만들어지고 있었다. 3층은 고객들에게 맞춤형 선물을 만들 수 있는 공방이 자리했다. 각 부스에는 '오르골 공방', '디저트 공방', '감정 공방' 등 각각 이름이 적힌 것으로 보아 각자 다른 선물을 생산하는 듯했다. 오르골 공방은 아름다운 나무껍질로 만들어져 있었고, 디저트 공방은 보기만 해도 달달한 과자로 만든 집 모양의 아기자기

한 공방이었다. 인테리어도 각 테마에 맞게 제각각 독특한 디자인을 자랑했다. 3층의 창문을 열자, 선물공장 기숙사 건물로 연결되는 다리가 놓여 있었다. 사라는 보드라운 구름으로 된 다리 위에 올라섰다. 아득한 높이에 심장이 쫄깃해졌지만, 폭신한 구름다리는 묘한 안정감을 주었다. 다리의 반대편에 있는 탑으로 들어가자, 아늑한 기숙사가 펼쳐졌다.

"어! 로즈 할머니다!"

초등학교 2학년 학생 정도로 보이는 아이가 방에서 뛰어나왔다. 아이는 환하게 웃으며 로즈에게 안겼다. 시리아 가문인 릴리의 머리에는 연두색의 이파리가 있었다. 그 사이로는 릴리만큼 작고 소중한 안개꽃이 조금씩 숨어있었다.

"릴리, 여기는 선물공장에 새로 온 사라 언니야. 언니에게 공장 사람들 소개 좀 해줄래?"

"네!"

릴리는 막중한 임무를 부여받은 요원처럼 비장한 표정으로 대답했다. 그러고는 다시 해맑은 미소를 지으며 사라의 손을 잡는다. 누군가의 손을 잡아본 것이 얼마 만인가, 사라는 생각했다. 분명 사랑을 가득 받고 자란 아이일 것이다. 누군가의 손을 잡는 행동이 이토록 자연스러운 것을 보면. 문득 떠오르는 자신의 어린 시절은 뒤로하고, 햇살처럼 따스한 어린아이의 행동에 마음이 사르르 녹는 기분을 만끽했다. 릴리는 세련된 인상의 여자에게 향했다. 고급스러운 아름다움과 어딘지 모를 신비함이 가득했는데, 그녀 역시 하얀색 머리카락을 지닌 것으로 보아 셰르핀 가문일 것이다.

“안녕하세요, 저는 오늘부터 선물공장에서 함께 일할 한사라라고 합니다!”

그녀는 고개를 살짝 들어 사라를 위아래로 기분 나쁘게 훑어보고는 비웃음을 지었다.

“하, 또 노버네.”

잘 보이려 한껏 밝게 인사했던 사라와 달리 노버인 사라를 대놓고 무시하는 태도였다. 사라는 참을 수 없었다. 세상에 발을 들인 순간부터 자신을 지켜줄 부모란 존재라곤 없었던 사라가 삶을 통해 어렵게 배운 값비싼 교훈이었다. 나 자신은 스스로가 지켜야 한다.

“방금 뭐라고 하셨어요?”

“야, 너, 똑똑히 들어. 넌 셰르핀 가문에 대한 예절교육부터 똑바로 받고 와. 하루 만에 잘리기 싫으면. 알았어? 니가 방금 한 거, 그 말대꾸. 내가 제일 싫어하는 거니까 앞으로 내 말에는 무조건 ‘네’라고만 대답하고. 내가 너 따위랑 말을 섞을 일도 없겠지만.”

“말이 지나치신…”

릴리는 분노하는 사라를 온몸으로 막으며 공장의 다른 곳으로 향했다.

“방금 저 언니는 앨리스 언니야. 겉으로는 무서워 보이는데, 사실은… 더 무서워! 저 언니한테 잘못하면 공장장님께 일러서 완전 혼나니까 조심해야 해. 어! 저기 내 제일 친한 친구다!”

사라는 또 다른 어린이를 상상하며 친절한 말투로 말하기 시작했다.

"안녕, 꼬마야? 넌 이름이 뭐… 어머!"

"안녕하십니까, 저는 이안 데어라고 합니다."

사라는 예상치 못한 상황에 깜짝 놀라고 말았다. 검붉은 색 눈동자, 동굴 같은 중저음의 목소리, 멋지게 그을린 근육질의 몸. 앨리스만큼이나 차가운 인상의 남자가 서 있었다. 그가 입은 검은색 반소매 아래로는 문신이 가득했으며, 문신은 손을 대체한 로봇과 자연스럽게 이어졌다. 사라는 로봇으로 대체된 손 바로 위의 문신에서 눈을 뗄 수가 없었다. 아무리 봐도 릴리의 모습이었기 때문이다. 궁금해하는 사라의 마음을 읽은 것인지 릴리는 자랑스러운 표정으로 이야기를 시작했다.

"이안 오빠 손목에 이 문양, 나야!"

"정말? 어쩐지 똑 닮았더라! 릴리 모습으로 타투를 하신 거예요?"

"아, 이건 타투가 아니라 저절로 몸에 새겨지는 문양이에요. 데어 가문의 특징이죠. 저희도 태어날 때는 아무 문양 없이 태어나지만, 삶에서 의미 있는 일을 겪을 때마다 그 일을 상징하는 문양이 몸에 새겨져요."

"릴리랑 엄청 친하신가 봐요!"

"이안 오빠가 루나시움 지옥에 있는 우리 아빠를 만나게 해줬거든!"

사라는 깜짝 놀라 뭐라 반응해야 할지 알 수 없었다. 릴리의 아빠가 루나시움 시민용 지옥에 갇혀있다고?

"걱정 마, 언니! 우리 아빠 잘 있어."

이안은 목소리를 조용히 낮추며 말했다.

"릴리의 아버지는 셰르핀 가주에 맞서다 억울하게 갇히셨어요. 데어 가문은 셰르핀 가주 몰래 그런 분들께 아늑한 방을 내어주고 편히 쉴 수 있게 해드려요."

"그런데 어떻게 아버지를 만나게 해주신 거예요?"

"저는 원래 지옥을 관리하는 일을 했거든요. 데어 가문이 누릴 수 있는 최고로 명예스러운 일이죠. 고되지만, 신이 직접 맡기신 일이니까요."

이안은 살며시 릴리의 두 귀를 막고 장난스러운 표정으로 말했다.

"릴리가 아빠를 만날 수 있게 하느라 해고당했지만요. 릴리한테는 비밀이에요."

"덕분에 형이 선물공장에 왔잖아?"

어디선가 앳된 얼굴의 남자가 나타나 끼어들었다. 그는 사라와 같은 노버였다. 그의 눈동자는 연하다 못해 투명해 보이는 푸른색으로, 그의 훤칠한 키, 그리고 아름다운 얼굴과 조화를 이뤘다. 그는 릴리를 보며 서글서글 웃으며 말했다.

"릴리가 공장 소개해 주고 있는 거야? 이렇게 중요한 미션을 치사하게 혼자 한단 말이야? 나도 끼워주라!"

"안 돼! 할머니가 나한테 부탁했단 말이야."

"릴리! 우리 단짝 아니었어? 완전 실망이야!"

"그렇긴 한데… 그래도 그건 반칙이지!"

그는 한참의 입씨름 끝에 사라를 바라보며 말했다.

"제 룸메이트 되실 분이 오셨군요! 반가워요, 저는 에드워드예요. 강아지도 왔네? 안녕! 나 강아지 되게 좋아하는데."

웃으며 말하는 그의 앳된 얼굴에서는 환하게 빛이 났다. 저 사람은 어떤 사연이 있어 이곳에 오게 되었을까.

"아까 앨리스 씨를 만나고 왔다면서요? 보셨으니 아시겠지만, 앨리스는 완전 재수탱이에 종족 차별주의자, 악마 그 자체예요. 천사 같은 저랑은 정반대죠! 그치, 릴리?"

"오빠가 내 친구지만 그래도 천사는 아니야! 아닌 건 아니지! 그리고 앨리스 언니한테 다 이른다?"

"일러봐라? 무서워서 못 이를 거 다 알아!"

릴리가 씩씩거리며 바로 옆의 산세베리아를 향해 손을 뻗자, 그 식물은 한순간 놀라울 정도로 빠른 속도로 성장하며 금방이라도 에드워드를 공격할 듯 그를 향해 돌진했다. 시리아 가문의 능력을 눈앞에서 보는 것은 처음인 사라는 깜짝 놀랐다. 반면 에드워드는 익숙하다는 듯 웃으며 한 손으로 식물을 잡아 멈췄다. 동시에 그는 온몸으로 릴리를 향해 돌진했다. 그때, 무표정으로 이 둘을 지켜만 보던 이안은 로봇 손을 들어 올려 릴리에게 투명한 방울을 발사했다. 릴리를 감싸 안은 비눗방울은 공중으로 부드럽게 떠올랐고, 그녀를 향해 달려오던 에드워드는 그대로 벽에 머리를 박고 말았다.

"악! 형, 이러기에요?"

이안은 그를 향해 한 번씩 웃고는 릴리를 구한 방울을 조심스럽게 바닥으로 착지시켰다. 릴리는 그의 품에 안기며 말했다.

"역시 이안 오빠가 최고야!"

이안은 릴리를 안아 들며 중저음의 목소리로 말했다.

"릴리랑 에드워드는 맨날 이러면서 놀아요. 여기서부터는 제가 안내할게요."

그는 릴리에게 눈동자 염색약을 건네받아, 사라를 선물공장 건물 4층으로 데려갔다. 거대한 공장장의 사무실과 용도를 알 수 없는 다양한 방이 있던 곳이다.

"이 방들은 뭐에요?"

"다른 지역에 있는 선물공장으로 이어지는 통로에요."

"아, 선물공장이 더 있어요?"

"네, 모든 나라, 모든 지역에 있죠. 저희가 전 세계 고객들을 돌볼 수는 없으니까요."

이안은 그녀를 4층 한쪽 구석의 어두운 방으로 이끌었다. 방은 동굴같이 어둡고 둥근 모양이었다. 방의 한가운데에는 신비로운 수증기가 피어오르는 거대한 성배가 있었다. 이안은 성배에 눈동자 염색약을 방울방울 떨어뜨렸다.

"이제 눈동자를 염색할 거예요. 선물공장에서 일하는 모든 직원이 거치는 과정이죠. 선물공장 직원으로서의 소속감이자, 자신의 정체성을 잃어버리지 말라는 뜻을 담은 의식이에요. 이곳에서 남을 위해 살아가다 보면 자신이 누구인지를 잊어버리는 순간이 오기 마련이거든요. 하지만 자신이 행복해야 남에게도 행복을 전할 수 있는 법. 자신의 정체성과, 자신을 돌보는 법을 잊어서는 안 돼요. 이 염색약이 사라 씨의 기억을 모두 살펴보고, 가장 어울리는 색으로 염색해 줄 거예요. 앞으로 계속 이 눈동자로 지낼 것이기 때문에, 매우 중요한 의식이라 할 수 있죠. 마음의 준비가 되면, 눈을 뜬 채로 성배 속에 얼굴을 담그세요."

사라는 크게 심호흡을 하고 얼굴을 담갔다. 그녀의 인생이 파노라마처럼 스쳐 지나갔다. 사라는 엄마에 대한 기억이 없다. 어릴 적, 엄마는 어디 있냐는 사라의 질문에 아빠는 소리를 고래고래 지르며 화를 내기 일쑤였고, 그 모습이 너무 무서웠던 어린 사라는 엄마라는 단어를 입 밖에 꺼낼 수조차 없었다. 술에 찌들어 방 안에만 갇혀 살던 아빠는 어느 날부터 눈에 띄게 외출이 잦아졌다. 항상 지저분하게 기르던 수염도 깎기 시작했다. 아빠가 변했다. 어린 사라는 본능적으로 불안함을 느꼈다. 외출한 아빠가 다시는 집에 돌아오지 않을 것만 같았다.

"으아앙! 아빠, 가지마. 나 버리지 마…!"

떼를 쓰는 사라가 성가셨던 아빠는 사라를 할머니 댁에 맡겨버렸다. 하루, 이틀, 한 달이 지나도 아빠는 돌아오지 않았다. 이후 아빠를 우연히 만났을 때, 아빠는 사라보다 조금 더 어린 아이를 다정하게 안은 채 처음 보는 여자와 손을 잡고 길을 걷고 있었다. 사라에게는 단 한 번도 보인 적 없는 다정한 모습으로, 사라를 모르는 척 지나갔다. 그 뒤로 사라는 늘 혼자였다. 어두컴컴한 방 안에서 조그마한 TV를 보던 기억뿐이다. 어린 사라의 방은 가난했다.

하지만 사라에게도 보물이 있었다. 바로 요정인형이었다. 사라가 아주 어릴 때 그녀에게는 상상의 요정 친구가 있었다. 종일 요정인형과 함께 놀다 밤12시가 되면 할머니가 돌아왔다. 할머니는 사라의 머리를 한번 쓰다듬고 곧장 아픈 할아버지를 간호했다. 사라는 할머니와 조금 더 함께 있고 싶었지만 그렇게 떼를 썼다가는 할머니도 아빠처럼 사라를 버릴까봐 얌전히 있었다.

엄하기로 유명한 담임선생님은 사라에게 고아 티가 난다며 유독 더 무섭게 대했다. 매일 똑같은 옷을 입고 다닌다는 이유로 회초리를 맞았다. 그날 이후로 친구들은 하나, 둘 사라를 멀리했다. 사라는 고등학생이 되어서도 여전히 외톨이였다. 사라의 친구는 하교하는 길에 밥을 챙겨 주던 하얀 길고양이 한 마리가 유일했다. 사람을 경계하던 그 고양이는 사라를 유난히 잘 따랐다. 사라는 처음으로 누군가에게 사랑받는다는 기분을 느낄 수 있었다. 사라가 하교할 시간이면 그 고양이는 항상 같은 자리에서 사라를 기다리고 있었다.

"안녕! 나 기다리고 있었어? 여기, 이거 먹어. 고양이들이 엄청 좋아하는 거래! 오늘 누구를 만났는지 알아? 초등학교 때 내가 냄새난다고 괴롭혔던 짝이 다시 우리 학교로 전학 왔더라? 걔는 여전히 못됐어! 근데 진짜 웃긴 건, 나는 아직도 걔가

낸 소문 때문에 친구도 못 사귀고 있는데, 개는 나를 기억도 못 하는 거 있지? 진짜 불공평하지 않아?"

사라가 이렇게 한바탕 속마음을 털어놓으면, 그 고양이는 정말로 열심히 듣고 있는 듯한 자세로 그녀를 빤히 바라보았다. 그 순간은 사라가 살아갈 수 있는 버팀목이었다. 그러나 수능이 끝난 어느 날, 그 고양이는 난데없이 사라져버렸다. 여기저기서 길고양이를 학대하는 사람들에 대한 흉흉한 기사를 본 사라는 걱정이 되었다. 한참을 찾아 헤맸다. 하지만 한참이 지나도 그 고양이는 나타나지 않았다.

유일한 친구였던 고양이를 잃은 상처를 온전히 회복하기도 전에, 할아버지께서 돌아가셨다. 그 뒤로 할머니도 할아버지를 따라가셨다. 사라는 세상에 온전히 홀로 남겨졌다. 하지만 슬퍼할 새가 없었다. 할머니는 생전에 식당에서 주말도 없이 그릇을 닦았지만 그렇게 번 돈으로는 할아버지의 병원비를 감당할 수 없었다. 사라는 세상에 나선 첫 순간부터 기울어진 운동장의 가장 낮은 곳에서 달리기를 시작해야 했다.

대학은 꿈도 꾸지 못한 채 아르바이트를 하며 간신히 생계를 유지하던 날들, 그러던 어느 날 사라의 삶 속으로 들어와 그녀의 하루를 밝혀주었던 라테. 열심히 아껴 돈이 조금 남는 달에는 맛있는 간식을 사 갔다. 라테는 침을 흥건하게 흘리며 펄쩍펄쩍 뛰며 기뻐했다. 그것이 사라의 유일한 행복이었다. 하지만 둘에게 주어진 시간은 길지 않았다. 일을 마치고 간식을 사서 돌아온 어느 날이었다. 사라를 애타게 기다리고 있던 라테는 주인을 보고 그제야 안도하는 표정으로 무거운 꼬리를 살짝 들어 올려 낮게 살랑였다. 그리고 그녀의 품에서 눈을 감았다. 그녀는 무너져 내렸다. 고된 삶이었지만, 그 어느 때보다도 산산조각이 났다. 더는 버틸 힘이 없다.

"라테야!"

순간 사라는 악몽에서 깨듯 소리를 지르며 성배에서 얼굴을 꺼냈다. 차가운 물의 감촉, 자신의 이름이 불리자 화들짝 놀라 사라에게 달려오는 라테, 걱정스러운 표정의 이안. 루나시움이라는 저승으로 돌아온 사라는 자신이 죽었다는 사실에 오히려 안도했다.

"많이 고통스러웠군요."

사라의 심장은 아직도 빠르게 뛰고 있었다.

"충분히 휴식을 취한 뒤에, 마음이 괜찮아지면 그때 다시 시작하세요."

차가운 외모와 달리 다정한 목소리였다. 사라는 그래, 이제 다 지난 일이야, 라며 스스로 다독이고는 성배 속에 다시 얼굴을 담갔다.

한동안 무너진 사라와 달리 시간은 야속하게 흘러갔다. 마음을 추스를 새도 없이 조여 오는 생활고에 다시 취직을 준비하던 시간과 교통사고로 갑작스레 맞이한 삶의 마지막 어느 날까지. 사라는 염색이 끝났음을 본능적으로 알 수 있었다. 사라는 떨리는 마음으로 얼굴을 꺼내 들었다. 차가운 물을 톡톡 털어내며 본 거울 속에서는 화사하게 빛이 나는 금빛 눈동자가 자신을 응시하고 있었다.

"화사함과는 거리가 먼 삶을 살았다고 생각했는데, 뭔가 잘못된 거 아닌가요?"

무심코 바라본 이안의 표정은 굳어있었다. 그는 사라를 빤히 바라보며 굳은 표정으로 대답했다.

"염색약은 절대 거짓말을 하지 않아요. 다만…"

이안은 사라에게서 시선을 거두지 못했다.

"우선 기숙사에서 쉬고 계세요. 곧 뒤따라갈게요."

사라는 어떨떨한 상태로 기숙사로 향했다. 문을 열고 들어가자 원목 소재로 된 아늑한 방이 드러났다. 한쪽 벽을 가득 채운 커다란 창문 옆으로는 개인용 책상이 2개 자리했고, 각각의 책상 위에는 이층 침대가 놓여 비밀 공간처럼 아늑함을 주었다. 사라의 발소리를 들었는지 침대에서 쉬고 있던 에드워드는 사라를 맞이하기 위해 몸을 일으키다 그녀의 모습을 보고 멈칫했다.

"눈동자 색깔이…"

때마침 이안은 로즈 할머니와 함께 도착했고, 입을 벌린 채 말을 잇지 못하는 에드워드를 불러냈다. 셋은 한창이나 진지한 표정으로 대화를 나누다, 사라를 흘깃 쳐다보고는 다시 대화를 이어갔다. 사라는 직감적으로 느낄 수 있었다. 무엇인가가 단단히 잘못되었음을.

"사라, 잠시 이야기 좀 할 수 있을까?"

"네! 그럼요."

로즈 할머니는 깊은 고민이 담겨 있으면서도 침착한 표정으로 말했다.

"이유는 차차 설명해 줄 테니… 당분간은 이 분홍색의 눈동자 보호막을 착용하고 다니는 것이 좋을 것 같네."

"역시, 염색이 잘못된 거죠?"

"아니, 염색이 잘못되는 경우는 존재하지 않아. 빛나는 금빛 눈동자는 신성하고도 특별하다네. 모든 역사를 통틀어 루나시움에 금빛 눈동자를 지닌 사람은 단 한 명뿐이었어. 이 사실을 셰르핀의 가주가 알게 된다면… 자네가 위험에 빠질 수 있어. 당분간 이 사실은 우리 넷 만의 비밀로 하지. 특히, 셰르핀 가주의 앞잡이인 앨리스에게 절대 들키면 안 된다네."

사라가 고개를 끄덕이자, 로즈의 손바닥은 분홍색 수증기를 만들고 사라의 눈앞에 멈춰 섰다. 사라는 따뜻하고도 포근한 보호막이 그녀의 눈을 감싸 안는 몽환적인 느낌에 그대로 빠져들었다. 그 포근한 느낌은 사라의 두 눈동자를 감싸며 보드랍게 내려앉았다. 마치 눈 위에 따뜻하고 보드라운 발열 안대를 올려놓은 듯한 느낌이었다. 눈을 뜬 사라가 마주한 것은 호기심 어린 에드워드의 분홍색 얼굴이었다. 아니, 에드워드뿐만 아니라 온 세상이 분홍색이었다.

"온 세상이 분홍색으로 보여요!"

"하룻밤만 자고 일어나면 괜찮아질 거예요. 분홍색 눈동자도 엄청 잘 어울려요. 그나저나, 이 귀여운 털북숭이 이름은 뭐예요?"

"아, 이 녀석의 이름은 라테에요."

"털 색이 딱 카페라테 색이네요! 아, 오늘 엄청 피곤했죠? 얼른 씻고 주무세요! 그리고 우리 이제 룸메이트인데, 편하게 누나라고 불러도 될까요?"

에드워드는 굉장히 명랑한 사람이었다. 사라는 피곤함도 잊고 그와의 대화에 빠져들었다.

"루나시움 첫날은 어땠어요?"

돌아보니 엄청난 하루였다. 루나시움에 처음 들어와 네 컷 사진기 같은 부스에서 입장권을 받아 창구에 들어간 일이며, 지하 세계와 면접, 페리 가문 마법 상점, 선물공장 사람들… 믿을 수 없는 일들이 너무 많이 일어나 정신이 없었던 그녀는 이제야 들뜨는 마음을 기분 좋게 음미할 수 있었다.

"정말 환상적이었어요! 그런데 왠지, 익숙한 느낌이 드는 사람들이 있었어요. 마치 꿈속에서 본 듯한 사람들이요."

"누나가 기억하지 못하는 인연이 있었을지도 모르죠."

"하얀 머리카락을 가진 사람들이 셰르핀 가문인 거죠?"

"맞아요. 셰르핀 가문의 가주가 바로 루나시움을 분열한 장본인이죠."

"오늘 만남의 광장에서 하얀 머리카락을 가진 카일이라는 분을 봤어요."

에드워드는 그의 이름에 깜짝 놀란 표정을 지었다.

"카일 씨가 만남의 광장에 있었어요?"

"네. 그 사람은 셰르핀 가주 밑에서 일하는 것처럼 보였는데, 그도 루나시움을 혼란에 빠뜨린 인물 중 하나일까요?"

"음… 글쎄요. 사실 카일 씨는 과거에 최전방에서 셰르핀 가주에게 맞서 싸우던 사람 중 하나였다고 해요. 지금 이리샤 밑에서 일하는 모습을 보고 그가 배신했다고 보는 사람들도 있지만, 저는 왠지 다른 이유가 있을 거라는 생각이 들어요. 가주가 카일 씨에게 지나치게 집착하기도 하고요."

에드워드와 이런저런 이야기를 나누던 사라는 긴 하루를 마무리하고 기분 좋게 잠자리에 들었다. 어느새 훌쩍 점프한 라테도 오랜만에 사라 옆에서 곤히 잠들었다. 편안하게 잠든 사라의 얼굴을 달빛이 포근하게 비추고 있었다.

'왜 나는 노력해도 안 되는 거지? 왜 이렇게 못난 걸까, 나는. 그냥 다 포기하고 싶어…'

잠든 사라를 깨운 것은 누군가의 우는소리였다. 사라는 그 소리의 근원지를 찾아 인간세계로 나가기 위해 옷장으로 향했다. 깨끗한 하얀 원피스로 갈아입은 사라는 아무도 없는 새벽의 길을 걸었다. 아르바이트가 끝나고 온몸에 진이 빠진 채 집으로 돌아가던 길목이다. 습관처럼 집으로 걸어가려던 사라는 멈칫했다.

"맞다, 나… 죽었지."

사라는 그 자리에 멈춰 서고 말았다. 하얀 원피스가 아니라 그냥 잠옷 차림으로 나와도 아무도 그녀를 보지 못한다. 사라는 근처 24시 편의점으로 향했다. 돈이 남는 날 라테의 간식을 사던 곳이다. 습관처럼 문을 열려 했으나 사라의 손은 힘없이 문을 통과해버렸다. 라테의 간식을 사고 싶었다. 하지만 아무리 손을 뻗어도 간식을 잡을 수가 없었다. 사라는 그 자리에 주저앉고 말았다. 고통뿐이었던 인생, 특별한 미련도 없었다.

하지만 이루지 못한 소원이 하나 남았다. 바로 대학교에 가는 것. 대학가 술집에서 아르바이트하던 사라는 대학생을 많이 보았다. 대학교에 새내기가 들어와 과 전체가 모여 술을 마시며 새내기를 맞이하는 행사를, 또는 여대생들이 예쁘게 꾸미고 나와 다른 학교 남학생들과 노는 모습을. 같은 나이었지만 그들이 거하게 마신 뒤 올려놓은 토사물을 치우던 사라의 처지와는 다르게 인생을 즐기는 듯한 그들을 지켜봤다. 평생 외톨이었던 사라는 그 모습이 너무나도 부러웠다.

그래서 사라의 간절한 소원은 대학생이 되는 것이었다. 성적은 충분했다. 하지만 사라에게 남겨진 현실은 대학을 다니면서는 감당할 수 없을 정도였다. 사라는 살아있을 때의 기분을 느끼며 걸었다. 차가운 공기가 가득한 새벽 거리 끝에서 울음소리가 들려오는 조그마한 원룸을 찾았다. 원룸의 구석에 앉아 무릎 사이에 얼굴을 묻은 채 서럽게 우는 젊은 여성의 모습이 보였다. 사라는 그렇게 자신의 첫 번째 고객을 발견했다.

첫 번째 고객, 정은주

"야, 정은주! 너 또 일을 이따위로 해? 몇 번을 말해야 알아들을래! 아니, 도대체 어떻게 하면 이런 상식적인 걸 몰라? 나 엿 먹이려고 일부러 이러는 거냐? 아니면 너 어디 모자라?"

신경질적인 팀장의 말은 한 귀로 듣고 한 귀로 흘리라며 모두가 이야기했다. 하지만 은주에게는 모든 말 하나하나가 가슴에 자리 잡고 그녀를 괴롭혔다. 힘들게 얻은 첫 직장인 만큼 정말 잘 해내고 싶었다. 하지만 팀장의 말처럼 정말 자신이 어디가 모자란 건지, 자꾸 사고만치는 자신이 너무 한심했다. 상사의 타박에 자꾸만 위축되고 그의 앞에 서면 한없이 작아지는 기분이었다.

입사 동기들은 다들 언제 일을 익힌 것인지 맡은 일을 척척 해내고 있는데 그녀는 아직도 혼자 헤매고 있다. 꿈에 그리던 직장은 이제 생각만 해도 두려운 곳이 되어버렸고, 제대로 된 시작도 하기 전에 실패자가 된 듯한 기분에 숨이 막혀 왔다. 잠자리에 누우면 오늘 자신이 한 실수에 대한 자책과 함께 혐오로 가득 찬 팀장의 눈빛이 떠올랐다. 그리고 내일에 대한 두려움으로 잠을 잘 수가 없었다. 눈만 감으면 걱정이 머릿속에 가득했다. 자신이 한심해 미칠 것만 같았다. 그녀는 침대의 한쪽 구석에 쪼그리고 앉아 눈물로 밤을 채웠다.

'왜 나는 노력해도 안 되는 거지? 왜 이렇게 못난 걸까, 나는. 그냥 다 포기하고 싶어…'

사라는 고민에 빠진 채 선물공장으로 향했다. 공장에선 안식초가 든 인형이 대량으로 생산되고 있었다. 저 인형을 선물하면 잠은 편하게 잘 수 있겠지만, 인형을 안고 출근할 수는 없는 노릇이다. 옆 작업대에서는 자신감을 주는 브라베리움 진액이 들어간 립스틱이 만들어지고 있었다. 자신감, 이토록 상처받은 영혼에 자신감만 채워준다고 문제가 해결될 것 같지는 않았다.

이 고객에게는 뒤처진 것 같아도 천천히, 자신만의 속도로 성장해나갈 수 있다는 스스로에 대한 믿음이 가장 필요할 것 같다. 처음 씨앗을 심는다고 당장 표면 위로 새싹이 올라오지는 않지만, 땅 밑에서 누구보다 열심히 성장하다 잊을 때쯤 다시 보면 어느새 자라있는 나무처럼, 그녀도 아직 눈에 보이는 성과가 없더라도 단단한 나무가 될 수 있을 것이라는 자신에 대한 믿음을 선물해주고 싶었다.

맞춤형 선물을 만드는 공방이 있는 3층으로 향했다. 그녀의 시선은 식물 공방 앞에 멈춰 섰다. 공방의 문을 열고 들어간 사라는 탄성을 내질렀다. 공방 한 가운데에는 커다란 원목 테이블이 놓여 있고, 책상 한쪽에는 투명한 유리 상자들이 가지런히 놓여 있었다. 유리 상자 안에는 아침 하늘을 담은 하늘색 가루부터 조각구름이 많은 날 해가 저물 때 하늘을 물들이는 듯한 파스텔 톤 연보라색 구슬까지 다양한 마법 재료가 종류별로 분류된 채 꽉 채워 담겨 있었다. 여러 신비로운 힘을 지닌 식물들의 씨앗과 묘목도 가득했다.

그녀는 어릴 때부터 무엇인가를 모으고 만드는 것을 사랑했다. 학교에서 주운 노란색 작은 구슬과 놀이터에서 발견한 반짝이는 돌, 그리고 인도 위 작은 화단에 피어난 세잎클로버 하나. 차곡차곡 모아 만든 사라 만의 세상에는 현실과는 달리 평화와 따뜻함만이 존재했다. 사라의 얼굴엔 천천히 미소가 피어났다. 재활용품으로 작품을 만드는 방학 숙제를 할 때처럼 두근거리는 마음으로 선물을 만들기 시작했다. 재료를 하나하나 엮어 화분을 만들고, 루나시움에서 가장 아름다운 식물인 오로레아의 씨앗을 넣었다.

그리고 가장 중요한 재료, 식물의 성장을 조절하는 그로피어 가루를 투명한 봉지 안에 넣어 선물을 완성했다. 이제 그녀가 선물공장에 방문하게 만들어 이 선물을 전할 일만 남았다! 사라는 은주가 이곳을 찾을 수 있게 맞춤형 광고를 띄우고, 그녀를 기다리고 있었다.

은주는 오늘도 힘겨운 하루를 견디고, 집으로 향하는 지하철을 탔다. 답답한 마음에 들어가 본 SNS에는 다들 행복하고 멋있게 살아가는 모습뿐이다. 괜히 우울감만 심해져 화면을 끄려던 그때, 은주의 눈길을 사로잡는 광고가 떴다. 아름다운 밤거리에 오픈된 테라스 카페. 빈티지한 감성까지 그녀의 취향이다. 행운동이면 집에 가는 길에 들렀다 가기 딱 좋았다.

평범한 퇴근길에 충동적으로 찾아온 것 치고는 수상하리만치 근사했다. 카운터 옆에는 2층으로 올라가는 나무 계단이 있고, 카운터 반대쪽은 넓은 통유리로 만들어져 거리의 아름다운 야경이 한눈에 보였다. 통유리 사이의 문은 활짝 열려있고, 처마는 테라스 위로 길게 드리워져 있었다. 바리스타의 연분홍색 눈동자는 편하게 살랑이는 흰색 원피스와 어우러져 카페를 한층 더 신비롭게 만들었다. 은주가 자리에 앉자마자 바리스타는 기다렸다는 듯이 음료를 가져다주었다.

"엇, 저 아직 주문을 안 했는데요?"

"네? 아… 그러니까, 그게… 저희 카페는 특별해요! 손님에게 꼭 필요한 음료를 드린답니다. 오늘도 고된 하루였지요? 마음을 진정시키고, 스트레스를 완화해주는 라벤더 허니 라테 드릴게요."

기다렸다는 듯이 음료를 내어오는 바리스타는 뭔가 수상했지만, 신비로움이 가득해 눈을 뗄 수가 없었다.

그녀가 건넨 투명한 잔 위로 은은하게 피어오르는 라벤더의 향에 마음이 사르르 녹은 은주는 무언가에 홀린 듯이 잔을 들어 한 모금을 음미했다. 라벤더의 향기와 꿀의 달콤함이 입 전체에 퍼지며 온몸이 이완되는 기분이었다.

"하아-"

이제야 이토록 편안하게 숨을 내쉰다.

"이건 선물이에요. 위로가 되기를 바라요."

작은 선물상자와 함께 이 말을 남기고, 분홍색 눈동자의 바텐더는 사라졌다. 아름다운 선물상자 속에는 시 한 편과 알 수 없는 화분과 씨앗, 그리고 반짝이는 가루가 한 봉지 들어있었다.

'씨앗을 심고 이 가루를 매일 조금씩 뿌려주세요.'

은주는 어리둥절한 표정으로 시를 읽었다.

〈느린 나무의 노래〉

북극성 아래 느린 별

조금 느려도 괜찮아요

숲을 걷는 바람처럼 조용히

당신만의 궤적을 그려가는 거예요

저 빠른 별들 사이에서
반짝임을 잃지 말아요
무지개는 천천히 그 색을 드러내듯
조금은 느린 그대의 여정도 마찬가지

어느 날 그대는 발견할 거예요
한 그루의 나무가 된 자신을
빠르게 솟아오른 잡초들 사이에서도
조용히 뿌리를 내리고 단단히 자라난 자신을

그날 밤, 은주는 씨앗을 심고 화분에 반짝이는 가루를 뿌려주었다. 다음 날도, 그다음 날도. 하지만 새싹은 올라올 기미도 안 보였다. 상한 씨앗이 아닐까, 의심이 들었다. 그래도 은주는 매일 가루를 뿌려주었다. 그러던 어느 날 아침, 나무는 단숨에 자라있었다. 신비로운 잎사귀가 무성한 이 나무는 황홀할 만치 아름다웠다. 어찌 하루아침에 이렇게 자라지? 하는 의문조차 잊게 만드는 아름다움이었다. 은주는 한참 그 황홀한 광경에 넋이 나가 있었다.

시간이 걸렸지만, 나무는 조용히 뿌리를 내리고 단단히 자라났다. 이제야 은주는 그 시를 이해할 수 있었다. '아, 나는 이 나무이구나. 지금은 새싹이 올라올 기미가 보이지 않는 듯해도, 매일 가루를 뿌려주면 누구보다 아름답게 자라나는 나무. 그래, 나도 언젠가는 이 나무처럼 단단하게 자라날 수 있을 거야. 매일 노력하고 있으니까. 그때까지, 더 노력하고, 조급해하지 말자.'

수개월의 시간이 지난 퇴근길, 선물을 준 바리스타에게 고맙다고 인사하려 그 카페에 들렀다. 하지만 카페는 온데간데없었다. 그 옆의 선물 가게만이 홀로 빛나고 있었다. 대체 뭐였을까, 그 분홍색 눈동자의 신비로운 바리스타는?

3장

황홀함이라 불리는 학

"사라! 사라-? 어디 있는 게냐!"

로즈가 다급한 목소리로 사라를 찾았다. '아무리 신입이라도 그렇지, 이렇게 큰 사고를 쳐?' 하는 로즈의 호통을 예상한 사라는 황급히 에드워드 뒤에 몸을 숨겼다.

'공장 카페에 인간을 초대하면 안 된다는 걸 내가 어떻게 알았겠냐고! 첫 손님인데!'

오늘 출근하자마자 못된 앨리스에게 불려가 눈물이 쏙 빠지게 혼이 났다. 그런데 로즈 할머니한테 마저 혼나면 아마도…

"사라?"

눈이 마주쳤다, 로즈였다.

"에드워드 뒤에서 뭐하나? 아무튼 귀엽다니까!"

웃는 로즈 뒤로는 하늘 높이서 홀로그램처럼 영롱한 빛깔의 무지갯빛 학이 날아오고 있었다. 사라의 첫 업적이다. 무지갯빛 학은 날개를 펄럭거리며 날아와 사라의 손 위에 내려앉더니 깊은 잠에 빠져들었다. 신성한 힘을 지닌 학은 평소에 잠든 상태로 진열대에 보관된다. 잠에서 깨워 하늘로 날려 보내면 선물공장 직원에게 신성한 힘을 전해주고는 생명력을 잃어 종이학의 모습으로 돌아온다. 사라는 자신의 손 위에서 곤히 잠든 신성한 학을 보며, 로즈처럼 공장 한편을 오색 빛의 잠든학으로 가득 채우는 상상을 했다. 로즈의 함은 고급스러운 편집숍의 진열대처럼 정성스레 정리된 학으로 가득했다.

"첫 고객에게 '황홀한 순간'을 선물했다면서? 황홀함, 어려운 감정인데 잘했구나. 학의 빛깔만 봐도 고객이 얼마나 그 순간을 즐겼는지 알 수 있지. 참, 직원 전용 카페에 고객을 초대했다면서?"

혼날 차례가 왔다는 생각에 사라는 눈을 질끈 감았다.

"정말 신선한 시도라네. 그 카페는 인간세계와 루나시움의 중간 지역으로 신비로운 힘이 가득하지. 역시 젊은이들의 톡톡 튀는 생각이 이 공장에도 필요한 모양이야. 그래서 말인데, 가끔 고객들을 카페로 초대하는 행사를 해보는 것은 어떤가?"

직원들이 웅성거렸다. 누군가가 공장으로 들어오면 어떻게 하냐는 우려 섞인 목소리와 카페를 통해 고객과 직접 교류하면 지금보다 훨씬 의미 있는 순간들을 선물할 수 있을 것이란 희망적인 의견이 팽팽히 대립했다.

"일회성으로 시도해보고, 괜찮으면 계속해보죠."

얼음장처럼 차가운 목소리, 앨리스였다.

"대신 이 일을 벌인 사라 씨가 진행하는 것으로."

"저요…?"

"노버 주제에 선물공장에 취직하고, 첫날부터 사고까지 쳤는데. 본인의 능력은 증명해야죠?"

"뭐? 노버 주제에? 말 다시 하시죠?"

분노한 에드워드가 소리쳤다.

"같은 노버라고 발끈하기는."

"이건 앨리스 씨가 지나치셨습니다."

이안도 거들었다.

"그래요? 과연 그럴까? 뭐, 그럼 당장 공장장님께 연락드려 사라 씨가 첫날부터 사고를 쳤으니 자르라고 하죠, 뭐. 그리고 루나시움 시민용 지옥에 가면 딱이겠네."

그녀는 즐겁다는 듯이 웃으며 작은 기계를 꺼내 들었다.

"잠시만요!"

사라는 소리쳤다.

"제가 할게요, 그러면 되잖아요."

사라의 다급한 외침에 앨리스는 잔뜩 깔보는 표정을 지었다.

"조금의 실수라도 보이면 공장장님께 전달 드리겠어요."

"그러세요!"

호기롭게 소리쳤지만, 사라의 목소리는 떨렸다. 그 떨림을 느낀 것인지 이안이 다가와 다정히 어깨를 감싸며 말했다.

"앨리스 씨가 셰르핀 가주를 등에 업고 저렇게 횡포를 부리는 것이 하루 이틀이 아니에요. 그래도 저도 도와줄게요, 너무 걱정 마요."

"하지만 저는…"

로즈 할머니도 다가왔다.

"로즈 할머니는 아시잖아요, 공장에 오기 전 저의 삶을…"

로즈 할머니는 사라를 데리고 공장의 카페를 찾았다. 그녀의 첫 번째 고객이 앉았던 바로 그 자리에 앉아서 말했다.

"자네가 첫 고객에게 황홀함을 선물한 것은 대단하다는 말, 진심이야. 매일 반복되는 삶에 지친 사람들에게 잠시라도 숨 쉴 구멍을 만들어줬잖나? 자네 말대로 이곳에 오기 전의 삶은 엉망이었을 수 있어. 실은 나 또한 마찬가지였고. 그런데 그 많은 사람 중에서 자네를 뽑은 이유가 무엇일 것 같나?"

"사실 아직도 잘 모르겠어요. 제가 왜 추천서를 받았는지, 할머니께서는 왜 저를 뽑아주신 것인지 말이에요."

"망가진 삶을 살아보았던 사람들만이 망가진 삶에 공감할 수 있다네. 그래야 각자 삶에서 길을 잃은 고객들이 진정으로 원하는 것이 무엇인지 이해할 수 있지 않겠나? 적어도 내가 내린 결론은 그래."

"고객을 카페로 초대하는 행사를 제가 정말 진행할 수 있을까요?"

로즈 할머니는 웃으며 고개를 끄덕이는 것으로 대답을 대신했다.

"그런데 할머니는 이곳에 오기 전 무슨 일을 했어요?"

"인간세계로 마법 상품을 배달하는 일을 했어. 쉽지 않은 시간이었지. 나는 길을 찾는 일을 정말 못하거든. 그래서 나이가 지긋한 할아버지한테 어린이용 발레 슈즈를 배달하고, 어린아이에게 마음을 치유하는 성분이 담긴 와인을 배달하기 일쑤였어. 정말 끔찍하지? 나는 선물공장에 오고 나서야, 내가 진정으로 원하고 잘 하는 일을 발견한 기분이었다네. 그래서 매일을 감사하며 살아가고 있어. 자네도 이때까지의 삶이 엉망이었다 해도, 이곳에서 새로운 시작을 하길 바라네."

사라는 밝게 미소 지었다. 새로운 시작이란 말이 기분 좋게 가슴을 울렸다.

다음 날 아침, 선물공장 직원들의 커넥터가 울렸다. '공장장님 곧 도착 예정, 모두 4층 공장장님 사무실 앞으로 집합' 앨리스의 메시지였다. 에드워드는 사라를 깨워 4층으로 데려갔다. 앨리스는 선물공장을 정리하느라 정신이 없었다. 아침에 일어난 정전의 여파로 선물공장 곳곳에 조명이 들어오지 않았기 때문이다.

신성한 힘은 무한한 빛을 만들어 낼 수 있지만 세르핀의 독재로 그 힘이 부족해졌다. 과학기술을 발전시켜 온 데어 가문은 어둠의 힘으로 돌아가는 조명을 루나시움 곳곳에 보급해 주었다. 선물공장 역시 어둠의 힘을 빌려 쓰고 있었는데, 그 힘의 근원지인 지하 세계의 배수로가 막히며 루나시움 전역에 정전이 일어난 것이다.

"왜 하필 지금 정전이 일어나고 난리야!"

앨리스의 신경질적인 목소리가 온 건물에 울려 퍼졌다. 그녀는 임시방편으로 자신의 신성한 힘으로 공장을 밝히는 데 여념이 없었다. 가주의 눈에 들기 위해서라면 무엇이든 할 그녀였다.

그리고 셰르핀의 가주, 이리샤가 나타났다. 사라는 그녀에게서 눈을 뗄 수가 없었다. 그녀의 굴곡진 몸매가 적나라하게 드러나는 딱 붙는 소재의 검정 원피스는 그녀의 하얀 머리카락과 대조를 이루었다. 그리고 핏기 없는 얼굴에 커다란 눈은 그녀의 위엄을 증폭시켰다. 이승의 거리에서 봤더라도, 무서워서 다른 길로 돌아갔을 법한 모습이었다. 하지만 역설적으로 아름다웠다. 다가가기 어려운 아름다움이었다. 그녀의 옆에는 카일도 있었다. 사라는 처음 카일을 봤을 때의 떨림을 잊으려 애써 시선을 피했다. 가주는 앨리스에게 다가가 그녀의 어깨를 감싸며 말했다.

"오, 친애하는 앨리스. 내 동생이 죽고 난 뒤, 너는 내 친동생과도 같이 내 곁을 지켜줬지. 넌 내가 가장 아끼는 내 동생이야, 앨리스."

앨리스는 거만한 표정으로 공장 사람들 앞에서 자신의 지위를 과시하는 이 순간을 진심으로 즐기고 있었다. 가주는 무표정한 모습의 카일을 흘긋 보더니, 과장된 눈웃음을 지으며 그에게 걸어갔다.

"카일, 물론 자기 다음으로 아낀다는 말이야. 내가 사랑하는 건 역시 자기뿐이지."

카일은 무표정이었으나, 가주는 굴하지 않고 앨리스를 불렀다.

"앞으로도 선물공장 관리 잘 부탁해."

그녀는 선물공장 사람들을 바라보며 말했다.

"앨리스는 제 친동생과도 같아요. 제가 이 공장에 없을 때는 앨리스가 공장장이라 생각하고 따르도록 하세요."

그리고 뒤돌아서 나가려던 찰나, 사라를 보고 멈춰 섰다.

"너는… 그 아이를 많이 닮았구나. 앨리스, 데려가서 눈동자 색 확인해봐."

"제가 가서 확인해보겠습니다. 앨리스 씨는 공장일로 바쁘실 테니까요."

카일이었다. 그는 달려나가는 앨리스를 제지하며 말했다. 앨리스는 카일의 차갑고 단호한 눈빛에 움찔하며 멈춰 섰다. 카일은 사라를 사람이 없는 구석으로 데려가서 한참 사라의 눈동자를 바라보았다. 깊이를 가늠할 수 없는 눈빛으로 자신의 눈을 바라보는 카일 때문에 사라의 심장박동은 다시 거세지기 시작했다.

"베일리스 레벨라토!"

사라의 눈동자 보호막은 녹아내리고, 금색 눈동자가 환하게 빛났다. 카일은 사라의 두 눈을 자신의 큰 손으로 가리며 더욱 가까이 다가와 귓가에 속삭였다.

"당신이 금색 눈동자를 지녔다는 걸 가주가 알게 되면 당신 목숨이 위험해요."

그는 조용한 주문을 외우더니 로즈 할머니와 마찬가지로 분홍색 눈동자 보호막을 씌워주었다.

"절대 들키지 마세요."

"가주님, 여전히 분홍색 눈동자입니다. 보시죠."

가주는 천천히 걸어와 사라의 분홍색 눈동자를 확인하더니, 피식 웃으며 말했다.

"그래, 뭐, 이 넓은 우주에 닮은 사람은 언제든 존재하는 법이니까. 아니라면 됐어, 카일, 자기? 우린 이제 가자. 이곳은 앨리스가 맡아줄 거야."

가주는 떠났다. 카일과 함께. '카일, 자기?' 카일의 매력에 정신을 못 차리던 사라는 카일이 가주의 남자라는 사실에 알 수 없는 절망감을 느꼈다. 한편, 사라의 금빛 눈동자를 아는 로즈 할머니와 에드워드, 이안은 달려와서 사라에게 질문 공세를 퍼부었다. 사라는 자신의 금색 눈동자가 드러났지만, 카일이 다시 분홍색 보호막을 씌워주며, 가주에게 절대 걸리지 말라고 했음을 얘기해줬다.

"역시, 카일. 변절자가 아닐 줄 알았어."

"하지만 둘이 뭐, 사귀는 거 아니야?"

"일방통행."

"일방통행?"

"가주가 왠지 모르겠지만 어렸을 때부터 카일을 엄청 좋아했고 지금은 미친 듯이 집착해. 그래서 자기 직속 비서로 명해서 종일 붙어있게 하는 거고. 근데 봤지? 카일 씨는 무표정 했던거? 루나시움의 독재자가 가질 수 없는 단 한 가지… 그게 카일의 마음이라고."

"카일 씨는 왜 가주를 안 좋아하는데?"

"과거에 카일이 사랑하던 여자를 셰르핀 가주가 인간세계로 추방했거든."

"그게 아니었다 해도 누가 저렇게 심보 고약한 여자를 좋아하겠어?"

"어휴, 나라도 싫다."

"앨리스도 카일한테는 함부로 못 하잖아. 가주의 남자가 되면 앨리스 정도는 단숨에 처리할 수 있을걸?"

"그건 조금 부럽네!"

사라는 가주의 사랑을 잔뜩 받는 이 매혹적인 남성에게 자꾸 마음이 끌렸다. 왜 나의 금색 눈동자를 보호하고 거짓말을 해준 것일까? 매혹적인 눈이 자신의 눈을 깊게 바라볼 때의 그 떨림. 사라는 애써 그에 대한 생각을 떨쳐내려 고개를 빠르게 휘휘 저었다.

앨리스는 이리샤가 떠난 뒤 곧장 직원회의를 소집했고, 에드워드는 얼른 사라를 데리고 선물공장 가게 위의 옥상 정원으로 향했다. 정체를 알 수 없는 거대한 투명 구가 있던 곳이다. 에드워드가 손가락을 튕기자 투명한 구가 반으로 열렸는데, 그 모습이 마치 준비를 마친 오픈카가 화려하게 열리는 모습 같았다. 투명한 구 안으로 전혀 새로운 공간이 나타났다. 면접 때 보았던 로즈 할머니의 가방처럼 새로운 공간으로 연결되는 듯했다. 한가운데에는 커다란 원탁이 놓여 있고, 푹신푹신한 일인용 소파들이 빙 둘러 있었다. 에드워드는 열쇠고리가 달린 조그마한 금속 물체를 건넸다.

"이게 뭐야?"

"커넥터야. 커넥터를 손에 쥔 채로 상대를 떠올리면 오감이 연결된 소통이 가능해. 신성한 힘이 많을 때는 이런 거 없이도 소통할 수 있었다는데, 지금은 세르핀 가문이 힘을 독차지하고 있어서 커넥터로 소통하고 있어."

사라는 당장이라도 사용해보고 싶었지만, 커넥터를 사용해 소통할만한 상대가 떠오르지 않아 머뭇거렸다. 그 마음을 알아차린 것인지 에드워드는 사라를 투명구 밖으로 내보내고는 사라를 연결했다. 사라가 수락하자, 사라의 눈앞에 에드워드의 모습이 나타났다. 사라는 에드워드의 팔을 꾹 찔러 보았다. 정말 눈앞에 있는 것처럼 만져졌다. 신이 난 사라는 커넥터가 만들어낸 세상에 푹 빠져 펄쩍거리다 등 뒤의 뾰족한 나무뿌리에 걸려 그대로 뒤로 자빠지고 말았다.

"아야! 어서 비키지 못해?"

"악! 뭐야!"

"누나 지금 지혜의 나무를 깔아뭉개고 있어, 빨리 나와!"

"지혜의 나무?"

"응, 지혜의 나무. 루나시움 곳곳에 뿌리를 내리고 수천 년 동안 살아온 나무인데, 모든 지혜의 나무들은 서로 영혼을 공유해. 그래서 사실상 모르는 것이 없다고 봐도 돼."

"그래서 지혜의 나무구나!"

여전히 멍하니 넘어져 있는 사라를 향해 지혜의 나무가 소리쳤다.

"안 들려? 비키라고!"

"앗! 죄송해요!"

"내가 움직일 수만 있었으면, 꿀밤을 한 대 때려줬을 거야."

지혜의 나무가 계속 불평을 쏟아내는 동안, 에드워드는 사라에게 다가와 진심으로 불쌍하다는 표정을 지으며 놀려댔다.

"누나 지혜의 나무한테 찍혔네? 으으, 정말 골치 아플 텐데. 파이팅이야!"

둘이 투명한 구 안으로 들어가자 앨리스는 회의를 시작했다.

"오늘 회의에서는 한국 지역 선물공장 대표자 회의에서 토의한 내용을 안내드리려 합니다. 한국인의 행복지수가 여전히 감소하고 있습니다. 이에 고객의 행복도를 높이기 위한 다방면의 시도를 기획하고 있으며, 우리 선물공장의 카페 오픈 행사가 시범 사업으로 선정되었습니다. 오늘 회의에서 카페 오픈 행사의 시기, 내용, 대상 등 대략적인 계획을 정하려 합니다."

"대상은 카페에 방문하는 모든 손님 아닌가요?"

"하지만, 그렇게 되는 경우 그들에게 필요한 것이 무엇인지 우리가 구체적으로 파악하기가 어렵습니다. 차라리, 초대장을 만들어 보내고, 이를 받는 고객들을 대상으로 행사를 진행하는 것이 어떤가요?"

"맞아요, 그리고 여러 사람을 대상으로 하는 만큼 시기는 여유롭게 잡는 것이 좋을 것 같아요."

그때였다.

"사라 씨? 구체적인 계획을 말씀해주시죠."

"어… 우선은… 그러니까, 제 생각에는, 시범적으로 5베리 동안만 진행하고 결과가 좋은 경우 2차 행사를 진행하면 좋을 것 같습니다. 그리고… 5베리 중 한번은 고객들에게 위로가 될 만한 글귀를 담은 즉석 사진을 선물하는 등 특별 행사를 진행하는 건 어떨까요?"

"공장장님의 허가는 받은 것이죠?"

앨리스가 날카로운 눈빛으로 물었다.

"공장장님께 허가를 받을 시간이 없었…"

"가주님이 바쁘시다면 같은 셰르핀 가문인 저에게라도 허락을 받으셨어야죠."

"네?"

"저에게 허락도 받지 않고 그런 계획을 세우다니, 상당히 기분이 나쁘군요. 신입 관리가 안 되는 것은 다른 공장 사람들 잘못도 있죠? 여러분이 이제까지 모은 신성한 학, 모두 내놓으세요. 딱 20베리 뒤까지 모든 학을 반납하세요. 신입 관리도 못하는 주제에 학을 가질 자격이 없습니다, 여러분들은."

공장에는 항의가 빗발쳤다.

"장난치는 거죠?"

"이런 경우가 어디 있습니까?"

"고객들에게 받은 신성한 학은 저희의 것이었고, 앞으로도 저희의 것입니다."

"그건 단순한 학이 아니에요. 모든 고객과의 추억을 담고 있는, 소중한 기억입니다."

앨리스는 눈빛 하나 변하지 않은 채 대답했다.

"귀족 가문이라고 서열이 다 같은 줄 아세요? 셰르핀 가문이 지배하는 시대에 감히 제 말에 토를 달다니. 학을 주지 않는 직원이 있다면 그가 속한 가문으로 찾아가 몇 배로 신성한 힘을 빼앗아 올 것이니, 알아서 판단하세요."

그녀의 또각거리는 구두 소리가 멀어졌다. 선물공장 안에 오랫동안 침묵이 맴돌았다.

"우리 가문의 신성한 힘을 모조리 빼앗아 간 것으로도 모자라, 이제는 학까지 가져가려 하다니!"

"이건 무슨 수를 써서라도 막아야 합니다."

"하지만, 따르지 않는 자의 가문에게 횡포를 부리겠다는데, 가족들이 또 다시 그런 일을 겪게 할 수는 없어요."

"못된 셰르핀 앞잡이 같으니라고!"

그날 저녁, 선물공장 기숙사에는 릴리의 울음소리가 울려 퍼졌다. 어린아이의 학도 가차 없이 빼앗아 가겠다고 했다. 선물공장 사람들이 그동안 모은 고객들과의 소중한 추억을 한순간에 빼앗겨야 하는 이 상황을 이해할 수 없는 것도 당연했다. 로즈 할머니는 그동안 모은 학이 잠들어있는 진열대 앞에 한참 서 있었다.

"로즈 할머니,"

그녀는 대답이 없었다. 다만, 진열대에 시선을 고정한 채로 말했다.

"사라, 첫사랑과 첫 고객의 공통점이 무엇인지 아나?"

"…"

"첫고객은 첫사랑처럼 마음 깊이 각인되는 법이지. 아직도 첫 고객이 행복해하던 모습이 잊히지 않아."

로즈 할머니의 첫 고객은 평범한 대학생이었다. 그녀는 어릴 적 학교에서 대만을 배경으로 한 영화를 본 뒤로 항상 그 나라를 향한 알 수 없는 갈증이 있었다. 영화에 나오는 대만은 그녀가 알던 현실 속에는 존재하지 않을 듯한 평화로운 세상이었다. 푸르름이 가득했고, 따사로운 햇살이 비추는 거리에서 자전거를 타고 다니는 사람들의 모습은 하나같이 행복해 보였다. 그 나라에 가서 살아보고 싶다는 열망을 항상 마음속에 품고 살던 그녀이지만, 가정환경이 넉넉지 않았던 탓에 꿈은 꿈일 뿐이라며 외면하고 현실을 살아가야 했다.

벚꽃 향이 가득하던 캠퍼스를 걷던 어느 날, 로즈 할머니는 그녀에게 장학금이 지원되는 교환학생 프로그램 신청이 하루 남았다는 정보를 속삭였다고 한다. 그 덕분에 용기를 내어 대만에 발딛을 수 있었다. 그녀의 눈에 비친 그 나라의 모습은 상상 이상의 찬란함이었다. 싱그러운 초록빛 가로수가 도로를 채웠고, 그 위로는 고가도로가 뻗어있었다. 무심한 듯 거리에 펼쳐진 테이블 사이사이에 앉아 순간을 즐기는 현지인들의 모습이 한껏 여유로워 보였다. 새로운 출발에 대한 기대감으로 가슴이 설레어 터질 것만 같았다.

하루하루를 만끽하던 중, 그녀가 알던 모든 것들을 뒤바꿔놓을 일이 일어났다. 대만 대학교 수업에서 한 남자를 만나 사랑에 빠진 것이다. 첫사랑의 설렘을 가득 담은 채 아낌없이 반짝이던 시간은 터질 듯이 반짝이는 신성한 학으로 돌아왔다. 이 학은 로즈 할머니의 진열대 정 중앙에서 여전히 반짝이는 그녀의 자부심이다.

그 주위로는 다양한 빛깔의 신성한 학들이 진열대를 가득 채우고 있다. 로즈 할머니의 열성 팬인 에드워드에 따르면 어느새 900여 개를 넘어가고 있다고 한다. 선물공장에서의 시간을 마무리할 때가 다가오고 있다는 뜻이라 말하는 에드워드의 앳된 얼굴에는 그림자가 드리웠다. 그런데 20베리 후에는 저 많은 신성한 학을 모두 앨리스에게 넘겨야 한다니. 할머니의 마음은 짐작할 수 없을 만큼 고통스러우리라. 사라는 감히 헤아릴 수조차 없었다.

"이 학을 모두 앨리스에게 넘기는 건 너무 불공평해요."

"그렇고말고. 세상을 바꿔야 한다. 이대로는 안 돼. 반드시 그래야만 한다. 그나저나, 올 때가 되었는데,"

로즈 할머니는 휘파람을 불었다. 조그마한 새가 날아왔다. 고급스럽게 윤기가 도는 파란 깃털을 가진 새의 부리에는 편지가 한 통 물려있었다.

"이거 받게. 메이즈 대학교 입학 안내서야. 루나시움 최고의 교육기관이지. 문라이트 서바이벌에 참여하고 싶다고 했지?

이곳에서 능력을 갈고닦아 셰르핀 가주를 이기고 오너라. 난 자네가 크게 될 거라 믿어. 그러니 망설이지 말고 기회를 잡았으면 하네. 자네에게는 루나시움을 변화시킬 수 있는 신성한 힘이 있거든."

"제게 신성한 힘이 있다고요? 저는 평범한 노버인데요…?"

"면접장에서 바로 선물을 만들어내더구나. 그런 능력은 사후세계에 온다고 갑자기 얻어지는 것이 아니야. 자네 안에 신성한 힘이 있기 때문이지."

"저에게 어떻게 신성한 힘이 있는 걸까요?"

로즈 할머니는 주머니에서 커넥터를 꺼냈다. 커넥터는 빛으로 공중에 아주 기다란 서류를 띄웠다.

- 키오스크 주문에 어려움을 겪는 어르신을 도움
- 무거운 짐을 옮기는 할머니를 도움
- 버스에서 자리를 양보함
- 길고양이를 돌봄
- 지하철에서 어린아이에게 자리를 양보함
- 미친 사람 취급을 받던 카페 아르바이트생을 도움
- 길을 잃은 아이를 도움
- 콜센터 직원에게 감사 인사를 함
- 편찮으신 할아버지를 챙김
- 인종차별을 당하던 외국인을 도움

- 환경을 위해 재활용을 열심히 함
- 지역 아동 센터에서 봉사 활동
- 길거리에 떨어진 쓰레기를 주움
- 이웃에게 따뜻한 인사를 건넴

⋮

서류는 작은 글씨들이 빼곡했고 정말 길었기에 모두 읽어볼 수조차 없었다.

"살아생전 자신이 했던 모든 선한 행동은 루나시움의 신성한 힘으로 변환된다네. 선물공장 직원들이 인간들을 도와주고 신성한 힘을 받는 것도 같은 맥락이야. 메이즈 대학교에서 신성한 힘을 다루는 방법을 배워 자네가 지닌 능력을 발휘하게. 또 모르지, 소중한 인연을 얻을지도."

그토록 염원하던 대학교에 가다니. 그것도 사후세계 루나시움에서! 대학 근처는 얼씬도 못 해봤던 설움이 눈 녹듯 녹아내리는 기분이었다. 그래, 이곳 메이즈 대학교에서는 인간세계에서는 꿈도 못 꾸는 신성한 힘을 다루는 신비한 마법을 배울 수 있을 것이다. 게다가 나의 잠재력을 믿어주시는 로즈 할머니도 있다. 사라는 설레는 마음을 주체할 수 없었다. 삶도 죽음도 하나의 여행일 뿐, 그래, 새로운 시작이다.

"지원서를 쓰다 모르는 게 있으면 지혜의 나무에게 물어봐."

"하지만 그 나무는 절 미워해요. 제가 아까 온몸으로 지혜의 나무를 깔아뭉개 버렸거든요."

"지혜의 나무가 원래 좀 까칠하네. 입만 열면 불평불만에, 투덜거리는 게 취미이고. 근데 생각해 봐. 그토록 지적인 존재가 움직이지도 못하고 한 자리에 있는데 얼마나 답답하고 심심하겠나? 툴툴거리지만 알고 보면 엄청난 수다쟁이란다. 가서 얘기 좀 들어주고, 잘 다독여 봐. 그러면 그만큼 든든한 지원군이 또 없다네."

메이즈 대학교
Moonlight Academy of Enchanted Souls

2000루나의 역사를 자랑하는 메이즈 대학교에서 신입생을 모집합니다.
입학을 원하는 학생들은 지원서 제출 바랍니다.

시기: 4007루나 20베리까지
장소: 메이즈 대학교 입학처

사라는 방으로 올라와 메이즈 대학교 입학 안내서를 한참이나 바라보았다. 흥미롭다. 대학 문턱도 가보지 못한 사라에게 대학 생활은 꿈만 꾸던 로망이었다. 게다가 루나시움 최고의 교육기관이라니! 사라는 당장 옥상 정원으로 달려가 지혜의 나무를 찾았다.

“지혜의 나무님! 메이즈 대학교는 어떤 곳이에요?”

“내가 그걸 왜 알려줘야 하지?”

“지혜의 나무는 루나시움에서 가장 똑똑한 존재니까요?”

“맞는 말이야. 근데 내가 왜 너한테 알려줘야 하냐고.”

“아까 넘어진 건 죄송해요. 커넥터를 처음 써봐서 너무 신기했어요.”

“그깟 커넥터가 뭐라고. 옛날에는 그런 것 없이도 신성한 힘으로 잘만 소통했다고. 세르핀 가문이 지배하면서 세상이 망가지고 있어.”

“정말 그런 것 같아요. 옛날에는 커넥터 없이 어떻게 소통했던 거예요?”

“신성한 힘이 충분했을 땐, 원하는 상대를 떠올리는 것만으로도 교감이 됐어. 바보 같은 기계 없이도 잘 살았다고.”

“앨리스가 20베리 뒤에 모든 공장 사람이 모은 학을 빼앗아 간다고 해요.”

“알아.”

“제 잘못인 것 같아요.”

“그 못된 것은 무슨 핑계를 대서라도 가져갔을 거야. 네가 맛있는 먹잇감처럼 그 자리에 서 있었을 뿐이고.”

“세상이 바뀔까요?”

“내가 아무리 똑똑해 봤자, 이 땅에 뿌리가 매여 움직이지도 못하는 신세인데 어찌 알겠냐?”

"문라이트 서바이벌에 참여해서, 세상을 바꿀 거예요. 그때가 되면 지혜의 나무님도 알게 될 거예요!"

"글쎄다, 그러길 바라보지."

"메이즈 대학교는 어떤 곳이에요?"

"루나시움 최고의 교육기관으로, 학문과 마법의 성소야."

"어떤 사람들이 갈 수 있나요? 저도 입학할 수 있을까요?"

"주로 4가문의 자제들이 다니지만, 교육기관이니까 노버도 입학할 수 있어."

"메이즈 대학교에 대해 알아두어야 할 것이 있나요?"

"흠, 루나 베토스가 이끌던 저항군의 기지로 알려져 있지."

"저항군의 기지라니! 멋져요! 제가 입학할 수 있을까요?"

"지원서를 열심히 작성해야 할 거야."

또 한 번 설렘에 가슴이 요동쳤다. 사라는 성심성의껏 지원서를 작성했다.

다음 날 아침, 사라는 새벽같이 일어나 지원서를 봉투에 넣었다. 메이즈 대학교로 가기 위해서는 열차를 타야 하는데, 아직 사라는 열차를 타 본 적이 없기에 에드워드가 선뜻 함께 가주기로 했다. 사라는 자신이 꿈꾸던 캠퍼스 룩으로 차려입었다. 살랑거리는 원피스를 입고 혹시 몰라 숄더백도 챙겼다. 다시 설렘이 몰려왔다. 머리 손질까지 마친 사라와 달리 에드워드는 아직 꿈나라에 있었다. 사라는 라테 산책도 시킬 겸 아침밥도 살 겸 방을 나섰다.

아침 바람이 상쾌하게 불어왔다. 선물공장 맞은편에는 라테가 좋아하는 커다란 공원이 있다. 공원을 가볍게 돌고, 사라는 라테를 데리고 공원 안 카페로 향했다. 이곳 샌드위치는 언제 먹어도 행복을 준다. 특히 루나시움의 시그니처라 할 수 있는 음료인 아이스 루워와 함께 마시면 상쾌함이 더할 나위가 없었다. 카페의 바로 옆에는 분수대가 있고, 그 옆으로 야외석이 놓여 있다. 사라는 주문한 샌드위치를 한가득 베어 물었다.

사라는 여유로운 주말 아침의 행복함을 온몸으로 만끽하며 에드워드가 빌려준 메이즈 대학교 전공 책을 꺼내 들었다. 마냥 천진난만해 보이는 외모와 달리, 그는 과거 메이즈 대학교를 수석으로 졸업한 수재이다. 지금은 대학원에서 학업을 이어가고 있다. 그가 이토록 학업에 열중하게 만든 것은 노버로서 겪어온 차별 때문이라고 한다. 메이즈 대학교의 대부분을 차지하는 유서 깊은 네 가문의 콧대 높은 자제들은 인간 출신인 에드워드를 대놓고 무시했고, 이에 이를 갈던 에드워드는 보란 듯이 수석으로 졸업한 것이다.

졸업 연설에서 에드워드는 노버도 평등하게 대우받아야 하는 10가지 이유에 대하여 연설했고, 이는 아직도 이안의 커넥터에 저장되어 있다. 이안은 에드워드가 보란 듯이 한 방 먹여주었다며 여전히 자랑스러워한다. 독기 품은 수석의 책답게 이곳저곳에 필기가 빼곡했고, 책의 첫 페이지에는 여러 과목의 시간표가 붙어있었다.

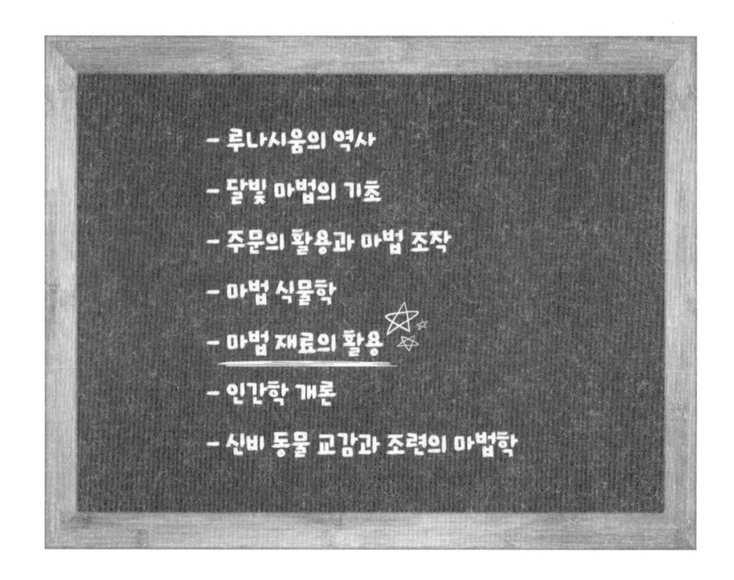

수많은 과목 중에서 〈마법 재료의 활용〉에는 별표가 여러 개 그려져 있어 눈길을 사로잡았다. 에드워드가 특별히 열심히 들었던 과목인 듯했다. 식사를 끝낸 사라는 분수대에서 물장난을 치는 라테를 겨우 끌고 나와 선물공장으로 향했다. 에드워드는 여전히 세상모르고 자고 있었다. 사라는 포장해 온 샌드위치를 잠든 에드워드의 코앞에 바짝 들이댔다. '으음- 쩝쩝' 입을 오물거리며 잠꼬대를 하는 에드워드를 보던 사라는 인내심의 한계를 느끼며 크게 에드워드를 불렀다. 잠에서 깬 에드워드가 가장 먼저 본 장면은 눈앞에 있는 샌드위치와 그 샌드위치를 간절하게 바라보는 라테였다.

"와! 나 방금 샌드위치 먹는 꿈 꿨는데 어떻게 알고 사 왔어!

고마워."

"네 꿈을 알고 사 온 게 아니라, 내가 샌드위치를 들이밀어서 네가 그 꿈을 꾼… 너 진짜 수석 맞아?"

"책 못 봤어? 왜 이러셔."

그는 초고속으로 양치와 세수를 마치고 침대 위에 있는 맨투맨을 입더니, 대충 모자를 눌러쓰며 어서 출발하자고 말했다. 대학교에 간다는 설렘에 새벽부터 일어나 준비한 사라와는 정반대였다. 그렇게 역사에 도착한 사라는 가슴이 뛰어오는 걸 느꼈다. 역사 앞으로 길게 뻗은 바닷가에 평행하게 철도가 놓여 있었다. 바다를 지나는 열차를 타고 대학으로 향할 생각에 그녀는 들뜬 마음을 숨길 수가 없었다.

"와! 바닷길을 따라가는 거야? 정말 멋있다!"

"몇 루나 동안 과제에 짓눌려서 다니다 보면 생각이 달라질걸. 숙취가 심한 날에는 저 바다가 거대한 술통으로 보여. 아니, 이렇게 마법이 가득한 세상에 어떻게 숙취를 단번에 없애주는 물건은 없는 거지? 내가 만들어볼까? 완전 부자가 될 것 같은데?"

"맞다, 에드워드! 메이즈 대학교가 저항군의 기지라고 하던데 정말이야?"

"그건 또 누가 그래?"

"지혜의 나무가!"

"여기서는 말 못 해. 나중에 알려줄게. 다른 이야기 하자."

"무슨 얘기?"

"음… 아! 미드타운 역에서 반대편 열차를 타고 서쪽으로 가면 세르나 강이 바다랑 만나는 곳이 있거든? 그곳엔 신비로운 힘이 깃들어 있어. 그곳에만 사는 빛이 나는 물고기들도 있고. 밤에 가서 보면 진짜 멋져. 다음에 꼭 가봐!"

"강과 바다가 만나는 곳… 뭔가 낭만적이야!"

에드워드와 수다를 떨다 보니 열차는 어느새 미드타운 역을 지나 메이즈 역을 향해 달려가고 있었다. 눈부신 아침 햇살이 오래된 석재 벽을 비추고, 열차의 창 사이로 거대한 크기의 대학교가 서서히 드러났다. 높이 솟은 탑들은 하늘을 찌르고, 수많은 창문에선 신비한 빛이 흘러나왔다. 대학교의 중앙에는 거대한 도서관이 있고 캠퍼스 곳곳에는 마법 정원이 펼쳐져 있었다. 그곳에는 얼핏 보기에도 신비로운 식물과 마법 생명체들이 자랐다. 마법 정원은 너무나도 거대해 학생들은 루시를 타고 캠퍼스를 돌아다녔다. 광활한 캠퍼스 속, 그중 가장 눈에 띄는 것은 단연 문라이트 서바이벌 스타디움이었다. 경기장은 메이즈 대학교의 심장부에 자리했다. 경기장은 하늘 높은 곳에 떠 있었다. 폭신한 구름으로 이뤄진 원형 바닥은 경기 도중의 충격을 흡수할 수 있었고, 그 주변을 둘러싼 관중석은 경기장보다 한 층 높이 위치해 안전하게 경기를 관람할 수 있었다.

설레는 마음으로 입학처에 지원서를 낸 사라는 에드워드와 함께 교내 카페에 들렀다. 카페의 한쪽 벽에는 수십 개의 거대한 투명한 원형 기둥들이 마치 실로폰의 건반처럼 붙어있었다. 기둥에는 빛이 나는 액체들이 채워져 있었고, 가장 아랫부분에는 정수기의 물을 받는 부분처럼 액체를 마실 수 있는 손잡이가 있었다. 에드워드는 천장에 매달려있는 잔을 빼서 가운데 원기둥에 들어있는 하얀색 액체를 따라 마셨다.

"셰르핀 가문의 설산에서만 자라는 스노우 티야. 누나도 한번 마셔볼래?"

"무슨 맛이야?"

"셰르핀의 설산에 서 있는 맛."

사라는 스노우티를 받아 조심스레 한모금 마셨다. 일순간 눈앞이 새하얗게 변했고, 눈 속에 파묻힌 사라의 발은 차가워졌다. 순간 사라의 머릿속에서는 데자뷔 같은 기억이 수면 위로 올라오려 빙하를 쾅쾅 쳐대었으나, 꽁꽁 언 얼음을 뚫지 못하고 그대로 가라앉았다. 얼음 아래로 기억은 가라앉았으나, 사라의 마음속에는 어째서인지 하얀 머리를 한 셰르핀 가주의 얼굴이 떠올랐다.

"그게 무엇인지는 모르겠지만, 분명히 기억이 있어…"

"기억?"

"셰르핀 가주의 얼굴이야… 맞아, 저항군의 기지가 여기라고 했지? 어떤 이야기길래 지하철에서 말하면 안 돼?"

에드워드는 난감한 표정으로 한참 주위를 살피고 조심스럽게 입을 열었다.

"이건 진짜 누구에게도 말해선 안 돼. 누나도 관련되어 있는 일이라 말해주는 거야. 저항군의 진짜 기지는 따로 있어. 하지만 셰르핀 가주가 숨통을 조여 와서 이곳이 기지라고 거짓 소문을 퍼트리고 있어."

"설마 그 지하 세계? 그런데 내가 저항군에 관련이 있다고? 아닌데?"

"당연히 기억 못 하겠지. 근데 누나가 지하 세계를 어떻게 알아?"

"내가 뭘 기억을 못 하는데?"

"앗, 그건 속으로 생각해야… 실수야. 루나시움 계약 때문에 더 이상은 말할 수 없어."

"힌트라도!"

"절대 안 돼."

자신이 기억하지 못 하는 것이 도대체 무엇인지, 스노우 티를 마시고 세르핀의 가주의 얼굴과 함께 떠오르려던 기억은 무엇인지, 사라의 머릿속에는 풀리지 않는 질문만 계속 쌓여갔다.

4장

메이즈 대학교 입학식

메이즈대 합격생이 발표되는 날의 아침이 밝아왔다. 사라는 여행 전날처럼 설레어 잠도 제대로 못 잤다. 합격생 명단은 메이즈 대학교 중앙 광장에 붙는다고 한다. 사라는 캠퍼스로 가기 위해 미드타운 역으로 향했다. 역사는 이상하게 어수선했다. 에메랄드빛의 푸른 깃털이 보석처럼 반짝이는 새 한 마리가 역사를 날아다니고 있었다.

"저기, 저기! 에메라블루가 있어요!"

"데어 가문에서 잡으러 온대요. 뭘 잡는 건 데어 가문 사람들이 전문이니까요."

"하지만 에메라블루는 날아다니잖아요. 페리 가문이 와야 하는 거 아닌가요?"

"저희가 한번 밖으로 내보내도록 유도해볼게요!"

페리 가문 요정들은 떼를 지어 날아오르며 에메라블루를 향해 날아갔다. 놀란 에메라블루는 역사 밖으로 나가기는커녕,

때마침 문이 열린 열차 안으로 들어가 버렸다. 사라가 타야 하는 열차였다. 이 상황이 그저 신기한 사라는 에메라블루가 어떻게 될지 궁금한 마음에 서둘러 열차에 탑승했다. 에메라블루는 지하철 문이 닫히자 갇혔다는 생각에 놀랐는지 쉬지 않고 열차 내에서 빙빙 돌고 있었다.

다음 역에서, 지옥을 관리하는 데어 가문 몇 명이 탔고, 그들은 능숙하게 기계를 꺼내 에메라블루에게 보드랍고 투명한 방울을 쐈다. 방울은 날아가다 입을 벌려 에메라블루를 품었다. 보드라운 방울은 안에도 어떤 마법이 걸린 것일까? 에메라블루는 금방 진정이 되었다. 사람들은 환호성을 질렀다.

"와! 역시 데어 가문!"

"잡기에는 선수들이라니까!"

"얼마 전에 지옥을 탈출한 영혼도 데어 가문 문턱도 못 넘고 잡혔다잖아요!"

에메라블루를 구경하다 보니 어느새 메이즈대 역에 도착했다. 데어 가문은 메이즈대 역 밖으로 나와 에메라블루를 풀어줬고, 그는 다시 반짝이는 빛을 뽐내며 하늘로 날아올랐다. 그 아름다운 모습을 바라보며 감탄하던 사라와 달리, 네 가문의 학생들은 익숙하다는 듯이 캠퍼스 입구의 나뭇잎을 따 루시를 타고 어딘가로 향했다. 사라도 서둘러 루시를 만들어 타고, 인파가 향하는 곳을 따라 캠퍼스 안으로 들어갔다.

그녀는 기다란 호수의 초입 부분에 들어섰다. 호수의 주위로는 널찍한 광장이 펼쳐져 있었다. 광장 앞에 놓인 본관은 벽돌로 지어진 엔틱한 건물로 연두색 넝쿨 식물이 무성했다. 햇살을 받아 따뜻하게 빛나는 모습이 아름다웠다. 그 건물 바로 앞에 거대한 수정체가 반짝이고 있었는데. 수많은 사람이 고개를 빼거나 발꿈치를 들고 그 앞에 모여 있었다. 누군가는 방방 뛰며 기뻐했고, 누군가는 깊은 침묵에 빠졌다. 사라는 본능적으로 그것이 합격자 명단임을 알아챌 수 있었다. 사라도 얼른 루시에서 내려 자신의 이름을 찾았다.

카일 셰르핀
루아 페어리
세라 시리아
무어 데어
한나 셰르핀
아그네스
·
·
·
사라

* 합격생은 광장의 입학식에 참여하십시오.

"합격이다!"

사라는 대학에 다닐 수 있다는 사실이 기뻤다. 그래서 자신도 모르게 소리를 내질렀다. 삼삼오오 모여서 합격의 기쁨을 즐기는 4가문 자제들이 눈에 들어왔다. 그중 유난히 무던한 무리가 있었으니, 바로 시리아 가문이었다.

"엄마가 본 미래가 맞았네."

"나도 붙을 줄 알았어."

"키라는 자기가 떨어지는 미래를 봤다고 오지도 않았더라."

그들은 대부분 자신의 합격 여부를 이미 알고 있었던 것인지 초연한 반응이었다. 그러던 중 그녀는 누군가가 자신을 빤히 쳐다보는 시선을 느껴 고개를 들었다. 카일 세르핀이었다. 그와 눈이 마주친 사라는 무의식중에 시선을 피했다. 그는 점점 가까이 다가왔다. 그리고 웃으며 말을 건넸다.

"오랜만이네요. 사라 씨도 메이즈 대학교 신입생이에요?"

"네, 광장 입학식에 참석하려고요."

"저도요. 같이 갈까요?"

"좋아요."

사라는 지난 시간 동안 자신의 마음을 애써 외면했다. 매력적인 그의 모습을 잊기 위해, 아니라고 꾹꾹 눌러 담았다. 처음 카일을 만났을 때 사라의 뇌리에 박힌 그의 매혹적이고 애틋한 눈빛도, 선물공장에서 사라의 눈을 가려주며 자신의 귓가에 속삭였을 때의 그 터질 듯한 심장박동도. 하지만 함께 걸어가다 문득 고개를 돌려 바라본 그의 옆모습에 다시 심장이 요동쳤다. 이제는 모른 체할 수 없을 것 같았다. 사라는 살면서 처음으로, 아니 죽어서 처음으로 누군가에게 첫눈에 반한 것이 아닐까? 그녀의 마음속에서 셰르핀 가문인 그를 향한 경계와 이성적으로 그에게 강렬하게 끌리는 본능이 갈등했다. 그 와중에도 바로 옆에 있는 카일을 계속 흘깃흘깃 쳐다보게 됐다.

어떻게 입학식 장소까지 왔는지 기억이 나질 않는다. 그렇게 도착한 곳에는 이미 다른 학생들로 가득했다. 길게 뻗은 분수대 너머로 화려한 금색 빛이 불꽃놀이를 하듯 하늘 높이 올라가 '펑'하며 터지고, 카일의 얼굴도 환하게 빛이 났다. 둘은 입학식을 마친 뒤 교재를 사러 소호거리로 향했다. 길게 들어선 아기자기한 가게들도, 몽글몽글한 소호 안내판도 그대로였다. 하지만 어째서인지 거리는 더욱 활기가 넘쳤고, 사라는 정말 놀이공원에 온 것처럼 마음이 들떠 가라앉을 줄을 몰랐다.

"어떤 수업 들어요?"

카일이 물었다.

"저, '마법 재료의 활용'이랑, '주문의 활용과 마법 조작', 그리고… '달빛 마법의 기초'도 들어보고 싶어요! 저번에 누가 주문을 외우니까 어두운 곳의 불이 한 번에 켜졌는데, 정말 멋있었거든요. 카일 씨는요?"

"사라 씨가 듣는 과목이요."

카일이 장난치는 거라고 생각한 사라는 웃으며 그를 바라보았지만, 그의 표정은 진지했다. 사라는 웃으며 말했다.

"장난치는 거죠?"

카일은 수많은 말을 속으로 삼켰다. 그가 할 수 있는 것은 애써 웃으며 그렇다고 말하는 것밖에 방법이 없었다. 애써 웃는 그의 얼굴에는 애틋함이 묻어 나왔다. 사라도 한편으로는 들뜨는 마음을 숨길 수 없었다. 둘은 '동네 책방' 앞에 멈춰 섰다. 가게 안은 시간이 멈춘 듯했다. 어린 시절 자주 가던 동네 서점과 똑 닮아 있었다. 원목 책장에 빼곡히 꽂혀있는 책의 냄새, 어딘가 익숙한 할아버지의 모습. 향수에 젖은 사라는 루나시움에서 고향의 한 조각을 발견한 듯 반가운 마음이 들었다.

"어서 오세요."

주인 할아버지는 인자한 웃음으로 둘을 맞아주었다. 사라는 추억에 빠져 카일에게 조잘거리기 시작했다.

"와… 어렸을 때 집 앞에, 꼭 이렇게 생긴 책방이 있었어요."

"좋아하던 곳이에요?"

"하루의 절반은 거기서 보냈던 것 같아요."

"책을 좋아했나 봐요?"

"소설 속의 세상은 따뜻했거든요. 그 세상 속에서는 혼자인 현실을 잊을 수 있었고요."

"저에게도 그런 세상이 있어요."

카일은 생각에 잠긴 채 옅게 미소 짓고 있었다.

"보여줄게요."

그는 소호 거리 중간 즈음에 자리한 카페로 사라를 데려갔다. 그리고는 익숙한 듯이 카페 가장 구석의 아늑한 소파 자리에 앉았다. 테이블 옆의 벽에는 작은 균열이 만든 조그마한 구멍이 하나 있었는데, 카일은 그 구멍을 가리키며 말했다.

"내게 현실을 잊을 수 있는 세상은 여기였어요."

사라는 구멍에 눈을 맞추고 가까이 들여다보았다. 익숙한 풍경이 보였다.

"인간세계잖아요!"

카일은 주위를 둘러보다 사라에게 가까이 몸을 기울이고는 목소리를 낮췄다.

"가게가 오래되어서 균열이 생겼는데, 주인은 아직 몰라요."

"어떤 현실을 잊고 싶었어요?"

"음, 가족 문제랄까요?"

사라는 더 이상 캐물을 수 없었다. 완벽해 보이는 셰르핀 가문에도, 평범해 보이는 집안에도 복잡한 가족사는 있기 마련이니까. 대신 사라는 카일에게 말했다.

"저도 어릴 때 부모님께 버려져서 외롭게 자랐어요. 그러니까 제 말은, 혹시라도 얘기를 나누고 싶은 상대가 필요하면, 저도 여기 있다는 것만 알아줘요!"

사라는 빠르게 외치듯 말을 끝내고, 자신이 한 말을 후회하고 말았다. 그에게 끌리는 마음 때문일까, 조금이나마 위로가 되고 싶은 마음이었을까. 아직 그리 가깝지 않은 카일과의 관계에서 선 넘는 말을 뱉어버린 것 같았다. 사라는 카일의 눈치를 살폈다. 그는 생각에 잠겨있었다.

"음, 우리 가족은 평화로웠어요. 이리샤가 루나시움을 독재하기 전까지는요. 하지만 셰르핀 가주의 시대가 온 이후로, 아버지는 권력에 눈이 멀어 말 그대로 가주의 개가 되었죠. 잔인한 일을 시켜도 제일 앞서서 진행해 버렸어요. 어머니는 모든 생명이 소중하다고 생각하셔서 두 분은 매일 다투셨고요. 그때 저는 어려서, 평화롭던 우리 가족이 바닥에 떨어진 유리잔처럼 산산조각이 나버릴까 두려웠어요. 그래서 이곳에 와서 인간세계에 있는 평범한 아이들을 한참 들여다봤어요. 차라리 저기에 태어났으면 이런 깊은 불안감이 없었을까, 하고요. 이런 얘기 남에게 잘 안 하는데 말하고 나니 후련하네요. 고마워요."

다행이다. 그가 아슬아슬한 관계의 선을 넘어 마음의 문을 열어준 것 같아 고마웠다.

"저, 그런데요, 저번에 제 눈동자 색은 왜 비밀로 해준 건가요? 셰르핀 가주님의 직속 비서라면서요!"

"그건 제가 원한 자리가 아니에요. 가주님의 명령으로 일하고 있지만요. 눈동자 색을 비밀로 해준 것은… 사라 씨가 안전했으면 해서요."

"네?"

카일은 묘한 미소를 지었다. 그리고는 사라에게 가까이 오라며 손짓했다. 그는 조용한 목소리로 속삭였다.

"예전에 누군가와 약속했어요. 사라 씨의 뒤는 제가 책임지겠다고요."

"설마 저희 부모님이랑요?"

"사라 씨 부모님과 이리샤가 아주 예전에는 사이가 나쁘지 않았죠. 이리샤가 배신하기 전까지는요. …하지만 제가 약속한 상대가 부모님은 아니에요. 하지만 가주의 법 때문에 누구와 약속했는지는 말씀드릴 수 없어요."

"하지만 카일 씨는 셰르핀 가주의 사랑을 듬뿍 받고 있다고 들었어요! 왜 위험을 감수하면서 저를 도와주시는 거예요?"

"과거에 제가 약속한 그 사람도 똑같은 것을 물었어요."

카일은 오랜 과거를 회상하는 듯 약간의 씁쓸함과 깊은 그리움이 묻어나오는 표정으로 말했다.

"저는 누군가의 피 위에 지어진 권력과 사치에는 관심 없다고 대답했어요. 이리샤의 곁에서 너무 많은 살생을 봤거든요. 하지만 그 약속이 없었더라도, 전 사라 씨의 비밀을 지켰을 거예요."

사라는 이해할 수 없다는 표정으로 카일을 바라보았다. 그는 사라를 바라보며 말했다. 깊고, 단호한 눈동자였다.

"저 역시 사라 씨가 안전했으면 좋겠어요."

사라는 그 말의 의미를 수백 가지로 해석하며 공장으로 돌아왔다. 차가워 보이는 그가 사실은 모든 사람에게 호의를 베푸는 친절한 인물인 걸까? 아니면 사라에게만 호의를 베풀어 준 것일까? 그도 사라를 신경 쓰는 것일까? 그녀의 머릿속은 복잡했다.

공장으로 돌아온 사라를 반긴 건 직원 카페에 앉아 수첩에 무언가를 열심히 적고 있는 로즈 할머니였다. 사라는 생각에 잠긴 채 로즈의 맞은편에 앉았다. 로즈 할머니는 안경을 내리고는 사라를 바라보았다.

"무슨 일 있니? 생각이 많아 보이는 얼굴이구나."

"소호 거리 책방에 다녀왔어요."

"인간 출신 노버 할아버지가 운영하는 책방 말이냐? 거기 할아버지, 아주 좋으시지."

"할아버지는 바로 천국에 갈 수 있었는데도 이곳에서 사랑하는 사람을 기다리고 있대요. 몇십 년을요."

"그렇다고 하더구나."

"사랑하는 사람이 함께하지 않는다면 그곳은 진정한 천국이 아니라고 하셨어요. 저는…"

사라는 누군가를 사랑해본 적도, 사랑받아본 적도 없었다. 수십 년이라는 세월을 기다릴 존재가 있는 할아버지가 그저 부러웠다. 왜 나의 삶에는 행복이 머물다간 순간이 없었을까. 따스한 햇볕 한줄기 드는 법 없는 음지에서 아득바득 자라난 선인장 같은 삶이었다. 선물공장 직원들은 나의 삶에는 왜 한 번도 머문 적 없을까.

"할머니, 저도 언젠가는 선물공장의 고객이었을까요? 왜 제 인생에는 행복한 순간이 없었을까요?"

할머니는 오랜 침묵에 빠졌다. 깊은 고민이 엿보였다. 이내, 오래된 수첩을 펼쳐 사라에게 건넸다.

"내 고객 일지야. 내가 만난 모든 고객의 이야기를 적어두었지. 그들과의 추억을, 그리고 그들이 기뻐하는 그 순간을 간직하고 싶었거든. 여길 읽어보게."

오백 번째 고객, 한사라

이번 고객은 아주 어린 아이이다. 인간세계에 선물을 배달하고 루나시움으로 향하던 어느 날, 한 아이의 간절한 목소리가 들려왔다. 사랑을 갈구하는 목소리였다. 행운동 행복 빌라. 그곳은 이름과는 반대로 불행이 가득해 보이는 어두운 곳이었다. 한 여자아이가 어둠 속에서 울고 있었다. 아빠를 원망하고 있었다.

그녀의 기억을 되돌려보았다. 안타까웠다. 가슴이 사무치도록. 종일 혼자 집에 있는 이 아이는 부모에게 버려졌다. 보호자의 사랑과 손길이 필요한 고작 6살의 어린아이였다. 나는 곧장 내 몸에 변신 가루를 뿌렸다. 몸의 크기를 더 작게 하고, 어린아이의 크기에 맞게 바꾸어 날아갔다.

"우아! 요정이다!"

"맞아, 난 요술을 부릴 수 있는 요정이야. 내가 신기한 거 보여줄까?"

나는 그 자리에서 조그마한 비눗방울로 인형을 만들어냈다. 사라는 뛸 듯이 기뻐하고, 행복한 웃음을 지어 보이며 놀라워했다. 그 모든 모습이 사랑스러웠다.

"이건 선물이야."

"우와! 정말 신기해! 진짜 요정이구나?"

"그럼! 우리 친구 할까?"

"좋아!"

그 뒤로 나는 다른 일을 제쳐두고 매일 행복 빌라로 향했다. 방 안에 무지개를 띄워 주기도, 맛있는 음식을 만들어 먹기도, 사라를 안고 비행을 하기도 했다. 사라의 순수함에 마음이 따뜻해졌고, 그렇게 즐거운 시간을 보내다 보면 어느새 해가 저물어있었다.

나는 이 아이의 할머니가 돌아올 때까지 곁을 지켰다. 사라는 자신에게 비밀 요정 친구가 있다며 항상 기뻐해 주었다. 나는 그녀의 보호자이자 비밀 친구로, 언제까지나 그녀의 곁에 있어 주고 싶었다. 하지만 그 행복은 오래가지 못했다.

나는 사라를 찾아가기 위해 루나시움의 온갖 법령을 위반하고 있었다. 인간과 지나친 유대를 형성했고, 인간 앞에서 사용해선 안 되는 마법을 사용하고 있었다. 알면서도 멈출 수 없었다. 이 아이를 혼자 둘 수가 없었다. 때가 찾아왔다. 루나시움 본부에서는 매일 인간세계에서 오랜 시간을 보내는 나의 일탈을 눈치챘다. 과거에도 인간과 지나친 유대를 맺은 전과가 있는 나는 루나시움 본부로 불려가 최악의 처벌을 받았다. 영혼 소멸.

선물공장에서 일하는 존재는 천 개의 학을 모으면, 즉 천 명의 고객에게 특별한 순간을 선물한 뒤에는 그

노력에 대한 보상으로 특별한 선택권이 주어진다. 그 뒤의 미래를 선택할 수 있다. 루나시움 존재들을 위한 천국에 갈지, 인간세계에서 인간으로 태어날지, 아니면 그동안 모은 신성한 힘을 가지고 더욱 강력한 존재가 되어 루나시움에서 계속 살아갈지. 그 외에도 원하는 모든 바를 이룰 수 있다. 하지만, 나에겐 영혼 소멸이란 벌이 주어졌고, 선물공장에서의 시간이 끝나면, 이제는 영혼이 소멸해 영원한 무로 돌아가게 될 것이다.

사실 예상하고 있었던 일이므로 억울하지 않았다. 알면서도 저지른 나의 선택이었다. 매일 무거운 돌을 산 꼭대기까지 끌고 올라가는 시지프스처럼, 나도 내가 선택한 행동의 결과를 담담하게 받아들이리라. 무로 돌아가는 것은, 영혼 소멸이라는 것은, 수백 루나를 산 나에게도 정말 무서운 일이다. 어린 사라를 돌볼 수 있었으니 가치가 있었다. 그러나 이제는 다시 그녀를 찾아가지 못하는 게 걱정되었다. 본부의 처벌자에게 빌고 또 빌어, 마지막으로 딱 한 번, 그녀를 찾아갈 수 있었다. 어떤 말을 해주어야 할까. 어떻게 앞으론 찾아올 수 없다는 말을 전해야 할까.

사라를 향한 마지막 비행. 다시 내려다본 행복 빌라는 이제야 따뜻해지기 시작했는데… 나는 애써 밝게 웃으며 말했다.

"사라야! 내가 선물을 가져왔어."

"우와! 뭔데, 뭔데?"

"짠!"

"요정 할머니랑 똑같이 생겼어! 날개도 똑같아!"

"맞아. 나랑 똑같이 생긴 요정인형이야. 혹시 마음에 드니?"

"완전 좋아!"

사라는 해사한 웃음을 지어 보였다. 나는 눈에 고이는 눈물을 겨우 참아야 했다.

"사라야, 나는 이제 요정 나라로 돌아가야 해. 그래서 앞으로는 못 찾아올 것 같아…"

"요정 나라에 가면 다시는 못 돌아와?"

"응, 그 대신 이 인형이 너의 곁을 늘 지켜줄 거야. 여기엔 내가 마법을 걸었어. 너에게 위험한 일이 생기면 너를 지켜줄 거야!"

"그래도 난 인형보다, 요정 할머니가 더 좋아! 그냥 안 가면 안 돼?"

"지금 요정 나라로 돌아가지 않으면, 나는 사라져버려. 내가 요정 나라로 돌아가면, 우린 먼 미래에 다시 만날 수 있을 거야. 언젠가는 너도 요정 나라에 올 거거든."

"진짜지? 약속이야? 또 다시 만나기야?"

"그럼, 약속!"

너는 기억 못 할 테지만 나는 약속을 지킬 것이다. 얼마 뒤가 될지는 몰라도 네가 루나시움에 오는 날까지 너를 기다릴게. 안녕, 나의 아기 천사, 건강 하렴.

"요정 친구? 할머니…!"

사라는 로즈에게 달려가 안겼다.

"제 요정 친구가 할머니였군요! 저희 할머니는 너무 외로워서 헛것을 본 거라고, 절대 남에게 이야기하지 말라고 해서 잊고 살았어요. 그런데 정말이었다니…! 믿을 수 없어요. 절 돌봐주셔서 감사해요, 할머니. 그런데, 고작 저 때문에 영혼 소멸이라니… 안돼요, 로즈 할머니, 안돼요."

"하… 이런 날이 올까 두려워 일부러 네게 차갑게 굴었다. 내가 마냥 다정하게 대해주다, 내가 영혼 소멸을 당할 것이라는 사실을 알면 네가 상처 받을까봐. 하지만 이왕 알게 된 것, 명심하렴. 고작 너 때문이라니! 그런 말 말아라. 난 너를 돌보는 동안 정말 행복했어. 나는 결혼도 안 했고, 자식도 없어. 그런 나의 삶 속에 너라는 작은 천사가 나타난 거야. 그래서 너를 돌본 것이고. 처벌을 받겠지만 그건 나의 선택이었고, 그에 대한 책임 역시 감수할 준비가 되었단다. 그러니 미안해하지 마라. 너를 돌보는 동안, 나는 진심으로 행복했으니."

"그렇지만, 할머니…"

"그래도 네게 말하고 나니 좋구나. 이젠 일부러 거리를 두지 않아도 되니. 이리 오렴, 내 작은 천사! 널 얼마나 다시 안아보고 싶었는지 몰라."

사라는 할머니의 품에 와락 안겼다.

"그래도 할머니의 영혼이 소멸하는 벌을 받는 것은 절대 안 돼요. 방법이 없을까요? 문라이트 서바이벌에서 이기면 간절한 소원 하나를 들어준다면서요! 그거예요! 문라이트 서바이벌에서 이겨 로즈 할머니의 영혼 소멸을 막겠어요!"

그날 밤, 사라는 학구열에 불타올랐다. 방으로 달려 올라가 '달빛 마법의 기초' 책을 펼쳤지만, 교과서에는 알 수 없는 문자들이 가득했다. 사라는 옥상으로 올라가 지혜의 나무를 찾았다.

"저기요, 주무세요?"

"하, 거 참, 자꾸 귀찮게 하네. 손에 든 그건 뭐야?"

"교과서에요. 알 수 없는 글자들이 가득해서 혹시 알려주실 수 있나 해서 와봤어요, 방해했다면 죄송해요. 돌아갈게요."

"플라레오."

"네?"

"'플라레오'라고 읽어. 배우러 왔으면 제대로 배우란 말이야. 조금 뭐라 했다고 기죽어서 포기하지 말고. 지하 세계에 들어갔을 때 기억나?"

"네… 네!"

"그때 베브 시리아가 지하 세계를 밝힐 때 썼던 주문, 그거야."

"와, 정말 모르는 게 없으시네요."

"이 정도쯤이야! 그런데 내가 좀 대단하긴 해. 그렇지?"

우쭐해진 지혜의 나무는 자신의 지식을 사라에게 쏟아내기 시작했다.

"내일이 첫 수업이지? 내일 배우게 될 것이야. 교수는 리암 세르펀이겠군. 사악하고 혹독한 자이지만, 신성한 힘을 다루는 능력 하나는 끝내주지. 카일의 아빠야. 아! 첫 수업 때에는 '에리히트'라는 순간이동 주문도 배울 거야. 잘 알아두고 가라고."

지혜의 나무의 수다는 밤늦게까지 이어졌다. 사라는 새벽녘에야 방으로 돌아갈 수 있었다. 그러나 쓰러지듯 침대에 누운 사라에게 외면할 수 없는 간절한 목소리가 들려왔다.

"제발 시간을 돌릴 수 있다면, 너의 죽음을 막을 수 있다면, 제발. 제가 신을 믿지 않는다고 벌해도 괜찮아요. 하지만 만약 당신이 존재한다면, 제발 제 기도를 들어주세요."

사라는 커텍터를 켜 기도의 주인공을 찾기 시작했다.

행운동 희망 빌라, 27살 최유준.

그때였다. 노크 소리가 들리더니, 문이 열리고 로즈 할머니가 다가왔다. 어린 시절 요정 친구 때처럼 따뜻한 미소를 지은 채.

"사라야, 방금 들었니?"

"네?"

"들은 모양이구나, 네 고객이 된 것을 보면."

"최유준 씨의 기도요? 네! 저의 두 번째 고객이에요!"

할머니는 고객 정보를 확인하는 사라에게 조용히 다가왔다.

"방금 그 고객 말이야, 내가 필요한 순간이 있을 게야. 에드워드에게는 비밀로 하고 찾아오렴. 그리고, 잘했어. 기도를 들은 것 말이야. 때로는 자신의 기도를 누군가 듣고 있다는 것만으로도 살아갈 힘이 나지. 장하다, 우리 사라, 장해."

할머니는 사라의 등을 쓰다듬었다. 사라는 로즈 할머니의 따뜻함을 느끼고 어린 시절의 요정 친구를 떠올렸다. 그리고 할머니의 영혼 소멸을 생각했다. 그러자 자신도 모르게 눈물이 흘렀다. 로즈 할머니는 그런 사라를 꼭 안아주며 말했다.

"사라야, 그런 말 들어봤니? 한 번도 사랑에 빠져보지 못하는 것보다 상처받더라도 뜨겁게 사랑해보는 것이 더 충만한 삶이라는 말."

"책에서 본 것 같아요. 한 번도 사랑해보지 못했던 저는 이해하지 못했지만요."

"나도 그랬어. 하지만 너를 만나고 나니 이해가 되더구나. 사랑은 상처를, 위험을 감수해야 하지. 하지만 그럴 가치가 있어. 너는 차갑기만 하던 내 삶에 따뜻한 온기를, 사랑을 주었단다. 그때 내가 느낀 행복은, 말로 다 표현할 수가 없어. 나는 처음으로 사랑을 느꼈어. 내 영혼이 소멸한다고 해도, 적어도 그 영혼은 행복했단다. 그러니 너무 슬퍼하지 마렴. 네가 슬퍼하면, 이 할머니도 가슴이 아파."

"영혼 소멸이란 말 마세요! 그것만은, 정말 어떻게 해서라도 막을 거예요. 최유준 씨의 고민을 해결해주고, 신성한 힘도 열심히 모을 거니까요. 할머니가 저를 돌봐주셨던 것처럼, 이젠 제가 할머니를 지킬게요. 그리고, 정말 감사해요, 할머니. 사랑받지 못한 삶이라고만 생각했는데, 할머니께 정말 과분한 사랑을 받고 있었네요. 그때도, 지금도요. 저는 그것도 모르고…"

"자, 후회는 그만하고, 최유준 씨에게 가보렴. 에드워드에게 정말 중요한 고객이야."

두 번째 고객, 최유준

겨울이 시작되는 계절, 그날따라 몸이 많이 안 좋았다. 감기약을 먹고 잠든 유준은 핸드폰의 진동을 희미하게 느꼈지만 약 기운에 취해 다시 잠에 빠져들었다. 문득 불안한 느낌에 잠에서 깬 그는 핸드폰을 확인했다. 태민에게서 걸려온 부재중 전화. 다시 전화를 걸어보았지만, 소식이 없다. 알 수 없는 초조한 느낌에 버릇처럼 입술을 물어뜯는다. 다음날, 태민은 학교에 나오지 않았다. 그다음 날도, 그다음 날도. 갑자기 꿈속의 장면이 바뀌어 장례식장.

"왜 그렇게 가버린 거야, 대체 왜!"

절규에 가까운 부모님의 흐느낌이 점점 커지며 메아리친다. 귀가 먹먹할 정도로.

또 그 꿈이다. 그때 내가 전화를 받았다면, 그 애의 곁에 있었다면, 어떤 위로라도 되어주었다면… 달라지지 않았을까. 벌써 십 년이나 지난 일이지만 어제처럼 죄책감이 몰려온다. 아니다. 고작 나 따위가 뭐라고, 그 애의 선택을 막지 못했을지 모른다. 그렇지만, 그래도…

"제발 시간을 돌릴 수 있다면, 너의 죽음을 막을 수 있다면, 제발. 제가 신을 믿지 않는다고 벌해도 괜찮아요. 하지만 만약 당신이 존재한다면, 제발 제 기도를 들어주세요."

신을 믿지 않았던 유준이지만, 이 순간만은 누구라도 좋으니 자신의 기도가 닿기를 간절히 바랐다. 다시 잠든 유준은 여전히 태민의 꿈을 꿨다.

머리가 어지럽다. 오전 6시 5분 전. 태민이 나오는 꿈을 꾸는 날이면 항상 알람이 울리기도 전에 잠에서 깬다. 까치집처럼 떠 있는 머리를 건성으로 씻고 집을 나선다. 그날 이후로 그의 시간은 멈춰 있다. 하지만 시간은 자꾸만 흘러가고, 그는 세상에서 점점 멀어져간다.

세리 고등학교 국어 교사로 근무한 지도 3년이 다 되어간다. 태민이가 죽고 나서도 세상은 변함없이 돌아갔다. 하지만 이곳, 그들이 함께하던 세리고등학교 풍경만은 놀라울 정도로 변함이 없다. 유준이 고등학생으로 이 학교에 다니던 시절, 태민이 좋아하던 운동장 끝자락의 단풍나무조차 그대로이다. 아이들의 모습도 크게 다르지 않다. 힘이 센 아이, 인기가 많은 아이, 매사 열심인 아이, 공부에는 관심이 없는 아이. 유준은 어딘가 독특하고 겉도는 아이들에게 마음이 쓰인다. 태민이를 똑 닮아서일까.

"선생님."

"선생님?"

"어, 시은아. 어쩐 일이야?"

"선생님, 괜찮으세요? 오늘따라 표정이 많이 안 좋아 보이세요."

"아, 잠을 잘 못자서 그런가? 하하."

유준은 어색한 웃음으로 분위기를 무마해보려 하지만, 항상 유준을 잘 따르는 시은에게 어물쩍 넘어가려는 술수는 통하지 않았다.

"선생님, 학교 근처에 선물공장이라는 이름의 가게가 있는데요, 꼭 가보세요! 저희에게 꼭 필요한 물건을 찾을 수 있대요. 눈동자가 분홍색인 어떤 언니가 그랬어요. 선생님을 아는 것 같던데요?"

"나를? 나는 분홍색 눈동자를 한 사람은 본 적이 없는데… 그래도 시은이가 말해준 거니까 꼭 가볼게. 고마워, 시은아."

"정말이죠? 내일은 꼭 웃으면서 오셔야 해요!"

시은은 두 눈이 휘어지도록 환하게 웃으며 교실을 나섰다. 학생들이 모두 떠난 교실에는 쓸쓸한 평화로움이

맴돈다. 특히 이렇게 선선한 바람이 불어오는 계절이면 운동장에 물든 단풍만 보고 있어도 괜히 가슴이 아린다. 가슴 한쪽이 찌릿찌릿하다. 이 익숙한 느낌에 빠져드니 10년 전 그날이 또 생각났다.

"쉿! 빨리 와!"

"오늘 담임이 야자 감독인데 걸리면 어쩌려고 그래?"

"와보면 알 거야, 그런 건 중요하지 않다는 걸."

태민이는 앳된 얼굴로 활짝 웃고는 다시 달려간다. 이제는 사용하지 않는 기숙사 건물 옥상, 학교 전체가 한눈에 들어온다.

"와!"

"오길 잘했지?"

"응, 그런데 뭔가 으스스하다."

"여기서는 모든 게 한눈에 보여. 이런 날에는 운동장에 물든 단풍만 보고 있어도 가슴이 찌릿찌릿해."

"그런 말이 어디 있냐?"

"방금 내가 만들어서 있어, 이제!"

"그게 뭐야!"

특이했다. 그래서 좋았다. 어딘가 충동적이고 톡톡 튀는 그 애와 있으면 인생이라는 영화의 주인공이 된 기분이었다. 사소한 일상 하나하나가 특별해졌다. 사소한 결정도 내리기 어려워하던 내가 초코 맛과 딸기 맛 아이스크림을 두고 고민할 때면 "아, 몰라! 둘 다 사버리자, 그냥!"하고 망설임 없이 내게 두 가지 맛 아이스크림을 건네던 태민. 두 아이스크림을 녹기 전에 해치우느라 머리가 띵해졌던 그해 여름, 그 모든 순간이 여전히 생생하다.

그 애와의 추억이 떠오르자 가슴이 찌릿찌릿했다. 십 년이 지난 이제야 나는 가슴이 찌릿찌릿하다는 것이 무슨 말인지 이해할 수 있었다. 해맑은 웃음 뒤 무엇이 그토록 가슴 아팠던 것일까, 너는. 그 애와의 추억을 회상하며 걸으니 어느새 집에 도착했다. 이런 날은, 열어보지 않을 수가 없었다. 오래된 세리고 졸업앨범을 펼쳐 본다.

고객이 연 졸업앨범을 보고 사라는 숨이 멎는 기분이었다. 에드워드의 사진이 있었다. 본명 강태민. 에드워드의 생전 이름이다. 유준은 죄책감과 그리움에 눈물을 흘리고 있다. 이제야 모든 것이 이해가 된다. 남자가 꾼 꿈과 기억을 되살리는 스프레이를 사던 로즈 할머니, 그리고 이 고객과 관련해 자신이 필요할 것이라던 말까지. 마지막 퍼즐 조각을 맞출 때처럼 모든 것이 선명했다. 하지만 받아들일 수 없는 것이 하나 있었다. 유준의 삶은 그날 이후로 10년째 멈춰 있는데, 정작 에드워드 본인은 망각의 솜사탕으로 기억을 지웠다. 한 명만 아는 추억은 너무나도 불공평하다. 아니, 잔인하다. 사라는 무엇을 해야 할지 알 수 있었다. 우선 에드워드의 기억을 돌려놓는 것이 최우선이다.

"사라, 무작정 스프레이부터 뿌릴 수는 없어."

로즈 할머니는 단호했다.

"기억을 지울 때 동의한 계약서상 에드워드 본인의 선택으로 기억을 되살려야 해. 아마 기억을 살리고 싶지 않다고 할 거야. 삶에 대한 후회가 가득한 것 같았거든."

처음 공장에 왔을 때 그는 자신의 방에 틀어박혀 나오지 않았다고 한다. 그런 그에게 이승에서의 기억을 지우는 솜사탕을 선물한 것은 로즈 할머니였다. 혀에 닿은 솜사탕이 녹아 없어지듯 이승에서의 기억도 아픔도 녹아 없어졌다. 그렇게 시간이 지나 에드워드는 어느새 선물공장의 베테랑이 되었다. 기억을 지우고서야 평화를 얻은 에드워드가 굳이 기억을 되살리고 싶지 않을 거라는 것도 당연한 말이다.

"제가 설득해 볼게요. 단순히 제 고객이라서 이러는 게 아니에요. 그 사람은 에드워드에 대한 그리움과 죄책감으로 자기 삶을 제대로 살지도 못하고 있어요. 말 그대로 고장 난 시계처럼 멈춰버린 삶을 살고 있다고요. 게다가 그가 가진 죄책감은 이성적이지도 않아요. 그냥 자기 자신을 고문하고 있어요. 에드워드가 떠났기 때문이죠. 남은 사람은 자신의 삶을 살아가야 하잖아요. 그런 죄책감과 그리움에서 그를 해방해 줄 수 있는 사람은 에드워드밖에 없어요. 어떻게든 설득해 볼 거예요. 저번에 할머니와 페리 가문 마법 상점에 갔을 때 '보고 싶은 사람을 꿈에서 만날 수 있는 식용 가루'를 보았어요. 그거면 될 것 같아요."

사라 역시 단호했다. 그녀는 기숙사로 향해 에드워드부터 찾았다.

"에드워드, 널 무척 그리워하는 사람이 있어. 한 번 만나보면 안 될까?"

"누나, 나는 사실 이승에서의 기억을 모두 지웠어. 내가 그 사람을 만난다 한들, 함께 나눌 수 있는 이야기가 없을 거야."

"그래서 말이야, 알아봤는데 기억을 지우는 솜사탕 일부를 보관하고 있다면서? 기억을 되살려보는 것은 어때?"

"음… 지금은 기억을 지워서 내가 왜 힘들어했는지는 기억이 나지 않지만, 처음 이곳에 왔을 때 나는 방 밖으로 나서지도 못할 만큼 고통스러웠어. 이유는 모르지만, 그 고통은 여전히 생생해. 그때를 생각하면… 글쎄, 굳이 기억을 되살리고 싶지 않아."

"하지만 에드워드, 내 고객이,"

그 순간 사라는 자신이 실수를 저질렀음을 직감했다.

"누나 고객?"

"응, 그러니까, 내 고객이…"

"하, 누나 고객 때문이었어? 누나의 고객을 위해서라면 내 고통쯤은 아무런 상관이 없다, 이 말이야? 내가 기억을 지운 이유를 듣고도 고객을 위해 되살려보라고? 난 우리가 친구라고 생각했는데… 됐어. 더 이상 이야기하고 싶지 않아.”

그는 기억을 지웠지만, 고등학생의 감수성은 그대로 가지고 있는 듯했다. 단단히 화가 난 것이 분명했다.

다음 날 아침, 사라가 눈을 떴을 때 에드워드의 침대는 이미 비어있었다. 인생은 밥심이라며 먹는 것을 그토록 좋아하던 에드워드가 아침마저 거른 것을 보니 사라의 마음이 무거워졌다. 그녀는 맞은편 음식점으로 가서 에드워드가 가장 좋아하는 주먹밥을 사 그의 곁으로 다가갔다.

“에드워드, 내가 미안해. 밥은 잘 챙겨 먹어. 네가 그랬잖아, 인생은 밥심이라고.”

못 이기는 척 주먹밥을 건네받아 오물거리는 에드워드는 조금이나마 기분이 풀린 듯했다.

“단순히 내 고객이라서 이러는 것이 아니야. 그 사람은 아직도 너의 꿈을 꾸고, 네 사진을 보며 눈물을 흘리고 있어. 그렇게 널 그리워하는 사람이 있다는 것은 어떻게 보면 정말 감사할 일 아니야? 사실 나는… 나를 그토록 그리워 해주는 이가 있을지 잘 모르겠어. 그리고 너도 알잖아, 언제까지나 기억을 지우고 외면할 수는 없다는 것을. 너는 10년 전의 너보다 훨씬 성숙하고 단단해졌어. 이제는 그때의 기억을 마주하고 너를 사랑하는 사람들을 돌보며 앞으로 나아가보는 건 어때? 그냥 나랑 그 사람을 보러만 가자. 다른 건 하지 않아도 돼. 그 사람이 너를 얼마나 그리워하는지, 그것만 보러 가자.”

한동안 정적 속에서 에드워드가 주먹밥을 오물거리는 소리만 가득했다. 오랜 고민 끝에 그는 못 이기는 척 알겠다고 한다. 둘은 오후 수업이 끝나고 남자의 집을 찾아가기로 했다. 그리고 각자 메이즈 대학과 대학원으로 향했다.

따스한 햇살이 드는 연구실, 온갖 마법 재료와 무지개로 탱글한 젤리를 만들어낸 에드워드는 비장한 표정으로 5루나 동안 숙성된 값비싼 루나송을 털어 넣었다. 그리고 무지개로 만든 젤리를 허겁지겁 집어 먹었다. 순간 에드워드의 눈코입, 눈썹이 얼굴 정중앙에 모이며 온 세포 하나하나까지 찡그려진다.

"우웨에에에에에엑!"

또 실패다. 숙취를 단번에 없애는 물질을 개발하기란 쉽지 않았다. 사라는 메이즈대에서 마법을 배웠다. 신성한 힘을 모아 언젠가 못된 엘리스의 행동을 되갚고 로즈 할머니의 영혼 소멸 벌을 없애는 상상을 하면 열정이 넘칠 듯 솟아올랐다. 첫 수업을 들으러 가는 사라의 마음은 기대와 긴장까지 더해져 가득 채워졌다. 강의실에 들어서자, 사라는 신비로운 분위기에 압도당했다. 내부는 고대 4제자의 초상화와 빛나는 거대한 수정으로 장식되어 있었다. 천장은 마법으로 만들어진 하늘로 루나시움 특유의 커다란 달이 빛나고 있었다. 사라는 커다란 달 아래쪽에 자리를 잡았다. 옆의 빈자리에 가방을 내려놓으며 주변을 둘러보니 그녀와 같은 신입생들은 모두 제각각 기대에 가득 찬 표정으로 자리에 앉아 있었다.

"옆에 앉아도 돼?"

카일이었다.

"앗… 응!"

사라는 가방을 치우며 말했다. 카일은 언제 봐도 빠져들 듯 매력적인 웃음을 지으며 옆자리에 앉았다. 사라의 가슴은 더 거세게 뛰어왔다. 학생들의 소곤거리는 소리가 모두 멀어졌다. 강의실에는 카일과 사라, 둘 뿐이었다. 카일은 그렇게 사람을 사로잡는 매력이 있었다. 사라는 이것도 일종의 마법이 아닐까, 하고 생각했다.

그때, 활기 넘치던 강의실에 일순간 정적이 흘렀다. 강의실 문이 열리고, 교수님이 들어왔다. 하얀 머리의 그는 엄격함과 권위가 느껴지는 눈빛으로 강의실 전체를 압도했다.

"저는 리암 셰르핀 교수입니다. '달빛 마법의 기초' 수업에서는 기본적인 마법의 원리를 배울 것입니다."

리암 교수는 강의실 중앙으로 걸어왔다.

"루나시움의 마법은 모두 신성한 힘에서 비롯됩니다. 이 신성한 힘을 다루는 것이 바로 마법을 구현하는 것이죠. 우리가 외우는 주문은 단지 신성한 힘을 조형하는 절차에 지나지 않습니다. 가장 중요한 것은 사용하고자 하는 마법을 머릿속으로 생생하게 상상해내는 것, 그리고 내가 이 신성한 힘을 자유자재로 다룰 수 있다는 믿음을 가지는 것입니다. 예를 들어…"

그는 뜸을 들였다.

"플라레오!"

그가 외치자, 빛은 순식간에 교수의 손 위에서 불을 피웠다.

베브 시리아가 지하 세계에서 횃불을 밝힐 때 사용했던 바로 그 주문이다.

"와!"

학생들은 그의 모습에 빠져들었다.

"언뜻 보기에는 '플라레오'라는 주문이 불길을 만들어낸 것처럼 보이죠. 이 착각으로 인해 많은 학생이 주문에 지나치게 집착합니다. 하지만, 주문은 여러분들이 신성한 힘을 원하는 모습으로 구현할 수 있도록 마음속으로 자세하게 상상하는 데에 도움을 주는 도구일 뿐입니다. 여러분이 진정으로 집중해야 할 것은 바로 여러분들의 마음, 그리고 믿음입니다. 눈을 감고 여러분의 손끝에 신성한 힘을 모으세요. 이 손이 불길을 만들어 낼 것이라 진정으로 믿어야 합니다. 그 모습이 가장 생생하게 떠오르는 그 순간, 외치는 겁니다. 플라레오! 이 연습을 충분히 한 뒤에는 주문을 외우지 않고서도 신성한 힘을 모아 불길을 만들어 낼 수 있습니다."

리암 교수는 눈을 감고 고요한 정신세계 속으로 집중했다. 그리고는 그의 손 위에 그 어느 때보다 거대한 불길을 만들어냈다. 학생들은 경이로움에 넋이 나갔고, 리암 교수는 만족스럽다는 듯 미소를 지으며 말을 이어갔다.

"하지만 아직 초보자인 여러분들의 수준에서는 주문을 외치는 것이 도움이 될 것입니다. 그럼, 각자 연습해보세요."

사라는 두 눈을 감고, 신성한 힘을 손끝으로 모았다. 그리고 자신의 손끝에서 불길이 일어나는 모습을 상상했다. 상상 속에 너무 깊이 빠져들어 진짜 손끝이 뜨거울 지경이었다.

"오, 제법인데?"

카일의 말에 눈을 뜬 사라는 자신의 손끝에 일어난 불길에 깜짝 놀라고 말았다.

"와… 정말 되네? 주문이 없이도 가능한 거구나!"

그때 리암 교수가 감정 없는 표정으로 다가와 말했다.

"주문 없이 불길을 만들다니, 인상적이군. 이름이 뭔가?"

"사라, 한사라입니다."

그는 작은 쪽지를 건네며 말했다.

"자네는 심화 수업에 들어가 보도록 해. 카일, 평범한 노버도 이 정도인데 셰르핀 가문과 아버지를 실망케 하지 말도록."

카일은 얼굴을 찌푸리며 손바닥을 폈고, 그 위에는 거대한 불꽃이 이글거렸다. 학생들의 시선은 모두 카일을 향했고, 존경의 눈빛을 보내는 학생도 있었다. 하지만 리암 교수는 성에 차지 않는다는 표정으로 더 연습하라는 말만 남기고 떠났다.

"너희 아버지 말이야, 찔러도 피 한 방울 안 나올 것 같아."

"맞아. 피 대신 신성한 힘만 푸슈슉 하고 튀어나올걸?"

둘은 교수의 눈을 피해 자지러질 듯이 웃었다.

"그나저나, 아버지가 너한테 평범한 노버라고 했던 건 내가 대신 사과할게."

"평범한 노버… 맞는 말인걸, 뭐."

카일은 진지한 눈빛으로 사라를 바라보았다. 얼굴을 뚫을 듯 강한 눈빛이었다.

"사라, 어떤 인간도 평범하지 않아."

"하지만, 네 가문의 귀족들이 가진 능력에 비하면 인간들의 능력은 너무 보잘것 없잖아."

"난 그래서 인간이 좋아. 그저 태어날 때 주어진 능력대로 살아가야 하는 루나시움의 존재와 다르잖아. 자신이 살아가는 대로 신성한 힘을 받고, 삶에 정해진 규율도 없고. 자기 삶을 스스로 만들어나갈 수 있다는 점이 정말 매력적인 것 같아."

"그래서 소호거리 카페에 일어난 균열 속으로 인간세계를 보면서 현실을 잊으려 한 거야?"

"응, 나도 저런 동네에서 태어나 살았다면 어땠을까 상상하는 걸 좋아했어."

"나도 죽기 전에 지하철을 타고 다니면서 멀리 있는 낯선 동네 풍경 볼 때 그런 생각을 했는데."

순간이동 주문까지 배운 뒤에 수업이 끝났다. 둘은 대화에 푹 빠져들었고, 신비한 식물이 가득한 마법 정원을 지나 메이즈대 역에 다다랐다.

"누나! 인간세계로 가자!"

역에는 에드워드가 기다리고 있었다. 그는 여느 때처럼 선선하게 웃으며 손을 흔들고 있었다. 순간 사라의 고객이 에드워드에 대해 회상하던 말이 떠올랐다. '해맑은 웃음 뒤 무엇이 그토록 가슴 아팠던 것일까, 너는.' 에드워드는 항상 환하게 웃고 있었다. 어쩌면 그 웃음은 기억을 지운 자신의 혼란스러움을,

아픔을 감추기 위한 것이었을지도 모른다는 생각이 들었다. 그 모습은 어떻게든 사회에서 살아남기 위해 아등바등 밝은 척하던 사라의 모습과 어딘가 닮아 있었다. 그래서 더욱 마음이 아팠다. 에드워드는 아직 기억을 지운 상태이지만, 그럼에도 자신이 떠난 뒤 남겨진 이들을 보기로 한 것은 그에게 힘든 결정이었을 것이다. 남겨진 이들을 마주하면 마음이 무거워질 테니까. 반면 에드워드를 본 카일은 부러운 표정으로 물었다.

"에드워드 씨와 인간세계에 가?"

"응!"

"좋겠다."

카일은 아쉬운 표정으로 반대편 열차를 탔다. 에드워드와 사라는 두 번째 고객, 최유준의 집을 찾았다. 그는 에드워드의 사진을 보며 눈물을 흘리고 있었다. 아파하는 그를 바라보는 에드워드의 눈에도 눈물이 고였다.

"누나, 기억은 안 나는데, 저 사람이 아파하는 걸 보니 마음이 너무 아파. 가슴이 찌릿찌릿하고 텅 빈 것 같은 기분이야."

"너한테도 정말 소중한 사람이었나 봐."

"누나 말이 맞는 것 같아. 기억을 되살려볼게."

에드워드는 눈물이 고인 채 희미하게 웃고 있었다.

지친 퇴근길, 오늘도 꾸역꾸역 일상을 살아낸 유준은

전에 보지 못했던 작은 가게를 발견했다. 이전에는 미처 못 보고 지나쳤던 것 같다. '선물공장 가게'라 적힌 작은 간판이 빛나고 있었다. 평소라면 그냥 지나쳤을 텐데 시은과의 약속이 떠올라 가게를 향했다. 가게 안은 곰 인형부터 주먹밥까지 다양한 물건들이 가득했다.

'어, 이건 태민이가 엄청 좋아하던 주먹밥인데… 아직도 파는 곳이 있다니.'

"그 주먹밥은 아주 특별해요. 저녁에 먹고 잠들면 보고 싶은 사람을 꿈에서 만날 수 있답니다. 물론 선택은 손님 몫이에요."

어디선가 분홍색 눈동자의 직원이 튀어나와 말했다. 보고 싶은 사람이라… 그의 머릿속에 해맑게 웃던 태민의 얼굴이 스쳐 지나갔다. 그래, 거짓말이면 뭐 어떤가. 어차피 저녁거리를 사야 했다. 집으로 돌아온 그는 저녁으로 사 온 주먹밥을 꺼냈다. 오랜만에 보는 덩어리 주먹밥에 온갖 추억들이 스쳐 지나갔다. 주먹밥을 한 입 베어 무니, 함께 이 주먹밥을 먹던 순간이 떠올라 태민에 대한 그리움이 더욱 커진다.

씻고 침대에 누운 유준은 이상하게 졸음이 쏟아졌다. 잠이 든 그는 모르는 번호로 걸려 온 전화를 받았다. 고등학교 때 쓰던, 오래된 핸드폰이다.

"여보세요?"

"유준아!"

그가 그토록 그리워하던 익숙한 목소리다.

"태민이야…?"

꿈속에서 유준은 태민과의 통화가 불가능하다는 사실도, 그가 이미 죽었다는 사실도 잊은 채 10년 전처럼 신나게 대화했다. 배경이 순식간에 학교로 바뀌었다. 오래된 정겨운 책걸상들, 칠판, 항상 삐걱거리던 교실 문, 커튼 사이로 반짝이는 한 줄기의 햇살. 그리고 태민이가 좋아하던 창문 밖으로 보이는 운동장의 풍경까지. 그리고 익숙한 창가 옆 책상에, 태민이 앉아 있었다. 순식간에 변한 풍경을 둘러본 그는 희미하게나마 이게 꿈이라는 것을 직감했다. 그리고 그가 죽었다는 사실도.

"맞아, 너… 죽었잖아. 역시 꿈이구나."

"아니야, 이건 진짜야. 날 만져봐. 그렇지?"

정말이었다. 유준의 눈에선 눈물이 흘러내렸다.

"내가 널, 얼마나… 그리워했는데…"

태민은 그런 유준을 꽉 안았다.

"미안해. 먼저 가버려서… 너를 혼자 남겨둬서. 정말 미안해…"

장난기 가득한 미소가 사라진 그의 얼굴에는 슬픔과 죄책감이 가득했다.

"네가 내 걱정 많이 하는 것 알고 있어. 바보야, 내가 죽은 건 네 잘못이 절대 아니야. 오히려 그 반대였지! 덕분에 나는 정말, 진심으로 행복한 시간을 보냈어. 어쩌면 인생에서 최고의 순간들을. 그러니까 나는, 고맙다는 말을 하고 싶어."

"행복했는데 왜 떠난 거야? 대체 왜?"

"너를 두고 먼저 떠나가서 미안해… 이제 아시아에도 동성 결혼이 가능해진 나라가 생겼다며. 다음 생에는 거기서 같이 태어나자."

"다음 생, 그런 게 어디 있냐."

"진짜 있어! 진짜라니까. 그냥 날 믿어!"

역시 엉뚱한 태민이, 그대로다.

"진짜라면, 다음 생에는 어디에서 태어나든 꼭 우리를 위해 싸우자. 힘들겠지만 같이 하면 할 수 있을 거야."

유준이 말하자, 에드워드가 웃음을 지으며 대답했다.

"좋아! 나랑은 다음 생에서 또 만나자. 그 대신, 약속해 줘. 이번 삶은 날 잊고 충실히 살아가겠다고. 우리가 다시 만날 때 자랑스럽게 네 이야기를 들려줘. 꼭 약속해. 알았지? 시간이 얼마 없어. 응?"

"…알았어, 널 잊진 못하겠지만 열심히 살아갈게."

유준이 대답하자 태민은 그토록 보고 싶었던 해사한 웃음을 짓는다.

"벌써 시간이 다 되었네. 잘 지내, 또 만나자. 안녕!"

"안 돼. 아직 가지 마, 아직은 아니야!"

그의 외침에도 태민은 희미해지다 곧 사라졌다.

잠에서 깬 유준의 베개는 젖어있다. 오전 6시 3분 전. 알람이 울리기도 전에 잠에서 깼다. 유준은 까치집처럼 떠 있는 머리를 감으러 화장실로 들어갔다. 놀랍게도, 그날 이후 멈춰 있던 그의 시간이 다시 흐르기 시작했다.

어떤 사랑은 한 사람의 마음속에 남아 오래도록 꺼지지 않는 빛이 된다. 이렇게 쌓인 빛들은 삶에 어둠이 드리웠을 때, 사람이 살아가게 하는 작은 연료가 된다. 그래서 사랑이 아프더라도, 상처받을 것을 알면서도 또 다시 사랑을 우리 마음에 틔운다. 에드워드는 기억과 함께 아픔도 다시 얻었지만, 그의 마음속에는 그를 앞으로 나아가게 하는 작은 빛이 되살아났다. 에드워드는 이제야 이해할 수 있었다. 상처받더라도 뜨겁게 사랑해보는 것이, 단 한 번도 사랑하지 않는 것보다 낫다는 말을.

"누나, 기억을 되찾아줘서 고마워. 아픈 기억이라도 쓸모없는 게 아닌가 봐. 마음이 아픈데, 가슴이 꽉 찬, 벅찬 슬픔이야. 행복했던 그때처럼."

벅찬 슬픔. 사라는 단 한 번도 느껴보지 못한 감정이다. 사라는 항상 외로움에 가슴이 텅 빈 것 같은 느낌으로 살아왔다. 만약에 루나시움에서 진짜 부모님을 만난다면 사라도 가슴이 꽉 차는 기분을 느낄 수 있을까? 베브 시리아, 그녀라면 알고 있을 것 같다.

"에드워드, 혹시 베브 시리아가 누군지 알아?"

"당연하지! 미래를 정확하게 보기로는 루나시움에서 가장 유명한 사람이잖아."

"그녀를 만나야 해."

"듣기로는, 아무나 만나주지 않는대. 하지만 정말 꼭 필요한 사람은 베브 시리아를 만나게 된대. 그녀를 찾아가려는 의지가 미래를 움직인다고. 그런데 갑자기 왜?"

"아, 꼭 만나야 할 사람이 있어서."

"그럼, 그 사람을 만나는 장면을 구체적으로 상상해 봐."

사라는 눈을 감았다. 머릿속으로 사라가 상상하는 자신의 진짜 부모님의 모습을 그렸다. 어머니는 사라를 닮아 연한 갈색의 머릿결과 따뜻한 미소를 지니고 있다. 아버지는 인자한 표정으로 사라를 꼭 안아주고 있다. 그 속에서 사랑만 받은 사라는 햇살처럼 화사하게 미소 짓는다. 외로웠던 어린 시절 자주 하던 상상이다. 하지만 이제는, 단순한 공상인 줄 알았던 상상이 현실이 될 수 있다.

사라는 당장이라도 그들에게 달려가고 싶었다. 과거는 뒤로 하고, 그들의 품속에서 이제라도 따뜻해지고 싶었다. 가슴이 꽉 찬 기분을 느껴보고 싶었다. 사라는 용기를 내기로 했다. 부모님을 만나는 상상으론 부족하다. 당장 베브 시리아를 찾아가야겠다고 마음먹었다. 사라는 지혜의 나무를 찾았다.

"베브 시리아를 만나게 해주세요."

"으악! 또 너냐. 미운 정이 잔뜩 들겠어, 아주!"

"미운 놈 떡 하나 더 준다는 말도 있잖아요. 그러니까, 부탁이에요."

"떡 하나 더 주고 싶어도, 베브 시리아를 만나는 것은 정말 어려운 일이야. 게다가 밖을 나돌아다닐 때는 변장을 하고 다녀서 이 몸도 알아보기가 쉽지 않다고."

"그러면, 베브 시리아를 만나면 이 말이라도 전해주세요. 약속한 대로 선물공장에 취직했으니까 이제는 저의 진짜 부모님을 만나고 싶다고요."

이 메시지가 베브 시리아에게 가닿지 못한다고 해도 사라는 부모님을 찾을 때까지 멈추지 않을 것이다. 사라의 마음속 불씨는 부모님의 사랑이다. 그것이 없어서 그토록 어두운 삶을 살아왔다.

5장

뮤니티의 등장

다음날, 선물공장에는 투명한 학이 도착했다. 학의 몸체에는 사랑과 삶에 대한 열정을 상징하는 작은 불꽃이 반짝이고 있었다. 그날 이후, 에드워드는 사뭇 다른 사람이 되었다. 다음 생에는 어디에서 태어나든 우리를 위해 싸우자는 유준의 말이 에드워드 마음속의 수많은 빛깔의 불꽃을 일렁이게 한 듯했다. 그는 자신이 죽은 후 유준의 삶이 멈춰 있는 것 같아 걱정했다. 하지만 유준은 그 기억을 가지고 삶을 살아내며, '다음 생에서는 어디서 태어나든 우리를 위해 싸우자'라는 말을 건넬 정도로 성숙한 어른이 되어있었다. 정작 멈춰진 삶을 살았던 것은 기억을 지운 본인일지도 모른다는 생각이 들었다.

에드워드는 그에게 이번 생을 충실히 살고 다시 만났을 때 자랑스럽게 그의 이야기를 해달라고 했지만, 정작 본인은 그렇지 못한 삶을 살고 있다는 것을 깨달았다. 삶으로부터 도망치고 아픈 기억을 지워 외면하는 대신, 삶과 행복을 위해 싸우기로 다짐했다. 수석으로 졸업할 정도로 똑똑한 두뇌를 루나시움을 위해 사용하기로 했다. 그래야 에드워드도 떳떳하게 유준을 다시 만날 수 있을 것 같았다. 그는 고민에 빠졌다. 그는 스스로 생을 마감했기 때문에 신체에 제약이 있다. 그가 가진 것은 지식뿐이다. 이걸로 뭘 할 수 있을까?

"에드워드, 나 심화 수업 들어갔어! 너도 들어갔었지? 준비해야 할 게 있을까?"

순간 에드워드의 두 눈이 반짝였다. 사라, 그녀라면 루나시움에 변화를 불러올지 모른다. 신성한 힘이 많은 그녀이지만 아직 모르는 것이 너무 많았다. 그는 자신의 지식으로 루나시움을 위해 할 수 있는 일이 무엇인지 어렴풋이 알 수 있었다.

"누나, 문라이트 서바이벌에 참여하고 싶다고 했지?"

"응, 우승해서 앨리스의 콧대를 밟아주고 싶어."

"누나가 우승을 하면, 신성한 힘을 모아 세르핀 가주를 무너뜨릴 수 있을 거야. 내가 도와줄게."

"너도 참여할 거야?"

"나는 스스로 생을 마감하는 선택을 했잖아… 그래서 신성한 힘을 아무리 많이 모아도 내 몸에서 받아들이는 데에 한계가 있어. 신성한 에너지를 물이라고 하면, 난 그걸 담을 수 있는 그릇 자체가 작다고 생각하면 돼. 그러니까, 누나가 대신 참여해서 꼭 보란 듯이 우승해 줘."

"어떻게 하면 이길 수 있을까?"

"심화 수업에 들어간 거, 진짜 잘했어! 거기서는 문라이트 서바이벌에 꼭 필요한 기술을 배울 수 있을 거야. 하지만 가장 중요한 것은, 배운 마법을 사용할 수 있는 원천인 신성한 힘을 모으는 거야. 아무리 주문을 많이 배워도 신성한 힘이 부족하면 마법을 자유자재로 사용할 수 없거든."

"신성한 힘을 모으라는 말은, 학을 모으라는 거야?"

"맞아. 선물공장으로 날아오는 학은 지금 우리가 신성한 힘을 모을 수 있는 유일한 방법이야."

"하지만, 앨리스가 우리의 학을 모두 빼앗아 가겠다고 했잖아."

"앨리스를 막을 방법을 찾아봐야지. 앨리스는 선물공장 모두가 싫어한다는 것 외에는 약점을 찾을 수 없지만, 셰르핀 가주는… 하트늪에 중독되어 있으니까 그 점을 이용할 수도 있을 것 같아. 그건 내가 좀 더 생각해볼게."

"우선은 수업을 열심히 듣고 있을게."

"나도 본부 등에서 특별히 들어오는 고객들의 정보가 있으면 바로 누나에게 줄게. 아 맞아! 이번에 특별 고객 관리팀에서 새로운 고객 정보를 줬어. 나는 지금 맡은 고객이 있어서, 누나가 맡아서 해볼래? 신성한 힘도 모을 수 있을 거야."

"좋아! 어떤 고객이야?"

"이 고객은 많이 독특해. 고객의 강아지가 사건을 의뢰했거든. 의뢰받은 사연을 보여줄게, 있어 봐."

띠링. 소리와 함께 커넥터에서 빛이 났다. 장문의 글이 공중에 띄워졌다.

세 번째 고객, 이혜린 (의뢰자, 아롱)

나에겐 언니가 있다. 나도 얼른 쑥쑥 자라면 이 많은 털도 다 빠지고 언니처럼 크고 예쁜 인간이 될 수 있겠지? 그 날을 위해 사료도 열심히 먹고, 간식 창고 앞에서 꼬리를 흔들어 간식도 쟁취해낸다! 나는 언니가 너무너무 좋다. 언니가 행복한 날에는 나도 그냥 기분이 좋고, 언니가 우울해하거나 우는 날이면, 내가 해줄 수 있는 건 눈물을 핥아주는 것뿐이라 속상하다. 언니는 울보다. 원래는 안 그랬는데, 요즘은 거의 맨날 운다. 언니가 울 때면, 내 세상에는 비가 내린다. 그래서 요즘 내 세상은 매일 비가 내리는 장마철이다.

언니에겐 남자친구가 있었다. 그 사람은 언니를 웃게 했다. 나만 보며 웃던 언니가 남자친구를 보며 웃는 날이 많아졌다. 처음에는 질투가 났지만, 점점 언니의 남자친구가 좋아졌다. 오빠가 오는 날엔, 우리는 매일 새로운 곳으로 신나는 모험을 떠났다. 저번에는 바다라는 곳에도 갔다. 사람이 없는 곳에서 오빠는 언니 몰래 나의 목줄을 풀어줬다. 짭짤한 바다 냄새가 가득한 넓은 모래 위에서 마구 뛰어다닐 때의 그 자유로움! 행복함! 그 순간은 마음속에 소중히 저장해서, 집에 혼자 있을 때 몇 번씩이나 돌려봤다.

언니는 가끔 산책을 깜빡하지만, 오빠는 절대 잊어버리지 않았다. 하지만 언니 잘못은 절대 아니다. 언니는 가끔 정말 바쁘니까 그럴 수 있다. 산책할 때 가끔은 너무 좋아서 집에 가기가 싫다. 그러면 오빠는 웃으며 나를 안아줬다. 그럴 때마다 나는 지나가는 사람들에게 언니 오빠를 마구 자랑하고 싶었다. 그리고 무엇보다도, 오빠와 함께할 때 언니는 행복해했다. 그래서 나도 오빠를 좋아해 주기로 했다. 가끔 집에 놀러 오던 오빠의 냄새는 점점 집안을 가득 채우기 시작했다. 그렇게 오빠는 나의 매일을 함께했다. 잠을 잘 시간이면, 둘 사이의 가장 아늑한 공간은 언제나 내 자리였고, 언제나 둘의 냄새가 집에 가득했기에, 혼자 집에 있어야 하는 시간도 견딜만했다.

그런데 어느 날, 정말 오랜만에 집에 돌아온 오빠에게서는 낯선 사람의 냄새가 가득했고, 언니는 단 한 번도 본 적 없는 무서운 표정으로 소리를 지르며 오빠의 물건을 집 밖으로 집어 던졌다. '오빠! 오랜만이야! 그동안 잘 지냈어?' 배를 보여주며 애교도 부리고, 빙빙 돌며 꼬리도 힘차게 흔들었지만, 오빠는 잠시 나를 쓰다듬을 뿐, 짐을 챙겨 집을 나갔다. 조금은 슬퍼 보이는 것 같기도 했다. 오빠가 괜찮은지 확인하고 싶었지만, 현관문은 굳게 닫혔다. 안 돼, 오빠, 어디가?

"아롱아, 너도 슬프지? 미안해…"

그날 언니의 눈에선 바닷물이 흘러내렸다. 언니에게서 바다 냄새가 나는 것은 정말 오랜만이었다. 울보였던 우리 언니가 겨우 괜찮아졌었는데, 오빠가 떠난 이후로 나의 날씨는 다시 장마철이 되어버렸다.

주인의 고민을 의뢰한 강아지라, 사라는 고민이 깊었다. '특별 고객 관리팀'이 부탁한 만큼 중요한 사건이었다. 사라는 뾰족한 수가 떠오르지 않자 우선 고객을 찾아가 살펴보기로 마음먹었다. 사라는 인간세계에 갈 준비를 하면서 문득 카일이 떠올랐다. 에드워드와 인간세계에 가는 사라를 부러운 눈빛으로 바라보던 카일. 어떤 핑계를 대서라도 카일과 함께 가고 싶었다. 사라는 커넥터를 켰다.

"카일! 같이 인간세계 놀러 갈래?"

"좋아. 재미있겠다."

둘은 미드타운 역내 사탕 가게에서 인간세계 여행용 막대사탕을 사 하나씩 나누어 먹었다. 막대사탕을 오물거리는 카일은 하얀 셔츠를 입고 있었다. 하얀 웨이브의 머리카락과 기가 막히게 잘 어울려 카일의 신비로운 이미지가 더욱 돋보였다. 반대로 그의 표정은 인간세계에 놀러 간다는 기대감이 가득 찬 상태였다. 반대되는 두 요소가 역설적으로 완벽한 조화를 이루고 있어 눈을 뗄 수가 없었다.

"왜 그렇게 봐?"

"아, 미안해. 잠깐 딴생각하느라. 이제 갈까?"

사라는 당황해서 황급히 말을 돌렸다.

"인간세계에서 무엇이 가장 궁금했어?"

"음… 그냥 사람들이 살아가는 모습."

"흠, 사람들을 많이 구경할 수 있는 곳이 있지!"

사라는 카일을 통유리 창이 있는 조용한 카페로 데려갔다. 유리창을 따라 긴 테이블이 놓여 있고, 의자는 창밖을 내다볼 수 있도록 놓여있다. 사라가 살아있을 때 자주 찾던 카페다. 할머니와 할아버지께서 함께 하시는 카페인데, 연세에도 불구하고 서로를 소중히 대하는 두 분의 모습이 정말 보기 좋았다. 사라는 창가에 앉아 지나가는 사람들을 구경하기를 좋아했다.

"여기에 앉아서 길가에 지나가는 사람들을 보면서 상상하는 걸 좋아했어. 봐, 저기 바쁜 걸음으로 걸어가는 아주머니, 어디로 가는 걸까? 가족들이 기다리는 집으로? 아니면 사실 평범한 아줌마로 위장한 이중 첩자일 수도!"

"아니면 루나시움의 존재를 알고 있는 사람일 수도 있어. 어! 저기 믹스견, 내 친구 레나 세르핀이야."

"그럼 그 옆에 저 치와와는?"

"재는 그냥 강아지야."

"너도 저렇게 동물로 변신해서 인간세계에 가본 적 있어?"

"음… 응. 나도 가봤어. 이곳저곳 많이 둘러볼 생각이었는데 결국엔 한곳에 머물게 되었어."

"왜?"

"한 인간 때문이었어. 매일 오후 5시에 나타나서 밥이랑 물을 챙겨 주고 애정 어린 눈빛으로 쓰다듬어주는데, 그게 너무 좋았거든."

카일은 그 시절을 떠올리는 듯 한손에 턱을 괴고 창밖을 응시하고 있었다. 희미했지만, 그의 얼굴엔 분명히 미소가 스쳤다. 그는 망설이는 듯 생각에 잠겼다가 이야기를 이어갔다.

"있잖아, 그 인간이 너였어. 고맙다는 얘기를 하고 싶었어."

사라의 머릿속에 많은 장면이 스쳐 지나갔다. 고등학생 시절 하교하는 길에 매일 밥을 챙겨 주던 하얀색 길고양이. 사는 게 쉽지 않았던 고등학생 때, 고민을 이야기하는 사라의 곁에 한결같이 있어 주었다. 처음 루나시움 본부에서 카일이 변신한 고양이를 봤을 때, 그 고양이와 닮았다는 생각을 했다. 왜 눈치채지 못했을까?

"더 일찍 알아봤어야 했는데! 그런데 왜 갑자기 사라졌던 거야? 사고라도 난 줄 알고 엄청 걱정했어."

"음… 일이 있었거든."

카일은 머뭇거렸다.

"길고양이들을 학대하는 사람이 설치해둔 덫에 걸렸어."

"괜찮아? 많이 안 다쳤어?"

"응, 당황해서 마법을 써서 탈출했는데, 그게 인간세계에서 쓰면 안 되는 마법이었더라고. 규칙을 어겨서 다시 못 찾아갔어. 떠나기 전에 너에게 고맙다는 인사라도 하고 싶었는데…"

"같은 인간으로서 내가 너무 미안해. 대체 어떤 인간이야? 그 못된 인간은 아직도 길고양이들을 학대하고 있을 거야, 지금이라도 찾아내서 경찰에 신고라도 하자!"

"지독한 인간이더라. 잡혔다고 들었어."

"제대로 된 처벌은 안 받았을 것 아니야. 대체 누구야? 법이 못하면 나라도 찾아가서 복수해야겠어. 내가 삶에서 처음으로 진짜 사랑을 준 게 너였단 말이야!"

"사라, 살아있는 인간에게 해코지하는 건 루나시움 법령 위반이야. 그랬다가는 우리 둘 다 다시는 인간세계에 못 와."

카일은 분노한 사라를 애써 진정시켰다.

"아무것도 할 수 없는 게 너무 화나. 인간들이 밉지 않아?"

"밉지만은 않아. 애증이랄까?"

카일은 씁쓸한 웃음을 지으며 말했다.

"잘해주는 사람이 훨씬 많았거든, 너처럼. 그 사람들이 주는 행복이 고통보다 훨씬 컸어. 아직도 인간들을 다 이해할 수 없어. 루나시움의 존재들은 다 전형적이잖아. 시리아 가문은 천국을 관리하고, 페리 요정들은 마법 상품을 팔고. 그런데 인간들은 모두 다 달라. 우리랑 다르게 자신이 선택한 삶을 살고… 자유로워. 그런 점이 부러우면서도 흥미로웠어."

어딘가 무뚝뚝해 보이던 카일의 속마음을 들은 사라는 조금이나마 그를 이해할 수 있었다. 그 길고양이는 처음에 사라를 많이 경계했다. 밥을 챙긴 지 한 달 정도 된 어느 날, 카일은 먼저 사라에게 조용히 다가왔고, 그 뒤로 마음을 연 카일은 사라의 다리에 몸을 부비며 애교를 부리며 마음을 열어주었다. 그 모습이 지금의 카일과 너무 닮아 웃음이 났다.

그때였다. 누군가의 목소리가 들려왔다.

"손님! 음료 주문 부탁드…"

익숙한 목소리에 사라는 뒤를 돌아보았다. 다현이였다. 그리고 놀랍게도, 그녀는 사라를 볼 수 있었고 심지어 말을 걸고 있었다. 사라는 깜짝 놀란 표정으로 다현을 바라보았다. 다현 역시 놀라 더는 말을 잇지 못했다. 그녀는 사라를 노려보다 화가 난 표정으로 카운터를 향해 걸어갔다. 사라가 이곳을 즐겨 찾던 여러 가지 이유 중 가장 큰 이유는 알바생 다현이었다. 사라가 처음 카페에 갔던 날, 손님이 없는 카페에서 다현은 허공에 대고 누군가와 이야기하고 있었다. 그런 다현의 모습을 보고 사라는 어릴 적 자신의 요정 친구가 떠올랐다.

사라가 요정 친구, 그러니까 로즈 할머니 이야기를 할 때면, 사라의 친할머니는 사라를 걱정스러운 눈으로 바라보며 말했다. 사라가 너무 외로운 탓에 헛것을 본 것이라고. 그리고는 그 누구에게도 그런 이야기를 하지 말라며 신신당부했다. 그래서 사라는 요정 친구를 가슴에 묻었다. 하지만 언젠가 다시 만나기로 한 자신의 요정 친구와 요정이 존재하는 세상이 진짜라고 마음 한켠으로 믿고 있었다. 당시엔 그곳이 사후세계라고는 전혀 생각지 못했지만. 저 사람도 자신만의 친구가 있는 것이 아닐까, 그렇게 생각하며 음료를 주문하기 위해 그녀가 있는 카운터로 갔다.

그녀는 대화에 빠져 사라가 온 것을 눈치채지 못했지만, 사라는 느긋한 마음으로 기다렸다. 동질감 때문이었던 것 같다. 하지만 사라 뒤에 온 손님은 달랐다.

"어이, 거기 알바! 얼른 주문 안 받아? 손님들 기다리잖아!"

다현은 깜짝 놀라며 얼굴까지 달아올랐다.

"아, 네! 죄송합니다. 주문하시겠어요?"

"이 카페는 왜 미친 알바를 쓰는 거야? 재수 없게, 진짜. 쯧, 귀신이라도 보는 거야, 뭐야?"

사라는 그의 말이 굉장히 불쾌했다. 다현이 받아치길 바랐다. 하지만 그녀는 그저 그 말을 묵묵히 듣고만 있었다. 고아로 자란 사라는 30대가 되며 배운 것이 있었다. 자기 자신은 스스로가 지켜야한다는 것이다. 점점 더 거세지는 손님의 욕설과 그걸 듣고만 있는 다현의 모습을 보고 있자니, 사라는 자신의 어린 시절을 보는 것만 같았다. 아무도 사라를 지켜주지 않았다. 그래서였던 것 같다.

"저기요, 누구신데 남의 집 귀한 딸한테 그렇게 말을 함부로 하세요?"

"넌 뭐야! 저 미친놈 친구라도 돼? 아니면 빠져."

"네, 맞아요! 알바 분, 저랑 대화하고 있었던 거예요. 남한테 함부로 미쳤니, 뭐니 지껄이지 말고 꺼지세요!"

"뭐? 이게!"

"이게? 이게 뭐! 어쩔 건데! 한 대 치게요? 지금 같이 경찰서 갈까요? 안 들려요? 나가시라고요!"

"이것들이 쌍으로 돌았나…"

사라의 기세에 그 손님은 민망한 듯 중얼거리며 카페를 나갔고, 사라는 다현에게 다가갔다.

"저… 죄송해요. 마음대로 끼어들어서. 손님 쫓아낸 것도요. 너무 화가 나서 그랬어요. 자기가 뭘 안다고 저렇게 함부로 말하는지, 정말!"

"아니에요! 도와주셔서 감사합니다."

"그렇게 험한 말을, 왜 듣고만 있었어요?"

"네? 아, 그게… 글쎄요. 어쩌면 저는 정말로 미친 것이 맞는지도 몰라요. 다른 사람들 눈에는 안 보이는 것들을 보거든요. 환각이라기에는 너무나도 일관성 있게요."

"혹시, 요정 할머니도 본 적 있어요?"

"네?"

"놀리는 게 아니라, 진짜로요! 저도 어릴 때 요정 친구가 있었거든요."

"음… 혹시,"

다현은 컵 홀더에 그림을 그려나갔다. 대충 쓱쓱 그리는 것 같음에도 불구하고 굉장한 솜씨였다.

"이렇게 생겼어요?"

"네! 맞아요! 그렇게 생긴 요정 할머니가 어릴 때 저를 돌봐주셨어요. 그리고는, 저도 언젠가 자신이 있는 곳으로 오게 될 거라면서, 그때 다시 만나자고 하고는 사라졌어요. 제 친할머니는 제가 너무 외로워서 헛것을 본 거라고 하셨는데 저는 어째서인지 그런 곳이 실제로 존재하는 것 같아요. 제가 어떻게 그곳에 갈 수 있을지, 정말 다시 만날 수 있을지는 모르겠지만요."

다현의 표정이 밝아졌다.

"저는 항상 제가 미쳤다고 생각했어요…"

"어쩌면 우리는 미친 게 아니라, 다른 사람들이 못 보는 걸 보는 특별한 사람일 수도 있어요."

"그럴지도 모르겠네요."

"앞으로는 누가 뭐라고 하면, 듣고만 있지 말아요. 아! 전화하고 있었다고 해요."

"좋은 생각이에요!"

다현은 예쁘게 미소 지었다. 그리고 다음 날 라테와 함께 그 카페를 찾았을 때, 다현은 컵 홀더에 라테를 귀엽게 그려주었다.

둘은 그렇게 우정을 쌓아나갔다. 사라의 응원에 힘입어 다현은 환각 때문에 휴학했던 미대에 다시 돌아가 보기로 했다. 대학교에서 힘든 기억이 많았던 다현이 망설이자, 사라는 복학 서류를 내러 학교에 갈 때 같이 가주기로 약속했다. 그리고 그 약속을 지키기 위해 다현에게로 향하던 길, 사라는 교통사고를 당했고, 그 약속은 끝내 지킬 수 없었다.

루나시움에 온 뒤, 사라는 다현을 찾아갔었다. 그녀는 대학

동기들과 화기애애하게 대화를 나누고 있었다. 그런 그녀의 모습을 보고, 사라는 안도하며 되돌아왔다. 사라는 다현도 자신이 어릴 적 그랬던 것처럼 루나시움의 몇몇 존재만 볼 수 있는 줄 알았다. 인간세계 여행용 사탕을 먹은 자신의 모습까지 볼 것이라고는 생각지 못했다. 사라는 화가 나서 카운터 뒤쪽으로 걸어가는 다현을 황급히 뒤따라갔다.

"다현아! 약속 못 지켜서 미안해… 사고가 났었어. 근데 너, 내가 보여?"

"얼마나 기다렸는데! 못 오면 못 온다고 얘기라도 해주지. 그 뒤로 연락도 안 받고…"

화가 난 목소리였다. 할아버지 사장님은 그녀를 걱정스럽게 바라보며 물었다.

"다현아, 다시 그것들이 보이는 거니?"

'연한 눈동자, 알아봤어야 했는데…'

"아니에요! 저 괜찮아요, 할아버지, 잠깐만 머리 좀 식히고 올게요."

할아버지는 흔쾌히 허락해 주었고 다현은 직원 전용 뒷문을 통해 작은 공원이 있는 건물 뒤편으로 향했다. 사라도 그녀의 뒤를 따라나섰다.

"그러니까, 언니… 죽은 거야? 나는 그런 줄도 모르고…"

다현은 충격적인 사건의 연속에 정신을 차릴 수가 없었다.

"죽고 나서 너를 보러 왔었어. 대학교 친구들이랑 잘 지내고 있더라고. 그 모습을 보고 얼마나 대견했는지 몰라! 그런데 네가 나를 볼 수 있을 거라고는 생각도 못했어."

"응, 나도 몰랐는데, 얼마 전에 어떤 루나시움 사람이 와서 알려줬어. 내가 뮤니티라고."

그녀의 말에 따르면 뮤니티란 루나시움의 마법이 듣지 않는 부류의 인간으로 만 명 중에 한 명 있을까 말까 한 아주 희귀한 존재이다. 이들은 루나시움 존재들의 마법을 뚫고 볼 수 있어서, 귀신을 본다는 오해도 받곤 한다. 어쨌거나 다현은 사라를 볼 수 있으며, 덕분에 사라는 다현과의 오해를 풀었다. 그리고 다현은 말했다.

"언니는 내 제일 친한 친구였어. 내 가장 깊숙한 비밀까지 나누는. 예전처럼 자주 찾아와주면 안 돼?"

"나 이제 죽었는데… 괜찮겠어?"

"응! 누가 미친 사람 취급하면, 언니가 말한 대로 전화하는 척하지 뭐."

이승에서 미처 다 이루지 못했던 인연이 다시 시작되는 순간이었다. 다음날 카페에 들리기로 약속을 하고서야, 사라는 카페를 나와 카일과 함께 고객의 집으로 향했다.

혜린의 상태는 처참했다. 식탁 위에는 빈 술병이 가득했고 그녀는 침대에서 벗어날 의지가 아예 없는 듯했다. 멍한 채로 허공을 응시한 채 누워있는 그녀의 곁을 아롱이가 지키고 있었다.

"저 여자가 다시 사랑을 믿는 것이 가능할까?"

"그러게, 시간만이 답일 듯한데."

"그래도 저렇게 말없이 옆에 있어 주는 존재가 있다는 게 정말 행운인 것 같아. 이별했다고 친구들에게 하소연하는 것도 하루 이틀이니깐."

그때였다. 가만히 허공만을 바라보던 혜린이 아롱이를 쓰다듬으며 말했다.

"너까지 이별을 겪게 해서 미안해, 너에게도 소중한 존재일 텐데, 현준이가…"

'아니야, 둘 사이의 자리 같은 건 아무 상관 없어. 옛날처럼 언니 품에 안겨 자면 되는걸. 언니가 행복했으면 좋겠어.'

아롱이의 마음을 듣던 사라는 아롱이의 진심이 혜린에게 전해지기를 간절히 바랐다.

"아롱이 마음을 통역해주는 거야!"

멍하니 침대에 누워있던 혜린은 산책하러 가자는 아롱이의 성화에 못 이겨 이불 밖으로 나왔다. 가끔 이런 날이 있다. 평범한 산책길인데, 갑자기 반려동물이 낯선 곳으로 나를 이끄는 날이. 왠지 모르게 새로운 골목으로 가고 싶은 그런 날이. 그런 날 우리는 특별한 발견을 하곤 한다. 아롱이는 잔뜩 신이 나서 꼬마전구로 장식된 계단을 뛰어올랐다. 혜린은 못 이기는 척 아롱이의 뒤를 따랐다.

'아…'

어렸을 때 부모님과 자주 걷던 세리고 근처 거리다. 못 보던 카페가 생겼다.

"아인슈페너 한 잔 주세요."

"저희가 지금 특별 행사를 진행하고 있어요. 반려동물을 데려오신 분께는 폴라로이드 카메라로 반려동물과 함께 사진을 찍어 드려요. 참여하시겠어요?"

"네? 아… 저는,"

"참여하신다고요? 탁월한 선택입니다! 저희가 강아지 언어 분석기를 실험 운영 중이거든요. 사진 아래에는 강아지가 고객님께 하고 싶은 말을 적어드려요."

"네?"

대답할 시간도 주지 않고 멋대로 이상한 이벤트에 참여하게 하는 바리스타. 혜린은 이상한 사람을 다 본다는 표정으로 분홍 눈동자의 바리스타를 바라보았다.

"물론 선택은 손님 몫이지만요. 그럼 바로 사진 촬영할게요, 웃으세요, 하나, 둘, 셋!"

찰칵.

"자리에 앉아 계시면 음료랑 같이 사진 가져다드릴게요. 잠시만 기다려주세요."

얼마 뒤, 아까 그 직원이 아인슈페너와 폴라로이드 사진 한 장을 가져왔다. 사진에는 미심쩍은 표정의 혜린과 그녀의 품에 안겨 해맑게 웃고 있는 아롱이의 모습이 있었다. 그 아래에는 삐뚤빼뚤한 작은 글씨가 적혀있었다.

행복 해 줘, 언니는 내 세상, 내 전부이니까!

언니가 울면, 내 작은 세상에는 온종일 비가 와.

울컥했다. 막무가내인 직원의 말을 완전히 믿지는 못하겠지만, 분명 위로가 됐다. 진짜라고 믿고 싶다. 현준은 떠나갔지만 혜린에게는 그녀가 세상 전부인 작은 생명체가 있다. 몇 년을 함께하던 현준이 떠나고 모든 것이 무너져 내렸다. 하지만 따뜻한 봄날, 혜린은 매일 아롱이와 산책하며 다시 자신의 삶으로 돌아오기 시작했다. 바닥을 찍었으니 이제는 올라갈 시간이다.

혜린은 산책길에 숨을 들이쉬었다. 햇살에 나른해지고, 진달래 향을 온몸 가득 채웠다가 서서히 내보냈다. 바람에 흩날리는 벚꽃 잎을 주워 아롱이의 귀에 걸어주고, 혀를 내밀고 뛰어다니는 아롱이를 보며 삶의 아름다움을 다시 느끼기 시작했다. 나만 믿고 있는 이 작은 생명체를 위해서라도 다시 일어나야 한다. 다시 살아가야 한다. 아롱아, 네가 내 삶에 머물다 가는 짧고도 긴 그 소중한 시간 동안, 네 작은 세상에 따뜻함만이 가득하게 해줄게. 혜린은 아롱이의 머리를 쓰다듬으며 말했다.

"더 행복하자, 우리. 사랑해."

선물공장으로 돌아온 사라는 카페 뒤쪽 직원 전용공간에서 붉은색 차와 함께 마시멜로우를 먹고 있는 이안을 발견했다. 그가 마시멜로우를 차에 살짝 담그자, 마시멜로우는 모닥불에 구운 것처럼 말랑말랑하게 녹았다. 이안은 만족스러운 표정으로 마시멜로우를 한입에 넣고, 세상에서 제일 행복한 미소를 지었다. 어마 무시한 덩치로 마시멜로우를 먹으며 행복해하는 이안의 모습이라니, 그저 귀엽기 그지없었다.

릴리가 아버지를 만날 수 있도록 하려고 존경받는 지옥의 관리자 일을 포기해야 했음에도 항상 다정하게 릴리를 챙기는 모습이며, 마시멜로우 하나에 이토록 행복해하는 모습이며, 그의 반전매력은 끝이 없었다.

"이 차는 뭐에요? 마시멜로우가 불에 구운 것처럼 변하는 게 엄청 신기하네요! 마치 캠프파이어를 하는 것 같아요!"

"아, 이건 데어 가문의 용암이 솟구치는 땅에서 흐르는 용암을 이용해 만든 차예요. 그냥 마시면 엄청 뜨겁지만, 마시멜로우를 찍어 먹기에는 딱이죠. 사라 씨도 하나 드셔 보세요."

그는 마시멜로우를 용암에 듬뿍 찍어 사라에게 건넸다. 시뻘건 마시멜로우가 낯설긴 했지만, 호기심에 한입 크게 베어 문 사라의 눈은 동그래졌다.

"와! 정말 맛있어요! 먹어본 마시멜로우 중에 최고!"

"그죠? 릴리가 만들어 준건데, 릴리는 제가 이 마시멜로우 때문에 선물공장에 취직한 줄 알고 있을 정도라니까요."

"릴리가 만들어줬어요?"

"네. 제가 지옥 관리자로 일할 때, 릴리가 아빠를 만나게 해달라고 정말 매일 찾아왔거든요. 그 조그만 아이가 지옥 근처에서 서성이니까 안 그래도 마음이 쓰였는데, 아빠를 만나게 해달라니 더 마음이 아팠죠. 어르고 달래서 돌려보냈는데, 어느 날 제가 마시멜로우를 먹다 이가 상해 고생하는 미래를 보았다고 하더라고요. 앞으로는 자기가 선물공장에서 만든 이 특별한 마시멜로우만 먹으라며 가져다 줬어요. 이건 먹어도 이가 썩지 않는다면서요. 데어 가문은 모든 육체가 튼튼하지만 유독 이가 약하거든요."

"마시멜로우를 뇌물로 받고 아빠를 만나게 해준 거예요?"

"하하. 그렇다기보다는, 매일 릴리를 돌려보내던 제가 미웠을 텐데도, 저를 걱정해서 이가 썩지 않는 마시멜로우를 만들어준 마음이 제 안의 무언가를 움직인 것 같아요. 어린애가 한 달 내내 지옥으로 찾아오는 모습을 보다 보니 저도 몰래 정이 든 것 같기도 하고요. 무엇보다도 릴리의 아버지는 루나시움을 위해 싸우다 갇히신 분인데, 저 역시 셰르핀 가문의 독재 아래 힘들게 살아가고 있는 사람으로서 아버지가 잘 지내신다는 것을 꼭 보여주고 싶었어요."

"이안 씨는 정말 따뜻한 분인 것 같아요."

"그럼요. 제가 생긴 건 이렇지만 알고 보면 따뜻하다고요. 그나저나 사라 씨는 어디 갔다 오는 길이에요?"

"인간세계에요. 그런데 오늘 제가 누굴 만났는지 아세요?"

"연예인이라도 봤나요?"

"그보다 대단해요! 뮤니티를 만났어요!"

"혹시 브리 카페에서 일하는 다현 씨요?"

"어? 이안 씨도 아세요?"

"제 고객이었어요."

"혹시 다현이가 뮤니티라는 걸 알려준 것도 이안씨인가요? 저랑 원래 친한 친구였어요. 내일도 보러 가기로 했어요."

이안은 마시멜로우를 오물거리며 고개를 갸웃거렸다.

"다현 씨가 와도 된다고 했어요?"

"네! 그러면 안 되나요?"

"제가 루나시움 사람들의 특징을 알려주고 그런 사람을 보거든 못 본척하라고 했거든요. 생각해 보세요. 우리에게는 뮤니티가 정말 특별한 존재이지만, 인간들이 보기에는 이상할 수 있어요. 허공에 대고 대화를 하고 있으니 그 애를 무서워하는 것도 당연하죠. 다현 씨 아빠는 애가 정신이 이상한 것 같다고 정신병원에 입원까지 시키려고 했어요."

상대 쪽에서는 생각을 못 해 보았다. 다현이를 위해 다시 카페에 가지 말아야 할까? 하지만 모든 위험을 알면서도 사라에게 다시 카페에 와달라고 한 다현에게 두 번씩이나 실망을 안겨주고 싶지는 않았다.

그때, 저 멀리서 아롱이의 털 색깔인 연갈색 털을 지닌 학이 날아왔다. 사라의 세 번째 학이다. 벌써 세 마리의 학을 모은 사라는 자신의 방 진열장에 홀로그램처럼 반짝이는 학과, 작은 불씨가 빛나는 학, 그리고 연갈색 학을 올려두었다. 이렇게 하나씩 모으다 보면 부모님을 만날 수 있을까? 설령 신성한 힘을 모아 문라이트 서바이벌에서 우승하고 셰르핀의 가주를 물리치더라도, 저절로 부모님이 사라를 찾아올 것 같지는 않았다. 대체 어떻게 해야 만날 수 있는 것일까? 언젠가 선물공장으로 찾아오겠다던 베브는 사라를 잊어버린 것이 아닐까?

사라는 가만히 앉아 창문을 바라보았다. 밝은 보름달이 구름 뒤편에 얼굴을 살짝 숨기고 있었고, 에메라블루 특유의 싱그러운 새소리가 들려왔다. 사라는 창문을 열고 세 마리의 학을 날려 보냈다. 그들이 하늘 높이 날아오를수록 사라의 몸은 그들이 전해주는 신성한 힘으로 환하게 반짝였다. 혈관 마디마디가 빛이 났다. 혈관을 따라 온몸에 신성한 힘이 전율을 일으키며 전해졌다. 신성한 힘을 다 전달한 학은 종이학처럼 모형이 되어 사라에게 돌아온다. 시야가 좁아지며 살짝 어지러운 느낌이 들었다. 동시에 사라는 전과는 다른 감각을 느꼈다. 순간, 밖에서 나던 에메라블루의 지저귐이 사라졌다. 대신 어디선가 아주 조그만 말소리가 들려오기 시작했다.

"그러니까, 네 남편이 베브 시리아의 친구라고?"

"그렇단다! 능력도 좋지, 구애의 춤도 잘 추지, 어쩜 너무나 매력적인 수컷 아니니?"

"언제부터 친구였는데?"

"막스가 어렸을 때부터란다. 베브 시리아가 데려다 키웠지. 우리 남편이 미래를 보는 능력이 워낙 뛰어나니까. 그래서 베브 시리아가 보는 미래가 그렇게 정확한 건데. 사람들은 그걸 모른단다?"

사라는 더는 참을 수 없어 끼어들고 말았다.

"네 남편이 베브 시리아의 친구라고?"

"어머! 깜짝이야! 넌 어떻게 우리의 말을 알아듣니?"

"중요하지 않아. 날 베브 시리아에게 데려가 줘."

"베브 시리아는 깜짝 손님을 반기지 않는단다. 우리 남편이 그랬지 뭐니?"

"그럼 남편에게 한사라가 선물공장에 취직해서 그녀를 찾는다고 말을 전해줘!"

"음- 맨입으로는 안 된단다!"

"뭘 원하는데?"

"글쎄, 넌 선물공장 직원 아니니? 내가 좋아할 만한 걸 선물해주렴! 내일 이 시간까지 오겠단다!"

"하지만 나는 새가 무엇을 좋아하는지는 잘 모른단 말이야!"

말을 마친 에메라블루는 보름달 너머로 날아갔고, 사라의 외침은 공중으로 흩어졌다.

사라는 깊은 고민에 빠졌다. 하다, 하다 이젠 새 고객이라니. 사라는 에메라블루가 하던 말을 떠올렸다. 에메라블루는 한 번 짝을 맺으면 평생을 함께하는 것으로 알려져 있다. 남편을 자랑 하던 에메라블루의 모습이 떠올랐다. 아직 새끼는 없는 것으로 보이니, 새끼를 낳고 키울 보금자리를 아늑한 곳에 만들어주면 좋아하지 않을까? 사라는 공장 3층의 선물을 만드는 공방으로 향했다. 향수 공방, 인형 공방, 디저트 공방 등등이 가득했지만, 그 어디서도 둥지를 만들 공방은 찾지 못했다. 주위를 둘러보던 사라는 기본적인 마법 재료들이 들어있는 이름이 비어있는 공방을 찾았다. 알록달록한 구슬을 꿰어 반구 모양의 새 둥지를 만들고, 위에는 비를 피하고 몸을 숨길 수 있도록 나뭇가지로 지붕도 만들었다. 하지만 뭔가 부족했다. 포근하고 보드라운, 둥지에 깔아줄 만한 재료가 없을까? 하루를 꼬박 새워 모든 공방을 다 뒤져도 적당한 재료를 찾지 못했다.

사라는 아쉬운 마음을 뒤로하고 잠자리에 들었다. 다음 날 아침, 창문 틈새로 들어온 한 줌 햇살이 사라의 얼굴을 스쳤다. 사라는 아직 반은 꿈속을 거닐며 기지개를 폈다. 루나시움에 오고서는 항상 아침이 상쾌했다. 온몸의 시원한 느낌을 즐기던 사라의 손끝에 차가운 감촉이 스쳤다. 사라는 깜짝 놀라며 시선을 돌렸다. 그곳에는 루나시움의 화폐와 함께 쪽지 한 장이 놓여 있었다.

'선물공장에서 일한 지 10베리가 된 것을 축하하네!
오늘은 자신을 돌보게.
자신이 행복해야 남들에게 행복을 전할 수 있는 법.'

사라는 문득 선물공장에서 일한 대가로 10베리마다 1,000피어스와 1베리의 휴가를 준다던 사실이 기억났다. 1,000피어스를 인간세계의 화폐로 환산하면 얼마나 큰 가치를 지녔는지는 알 수 없어도, 사라가 이렇게 큰돈을 만져본 것이 그녀의 인생을 통틀어 처음이란 사실만은 분명했다. '이 돈을 어떻게 쓰면 좋을까? 우선 700피어스는 루나시움 은행에 넣어두고, 나머지 300피어스는 나를 위해 써야지! 300피어스로는… 그래, 루나시움 도매 시장에 가볼까? 내가 좋아하는 아기자기한 마법 재료들이 가득할 거야. 마법 재료와 투명한 상자를 사서, 내 방에 가득 채워 넣어야지. 필요할 때마다 꺼내 쓸 수 있게!' 벌써 마음이 풍요로워진 기분이었다.

설레는 마음으로 준비를 마친 사라는 열차를 타고 반짝이는 숲을 찾았다. 반짝이는 숲은 루나시움 도심부의 서쪽을 따라 흐르는 세르나 강 근처의 숲으로, 페리 가문의 구역이다. 그 옆에 신비로운 마법 재료들을 엮어 마법 상품을 만드는 페리 가문 사람들이 재료를 살 때 찾는 곳이 바로 마법 재료 도매 시장이다. 페리 가문이 아니고서는 거의 방문할 일이 없는 특별한 곳이기에, 사라는 설레는 마음에 기대감이 한껏 부풀어 올랐다.

열차에서 내린 사라를 반기는 것은 페리 가문 사람들의 작은 몸 크기에 맞게 지어진 아기자기한 건물들이었다. 숲속에 지어진 오두막을 연상시키는 조그마한 집들이 역사 왼쪽으로 모여 있었다. 마을에 가득한 푸르른 나무들은 페리 가문의 크기처럼 아담했다. 거인이 되어 작은 동화 속 마을에 내린 기분이었다. 역사 오른쪽으로는 투명한 세르나 강이 잔잔히 흐르고, 강을 따라 테라스가 딸린 카페가 줄지어있었다.

주택가와 카페 거리 사이에 있는 거대하고 반짝이는 건물에 도착했다. 건물 하나가 거대한 하나의 층으로 이루어진 이 도매 시장의 천장에는 말려놓은 마법 재료가 마치 말린 꽃처럼 자연스레 늘어지며 장식되어 있고, 석재로 이루어진 바닥 위의 선반에는 반짝이는 마법 재료들을 담은 수백 개의 유리병이 즐비했다. 마법 재료는 무게를 달아 중량별로 판매되고 있었다. 마치 어릴 때 좋아하던 사탕, 젤리, 초콜릿 등을 무게별로 가격을 매겨 파는 가게 같은 느낌이었다. 정체를 알 수 없는 녹색 액체부터 연기가 흘러나오는 작은 빨간색 열매들, 통 전체를 채운 보라색 기체, 용의 날개와 도마뱀의 꼬리까지 태어나서 처음 보는 것들로 가득했다. 사라는 신비한 푸른색의 물체가 들어있는 유리병에 시선을 빼앗겼다.

'피부에 붙이면 종일 행복한 인어의 지느러미'

사라를 현혹하는 문구였다. 하지만 유리병의 뒤를 돌려 가격을 확인한 사라는 떨리는 손으로 병을 조심스레 내려놓을 수밖에 없었다. 잠시 침울해졌지만, 형형색색의 마법 재료를 보고 다시 행복해졌다. 설레는 발걸음으로 이 병, 저 병을 구경하던 사라의 발걸음은 한 매대 앞에서 멈춰 섰다. 그곳에는 보드라워 보이는 구름 조각이 걸려있었다. '포근함을 전해주는 구름 조각' 이거다! 보드랍고, 가벼운 구름 조각. 이거라면 에메라블루의 둥지 속에 넣어주기 완벽할 거다. 자신을 위해 방에 모아둘 구름 조각 조금과 에메라블루의 둥지에 넣어줄 조각 조금을 사 온 사라는 거스름돈과 함께 행운 한 스푼까지 서비스로 받았다. 행운 한 스푼을 입안에 털어 넣은 사라는 온몸에 퍼지는 달콤한 맛을 즐기며 다음 가게를 향했다.

다음 가게는 마법 액체를 파는 곳으로, 재료를 넣고 달이느라 뜨거운 수증기와 들쩍지근한 냄새가 진동했다. 가볍게 그곳을 지나친 사라는 거품이 보글거리는 유리병 앞에 멈춰 섰다.

'마음속 아픔을 시원하게 녹여주는 탄산음료'

아픔을 녹여준다는 말에 사라는 멈춰 설 수밖에 없었다. 과거의 서러움을 단숨에 녹여주는 음료라니, 사라는 손을 뻗으려다 멈칫했다. 기억을 되찾은 에드워드가 생각났기 때문이다.

"아픔을 녹인다고 맺힌 한이 사라질까요?"

누군가의 말에 사라는 깜짝 놀라 주위를 둘러보았다. 스카프로 얼굴을 돌돌 말아 감춘 여성이 서 있었다. 한참을 생각하던 사라는, 그녀의 스카프에 연하게 비친 화관을 발견한 뒤에야 그녀를 알아볼 수 있었다.

"베브! 한참 찾아다녔어요."

그녀는 웃으며 말했다.

"때가 되면 찾아가겠다고 했잖아요."

"잊어버리신 줄 알았어요."

"그럴 리가요. 앨리스 때문에 선물공장으로는 찾아갈 수가 없었어요. 어떤 미래를 보아도 제가 선물공장으로 가면 좋지 않을 미래가 보였거든요."

그녀는 외투 안에서 조그마한 갈색 편지 봉투를 꺼냈다.

"이거 받아요."

어리둥절한 표정으로 베브 시리아가 건네는 봉투를 받아 든 사라는 조심스럽게 봉투를 열었다.

사랑하는 우리 딸에게

엄마, 아빠의 사형식이 내일이다. 내일이면 우리는 수만 조각의 가루로 날아가겠지. 그래서 우리는 도망가기로 했다. 신이 만든 두 번째 우주를 찾아, 이리샤의 독재를 알리고 너를 집으로 데려오기 위해서. 사실 어떻게 가야 하는지, 닿을 수는 있을지 모르겠구나.
조상의 오래된 일기를 보았더니, 신은 그저 바닷속으로 걸어갔다고 적혀있더구나. 그 길을 따라가 볼 생각이야.
우리의 목표는 신을 찾고 너와 함께 루나시움으로 돌아오는 거란다. 만약 네가 우리보다 먼저 루나시움에 도착한다면, 이 편지에 함께 넣어둔 붉은 보석이 담긴 목걸이를 보거라.
우리의 마지막 신성한 힘으로 우리 생명의 일부분을 그 보석 안에 담았으니, 그 보석이 반짝이기만 한다면 우린 어딘가에서 여전히 살아있는 거란다. 너를 다시 만나기 위해 노력할 거야.

목걸이가 반짝이는지 확인하기 전에 이것만은 꼭 기억해 주렴. 엄마, 아빠는 너를 늘 사랑하고 아낀단다. 네가 태어난 순간부터 지금까지…

그리고 절대 잊지 말아라. 루나시움을 움직이는 진정한 힘은 신성한 힘이 아니란다. 루나시움의 본질은 '자신의 마음대로 이루어지는 곳'이라는 것. 가장 중요한 것도 너의 가장 간절한 소망이 담긴 마음을 잘 간직하는 것이란다.

그렇다면 너의 마음이 모든 것을 이룰 거야. 루나시움에 평화를 되찾는 일까지도.

곧 보자, 사랑하는 딸!

— 엄마, 아빠가

"사형식이요? 그분들이 무언가를 잘못했나요?"

"아니요, 셰르핀 가주의 만행으로 인한 희생양이 되셨어요. 그분들은 강인하고 고결했어요. 이리샤가 루나시움을 무력으로 차지하는 데 끝까지 반대하셨던 분들이에요. 그래서 셰르핀 가주가 권력을 잡고 있는 한, 부모님께서 이곳으로 돌아오실 수 없는 거고요."

사라는 간절한 마음으로 목걸이를 양손 사이에 쥐고, 떨리는 마음으로 손을 천천히 열어갔다. 목걸이는 붉고 투명하게 빛나고 있었다. 사라를 찾는 그녀의 진짜 부모님이 어딘가에 살아계신다면, 사라에게는 그들을 찾는 일만이 남은 것이다.

"부모님을 만날 수 있을까요?"

"우선 셰르핀 가주로부터 루나시움을 되찾아야 해요. 무한한 우주에서 부모님을 찾기란 불가능에 가까우니, 부모님이 루나시움에 돌아오실 수 있도록 하는 방법밖에는 없죠. 루나시움을 되찾을 방법은 사라 씨가 가장 잘 알고 있겠지만요."

"문라이트 서바이벌이요? 제가 할 수 있을까요?"

"꼭 문라이트 서바이벌을 말하는 것은 아니에요. 중요한 건 사라 씨의 간절한 마음을 잘 간직하는 일이죠. 부모님의 말씀이 맞아요. 제가 오늘 여기서 당신을 만날 수 있었던 것도, 사라 씨의 간절한 마음이 미래를 움직였고, 그래서 제가 그 미래를 볼 수 있었기 때문이에요. 간절한 마음만 있다면, 방법은 눈앞에 나타나기 마련이니까요. 그럼, 다음에 또 봐요."

베브는 알 수 없는 말을 남기고 다시 홀연히 사라져버렸다. 사라는 붉은 목걸이를 소중하게 주머니에 넣고 손으로 만지작거렸다. 마음이 따뜻해지는 기분이었다. 잃어버린 부모님의 한 조각을 찾은 것 같았다.

선물공장으로 돌아온 사라는 구름 조각을 넣어 에메라블루의 둥지를 완성했다. 사라 방의 창문 앞 커다란 나무에 올라가 그녀의 방 창문 앞에 둥지를 건 사라는 방으로 돌아가 에메라블루가 돌아오기만을 기다렸다. 해가 지는 풍경 사이로 나무 한 그루가 바람에 살랑거리는 모습이 아름다웠다. 그 풍경 사이로 새가 한 마리 날아왔다.

"내 선물은 준비해뒀니?"

"응! 저길 봐. 네 남편과 함께 지낼 보금자리를 만들었어."

"어머! 내 마음에 쏙 든단다! 이건 당장 남편에게 자랑해야 하지 않겠니?"

에메라블루는 하늘로 날아올라 둥지 주변을 둥글게 비행하더니 어디론가 날아가 버렸다. 그리고 잠시 뒤 수컷 한 마리와 함께 돌아왔다. 에메라블루가 신이나 허풍을 떨며 자랑하던 것에 비해 너무 형편없는 외모를 지닌 수컷은 군데군데 털이 빠져있었고 남아있는 털마저 희끗희끗했다.

"내 남편 막스란다! 너무 멋있지 않니?"

"막스? 안녕! 근데 너는 이름이 뭐야?"

"난 미요란다! 우리에게 둥지를 선물해줘서 고맙단다! 이제 베브 시리아에게 데려가 줄 차례가 아니니?"

"아! 베브 시리아는 이미 만났어. 괜찮아."

"그런데도 우리에게 둥지를 선물해 준거니?"

"응, 여기서 막스랑 행복하게 살다가 가끔 재미있는 소식이 있으면 들려줘!"

"알았단다!"

털 빠진 남편에게 푹 빠진 미요는 하늘을 살랑거리며 비행했다. 하늘에 둘만의 춤을 그렸다. 사라는 그 모습을 보면서 알 수 없는 행복에 빠져들었다. 행복은 옮아가는 것일까.

6장

오래된 카페와 할아버지

"사라! 사라!"

사라는 미요의 조잘거리는 소리에 잠이 깼다.

"조금 전에 인간 세계에 다녀왔는데 재미있는 일이 있었던 것 아니겠니?"

"네가 인간세계에 나가면 사람들이 난리가 날 텐데? 거기는 파랑새도 희귀한데, 넌 빛까지 나잖아!"

"아, 우리가 인간세계에 갈 때는 평범한 파랑새로 변신해서 간단다! 그런데도 사람들이 엄청 좋아해 주지 뭐니?"

"재미있는 일은 뭐야?"

"아! 브리 카페 할머니가 인간세계를 떠날 시간이 왔는데, 남편 곁을 떠나지 않겠다고 고집을 부리지 뭐니? 저러다 데어 가문에게 잡혀가게 생겼단다!"

"브리 카페 할머니? 다현이 할머니잖아! 데어 가문에 잡혀가면 어떻게 되는데?"

"모든 것을 속죄할 때까지 루나시움에 있는 인간용 지옥에 갇혀있어야 한단다!"

깜짝 놀란 사라는 가게를 통해 인간세계로 달려갔다.

다현이네 할머니는 항상 장난기가 가득했다. 카페에서 일하던 할아버지가 그 장난에 걸려들면 냉장고 뒤에 다 보이게 숨어서, 특유의 호탕한 '으하하' 하는 웃음을 참느라 얼굴이 빨갛게 될 정도였다. 하지만 속도위반 딱지 한 번 떼여본 적 없을 만큼 준법정신이 철저한 분이었다. 그 카페의 생과일주스는 항상 같은 농도로 진했다. 그런 그녀가 이승을 떠나지 않으려 도망을 다니는 것은 상상할 수조차 없었다. 무엇인가 오해가 있는 것이 분명하다고 부정하며 인간세계로 나간 사라는 한 블록 옆의 카페에서 할머니와 마주쳤다.

"할머니! 여기 계시면 안 돼요!"

할머니는 사라를 보자마자 쏜살같이 달려 골목 뒤쪽으로 사라지셨다. 그렇게 사라는 며칠을 카페 앞에서 할머니를 놓치기를 반복했는데, 할머니는 볼 때마다 점점 더 몸이 투명해졌다. 그녀의 몸은 거의 사라지기 직전이었고, 더는 도망칠 힘조차 없을 정도로 야위었다. 그럼에도 그녀는 이승을 떠나지 않으려 필사적으로 도망 다녔다.

"할머니, 이러시다 악마에게 잡히면 바로 지옥행이에요. 그 전에 아예 사라져버릴 수도 있어요."

"영감 혼자 두고 떠날 수가 없어. 항시 부부는 함께 해야 하는 법이라고."

할머니는 같은 말을 계속 반복하며 빠르게 걸음을 재촉했다. 카페가 있는 블록의 반을 돌아 뒤쪽으로 도망가는 할머니를 이번만큼은 꼭 잡겠다는 의지로 사라는 반대편으로 달리기 시작했다. 카페 뒤편에서 마주치면 반드시 잡으리라. 하지만 그녀가 카페 문에서 마주친 건 다름 아닌 다현의 뒷모습이었다. 사라는 모습을 낮춰 몸을 숨겼다. 곧이어 할머니가 도착했다.

"할머니! 말씀하신 대로 할아버지가 깜빡하신 재고들 채워 넣고, 유통기한이 지난 물건들은 버렸어요. 그리고,"

"다현아!"

사라는 뛰쳐나가 다시 할머니를 쫓았다.

"할머니가 저렇게 투명해지는데 이승에 있도록 도움을 주면 어떡해! 사후세계는 믿음대로 이뤄지는 곳이라는 거 잊었어? 이러다가는 부부가 항상 함께해야 한다는 할머니의 신념대로 할아버지마저 위독해지실 수 있어!"

사라는 다현에게 잔소리를 늘어놓다 말고 최선을 다해 따라갔지만, 또 다시 할머니를 놓치고 말았다.

그녀는 깊은 고민에 잠겨 선물공장으로 돌아왔다. 할머니는 할아버지가 걱정되어 이승을 떠나지 않으려 고집을 부리고 있고, 다현은 영업이 끝난 카페에 할아버지 몰래 들어가서 그 일을 돕고 있었다. 저녁을 먹으면서도, 라테를 산책시키면서도, 잠자리에 누우면서도 그 생각뿐이었다. 무조건 도망가는 할머니를 어떻게 설득할 수 있을까.

"에드워드, 내 고객이 남편을 걱정해서 이승을 떠나지 않으려고 해. 그 의지가 너무 강해서 아무리 쫓아가도 잡을 수가 없어. 어떡하지?"

"할머니 고객이라며. 누나 달리기 연습 좀 해야겠는데?"

에드워드는 사라를 놀리며 마냥 즐겁다는 듯이 웃었다.

"나 진지해."

"장난이었어. 인간들의 간절함은 특히 영혼이 된 상태에서 더 강력한 힘을 발휘하긴 하지. 누나가 못 잡는 것도 당연해, 누나는 그 할머니만큼 간절하지 않을 테니까. 음… 악마들이 쓰는 마취 총을 쓰면 잡을 수는 있을 텐데, 그 소리가 들리면 주변 악마들이 신이 나서 모두 달려올걸? 바로 지옥행이란 말씀. 설득해야지. 배우자를 사랑하는 마음에 못 떠나는 거라면 다른 방법도 있다고. 본인 발로 루나시움에 들어오면 적어도 윤회의 길을 선택할 수 있잖아. 그렇지 않으면 지옥행이거나 사라지거나. 두 경우 다 절대 다시는 못 만날 거야."

그럴듯한 말이었다. 사라는 할머니를 어찌 설득할지 고민하며 잠이 들었다.

그날 밤, 사라는 이상한 꿈을 꾸었다. 꿈속에서 그녀의 이름은 '베토스'였다. 그녀는 온몸이 묶인 채 셰르핀 가문 가주 앞에 앉아 있었고, 가주는 사라에게 소리를 지르며 길길이 날뛰고 있었다. 그녀는 '카라 트리움'하며 주문을 외웠고, 사라의 몸에선 어떠한 힘이 빠져나가는 것이 느껴지며 온몸에 힘이 빠져 정신을 잃었다. 지워진 그녀의 기억 파편이 무의식 깊은 곳 어딘가에 남아 꺼내달라고 몸부림치고 있었다.

이튿날, 밤새 악몽에 시달린 사라는 수업에 늦어 서둘러 대학으로 달려갔다. 아슬아슬하게 수업 시간에 맞춰 도착한 그녀는, 언제나처럼 창가 자리에 자리를 잡아놓은 카일의 옆자리로 향했다. 카일은 헐레벌떡 달려오는 사라를 보며 물었다.

"늦었네?"

"응. 밤새 악몽에 시달렸거든. 셰르핀 가주가 나를 고문하고 있었는데 너무 생생해서 아직도 뭐가 현실인지 모르겠어. 혹시 지금도 꿈인가?"

조잘거리던 사라가 카일을 보았을 때, 그를 바라보는 카일의 표정은 사뭇 진지했다.

"정말? 또 기억나는 건 없어?"

"가주가 무슨 트리움이라고 주문을 외웠는데,"

"자, 거기 두 사람 이제 그만 떠드시고, 이제 수업 시작합니다. 〈루나시움의 역사〉 80쪽 펴세요."

말을 더 이어갈 새도 없이 수업이 시작되었다. 윤회에 관한 내용이었다.

1. 윤회의 길을 갈 수 있는 조건
1) 다음 생을 믿는 자.
2) 선물공장 혹은 루나시움 본부에서 은퇴한 자 중 희망자.
단, 루나시움 최고법 위반 등의 이유로 결격사유가 있는 자는 선택이 불가능함.

2. 세부사항

1) 윤회창구 직원은 손님에게 전생이 떠오르는 환을 제공할 의무가 있음.(손님이 원하지 않는 경우 생략 가능)
2) 윤회창구를 지나면 수천 개의 문이 펼쳐짐. 개인에 따라 문의 종류와 개수는 다르며, 선택한 문에 따라 서로 다른 배경에서 태어남.
3) 윤회의 문은 출생 배경만 지정할 뿐, 그 이후의 인생은 전적으로 윤회하는 자의 의지에 따름.

* 인연이 깊은 존재들은 무의식중에 비슷한 문을 선택하기도 함.
* 문에 들어서는 시기와 다음 생이 시작하는 시기는 다를 수 있음.

할머니가 염주를 늘 지니고 다니시던 것을 보면, 할머니는 불심이 있었던 것 같다. 두 분은 모든 것을 함께하는 천생연분이었으니 할아버지도 높은 확률로 불교일 것이다. 그리고 두 분은 인연이 아주 깊다. 따라서 두 분이 다음 생을 함께 할 확률도 매우 높다. 수업이 끝나자마자 사라는 황급히 가방을 챙겨 다현에게 향했다. 카일이 할 말이 있다는 듯 사라를 잡았지만 사라는 그것조차 눈치채지 못했다. 한창 카페가 바쁠 시간이었기에 사라는 그녀의 가방 안에 쪽지를 남겼다. 부디 다현이 쪽지를 읽고 마음을 바꾸기를 바라는 마음이었다.

그날 저녁, 다현은 선물공장 카페로 찾아왔다. 인사를 건넬 새도 없이 다현은 이야기를 시작했다.

"도와줄게. 가족들이 내가 귀신을 본다고 날 병원에 가두려 했을 때 유일하게 날 이해해주고 돌봐준 사람이 할머니야. 그래서 할머니가 사라지고 있다는 걸 알면서도 보내드리지 못하고 있었나 봐. 나도 아직은 할머니와 작별할 준비가 되지 않았거든. 하지만, 할머니는 행복하셔야 해. 내가 어떻게 하면 돼?"

사라는 수업 시간에 알게 된 사실을 말해주었다. 다현은 결심이 선 듯했다. 둘은 다현과 할머니가 만나기로 한 시간에 카페 뒤쪽으로 향했다.

"다현아, 안 된다, 떨어져! 나를 잡으러 온 게야."

"할머니, 언니가 할머니를 다음 생으로 안내해줄 거예요. 이대로 도망 다니면서 계속 할아버지 곁에 있을 수는 없잖아요. 오랜 시간 함께한 사람은 다음 생에서 또 만나요."

"하지만 혼자 밥도 못 해 먹는 저 노인네를 두고 발걸음이 떨어지지 않아. 그리고 부부는 항상 함께해야 하는 법이라고."

"할머니, 사후세계에 대해 정확하게 이야기 드릴 수는 없지만, 그곳은 할머니가 믿는 대로 이루어지는 곳이에요. 할머니가 부부는 항상 함께해야 한다고 믿는다면, 할아버지까지 할머니를 따라오게 되어있어요. 지금 언니를 따라가면 다음 생에서 할아버지와 또 함께할 수 있어요. 할아버지는 제가 잘 챙겨드릴게요. 저를 봐서라도요, 할머니, 제발요."

다현은 할머니를 사랑하는 마음만큼 간절하게 말했다. 그런 손녀의 설득에 할머니도 마음이 기우는 듯했다. 하지만 사라와 다현이 할아버지를 잘 돌봐드릴 것을 약속해야 겨우 떠날 수 있을 것 같았다. 꺾이지 않는 고집에 사라도 약속을 하고야 말았다. 루나시움에서의 약속은 말을 내뱉는 순간 자동으로 계약서가 작성된다. 특히 망자와의 약속은 꼭 지켜야 한다는 불문율이 있다. 공중에 뜬 반투명한 종이에 둘의 약속이 저절로 적히고, 사라가 엄지손가락을 가져다 대자 계약서에는 사라의 지문이 새겨졌다. 계약서는 반투명한 종이비행기로 변해 선물공장 쪽으로 날아갔다. 공장을 통해 본부의 보관소에 영원히 보관될 것이다.

할아버지는 카페에 우두커니 혼자 앉아 있다. 삶의 의지라고는 전혀 찾아볼 수 없는 공허한 표정으로. 카페 역시 할머니를 그리워하는 듯 공허함과 허전함만이 가득하다. 할아버지가 은퇴하고 이제 사회에 쓸모없는 사람이 되어버렸다며 절망할 때, 함께 카페를 열어보자던 할머니의 제안. 함께 카페를 차린 뒤 매 순간 둘은 언제나 함께였다. 손님이 없는 시간이면 할머니가 쉬던 조그마한 의자, 바쁜 점심시간이 지난 뒤 도시락을 까먹던 기억, 다음 생에도 꼭 함께하자고 약속을 나눈 카페 뒤 작은 공원, 늘 할머니가 지켜온 포스기 뒤의 자리까지 모든 것이 아내를 그립게 했다. 다투기도 많이 다퉜지만, 행복한 순간이 훨씬 더 많이 생각났다.

첫눈에 서로를 알아보았던 그 순간, 결혼 후 떠났던 신혼여행, 첫째 아들을 낳았을 때의 감격. 지켜야 할 존재가 생겼다는, 그러니까 가족이 생겼다는 사실… 그 모든 게 세상을 살아가는 동력이었다. 아들은 자라서 결혼하고 아이를 낳았다. 다현이를 처음 보던 순간 세상을 다 가진 듯이 기뻐하던 아내의 모습이 아직도 눈에 훤했다. 늘 장난스럽던 할머니와 언제나 다정했던 할아버지는 서로의 가장 친한 친구이자 든든한 버팀목이었다.

그래서일까. 할머니가 떠나는 순간, 할아버지의 삶은 멈췄다. 더 이상 살아갈 힘도, 의지도 없어졌다. 따스함이 가득했던 둘만의 집에 이제는 외로움만 가득했다. 할아버지처럼 고장 난 전등이 깜빡거리고 적막이 온 집안을 채웠다. 카페에도, 집에도 할머니의 흔적은 곳곳에 남아있다. 할아버지는 차마 그녀의 유품을 정리할 수 없었다. 할머니의 앉은뱅이 화장대에 꽂혀있는 빗마저 아내를 생각나게 했다. 언제라도 돌아와 그곳에서 새하얀 머릿결을 정리하며 '영감, 나 이뻐?'하고 물어볼 것 같았다. 할아버지는 착잡한 마음에 발코니에 나와 담배를 꺼내 들었다. 할아버지는 할머니의 잔소리를 들을 것을 알면서도 담배에 불을 붙였다. 착칵.

정적만이 흐른다. 할머니의 잔소리는 이제 어디에도 없다는 것을 또 한번 실감한다. 할아버지는 무너져 내렸다. 발코니에 앉아 담배를 피우는 할아버지의 뒷모습은 한없이 작아 보인다. 속으로 수백 번을 무너져 내렸기 때문일까. 어째서 할머니는 꿈에도 한 번 찾아오지 않고 떠나버린 것일까. 그리움에 원망도 해보지만, 소용이 없었다. 그날 밤 할아버지는 오늘따라 유난히 크게 느껴지는 침대 위에서 한참을 뒤척이다 어렵게 잠이 들었다. 그리고 그토록 기다리던 할머니를 꿈에서 만났다.

"영감! 나야. 담배 좀 끊으라니까, 빨래도 좀 하고, 밥도 해 먹고! 그래야 내가 편하게 가지!"

"왜 이제야 온 거야. 당신 보고 싶어서 매일 기다렸구먼."

"사는 건 어때?"

"당신이 없으니까 별로야. 나도 어여 따라갈게."

"천천히 와, 천천히. 다현이 곁도 좀 지켜주고."

"당신 맨날 이불 걷어차고 덜덜 떨면서 자잖아. 그래서 새벽에 당신 이불 덮어주려고 일어났는데 글쎄, 당신이 없어. 아무도 없어, 옆에. 그러면 당신이 가던 날처럼 가슴이 아려와."

"매일 당신이 이불을 덮어줘서 내가 따뜻하게 잤구나. 고마워요. 우리가 함께한 세월이 얼마인데, 나는 항상 당신 기억 속에 있을 거야."

"알지, 그래서 더 익숙해 지지가 않아."

"여보, 기억나? 그 왜, 카페 처음으로 열던 날에… 공원에서 도시락 먹으면서 우리 약속했잖아."

"그럼, 다음 생에도 꼭 함께하자고 했지, 내가."

"그 마음 여전해?"

"그걸 말이라고 묻는 거야?"

"그럼, 우린 다시 만날 거야. 당신과 함께한 시간이 한순간도 빼놓을 수 없이 모두 행복했어. 영감, 우리 다음번에는 더 일찍 만나서 더 오래 행복하자. 아, 이거 정말 중요한 거야. 잘 들어! 다현이가 그랬는데, 처음 고른 문을 선택하래. 꼭 기억해야 해, 꼭! 처음 고른 문으로 들어가!"

잠에서 깬 할아버지의 머릿속에는 어렴풋하게나마 할머니가 찾아왔다는 사실과, '처음 고른 문으로 들어가'라는 이해할 수 없는 말만이 머리를 맴돌았다. 그 순간 할머니는 윤회창구 뒤 수천 개의 문 앞에 섰다. 그리고 처음 고른 문으로 들어갔다. 뒤따라올 할아버지가 같은 문을 선택하기를 간절히 바라면서.

그 시각 선물공장에는 미래를 재생하는 새하얀 학 한 마리가 날아왔다. 학은 입을 벌리더니, 공중에 미래의 한 장면을 보여줬다. 따스한 햇볕이 드는 평화로운 오후, 창가 앞에 놓인 예쁜 테이블 위에 두 개의 찻잔이 놓여 있다. 각자의 찻잔을 들어 올려 사이좋게 나누어 마시는 엄마들이 보인다. 둘은 언제나 그랬듯이 함께다.

"정말 아이들까지 같은 해에 낳을 줄은 몰랐다니까?"

"그러니까! 우리 애들도 우리처럼 소울메이트가 될 거야."

"애들도 우리가 처음 친해진 학교에 가게 될까? 진짜 그러면 좋겠다!"

"초희 괴롭히는 애들 있으면 유호가 혼내주고 그러겠지?"

"얘, 어릴 때는 여자애들이 더 세잖아. 그 반대일걸?"

이룸아파트 501호와 502호에 나란히 아이가 태어났다. 태몽조차 비슷했던 아이들은 엄마들이 그랬듯 길고 소중한 인연으로 맺어진 듯했다.

할머니가 떠난 지 약 이주가 지난 토요일 오후. 햇살이 나른하게 들어오는 다현의 방에서 사라는 다현의 어린 시절 사진을 구경하고 있다. 혼자 방을 얻어 생활하던 다현은 할머니가 떠난 뒤 카페 2층에 있는 할아버지 댁으로 들어왔다. 사라는 할머니와의 약속을 핑계로 매일 같이 그 집에 들락거리고 있었다. 오늘은 이사 온 다현의 짐 정리를 도와주던 참이었다. 밖에는 비가 주륵주륵 내린다. 비가 올 때만 즐길 수 있는 흙냄새가 세상을 가득 채운다.

"비가 오는 걸 보니 루나시움 존재들이 잔뜩 인간 세상으로 나오겠다. 왜 다들 비만 오면 이렇게들 인간세계로 나오는지, 아직도 이해가 안 가."

"그러고 보니 루나시움에는 비가 오지 않네. 그래서 인간세계에 비가 내리면 다들 비 냄새를 맡고 운치를 즐기러 나오나 봐. 이런 날은 선물공장 통로가 종일 붐볐어."

사라는 창밖을 내다보았다. 정말 비가 내리는 거리 사이사이 선물공장 사람들뿐만 아니라, 시리아 가문부터 페리 가문까지, 수많은 루나시움의 시민들이 거리로 나와 있었다. 내리는 비를 맞으며, 빗소리에 맞춰 신나게 춤을 추던 릴리가 사라를 발견하고 해사하게 웃으며 손을 흔든다.

"어! 저기 우리 선물공장 직원 릴리도 있다!"

"어린아이네? 선물공장에는 어른들만 있을 줄 알았어!"

"어린아이를 위한 선물도 필요하니까! 릴리가 티 없이 맑은 마음으로 준비해서 인간세계의 어린이들에게 전해주는 선물은 효과가 좋아. 어쩔 땐 어른들이 몇 날 며칠을 고민해서 주는 선물보다 아이들을 행복하게 하더라고. 저런 아이들 말이야."

머리를 양 갈래로 예쁘게 땋은 한 어린아이가 한 손에는 샛노란 우산을 들고, 다른 한 손에는 조그마한 강아지의 목줄을 잡고 걸어가고 있었다. 그때, 차가 옆을 지나가며 거대한 물줄기를 튀겼다. 이에 놀란 강아지는 뛰쳐나갔고, 아이는 목줄을 놓치고 말았다. 아이는 울면서 쫓아갔지만, 강아지는 이미 멀리 사라져버린 뒤였다. 아이는 어쩔 줄을 모르고 엉엉 울고 있었다. 릴리는 인간 모습으로 변장하고, 어린아이에게 다가가 선물을 하나 건넸다.

"이 팔찌 내가 아끼는 건데, 너 줄게. 손에 차고 있으면, 강아지가 길을 잃어도 항상 네게 돌아올 거야."

아이는 눈이 커다래졌다.

"정말? 나한테 주는 거야?"

"응! 너 가져. 강아지가 도망가서 슬프잖아."

"고마워! 그런데 정말 젤리가 돌아올까? 젤리는 내가 세상에서 제일 사랑하는 강아지야."

"그럼, 셋 세면 돌아올 거야! 눈을 감고 셋을 세봐."

아이는 두 눈을 꼭 감고 숫자를 세기 시작했다.

"하나아, 두울…"

"왈왈!"

젤리는 마법처럼 돌아와 있었다. 다현은 깜짝 놀라 사라에게 물었다.

"와! 방금 뭐였어? 어떻게 한 거야?"

"시리아 가문에 있는 생명의 대지에는 수많은 마법 식물이 피어나. 거기에 '리턴 허브'라는 것이 있는데, 사람의 냄새를 묻히면 동물들이 주인 냄새를 멀리서도 맡을 수 있어."

"릴리는 저걸 왜 가지고 다니는 거야?"

"시리아 가문이잖아. 아마 미래를 보았을 거야. 그래서 일부러 저기에서 춤을 추고 있었나 봐. 이건 비밀인데, 내 생각에 릴리는 베브 시리아만큼이나 유명해질 것 같아. 릴리가 보는 미래는 소름 돋을 정도로 정확하거든."

"인간들은 비 오는 날이 불편하기도 하고 왠지 우울해지기도 해서 싫어하잖아. 그런데 생각해보면 동서양을 막론하고 '비 온 뒤에 땅이 굳는다', '모든 구름에는 실버라이닝이 있다' 같은 말들이 있어. 이건 루나시움 존재들이 비오는 날을 좋아하기 때문이 아닐까?"

"인간세계에 나온 루나시움 존재들이 마법을 쓰고 돌아가기 때문에?"

"응! 릴리처럼!"

그때, 사라는 누군가의 간절한 목소리를 들었다.

'비가 오네. 세아가 비 오는 날을 정말 싫어했는데, 우리 딸… 비 오는 날 차가운 땅에서 많이 춥지? 아빠가… 아빠가 너무 미안해. 지켜주지 못해서 미안해. 너를 한 번만이라도 다시 볼 수 있다면, 소원이 없겠구나. 이 못난 아빠가… 정말 미안해. 많이 보고 싶어 우리 딸.'

사라는 커넥터를 켜 목소리의 주인을 찾았다.

“다현아, 미안해. 고객이 생겨서 지금 좀 가봐야 할 것 같아! 너희 바로 옆집이네?”

“혹시 세아 집이야?”

“응? 응, 그분 아버지셔. 아는 사이야?”

“나는 어린 시절을 여기서 보냈어. 그래서 세아랑 나는 어릴 때부터 친구였어. 아저씨께서 세아 떠나고 많이 힘들어하셨는데… 잘 부탁해.”

다섯 번째 고객, 이영훈

영훈은 깊은 슬픔과 상실감에 빠져있었다. 주름이 깊어진 얼굴. 그는 홀로 거실에 앉아 있다. 그가 앉은 소파는 세아가 어릴 적 함께 앉아 이야기를 나누던 곳이다. 영훈이 퇴근할 시간이 되면 세아는 그 소파에서 그를 기다리다가, “아빠!” 하며 뛰어나와 그에게 안겼다. 고된 하루의 피곤함을 다 잊을 정도로 따뜻한 미소였다. 벽에는 세아의 어린 시절 사진과 대학교를 졸업한 날의 사진, 처음 초등교사가 되고 신이 난 사진이 걸려있다. 사진 속 환하게 웃은 세아의 모습은 그의 마음에 더 큰 상처를 남기고 있었다.

잠을 제대로 자지 못한 것인지 그의 얼굴은 창백하고 수척해 보였다. 영훈은 세아의 방문을 열었다. 세아가 쓰던 책상과 그녀의 소지품들이 고스란히 남아있다. 영훈은 그 앞에 서서 딸의 물건들을 바라보았다. 금방이라도 그녀가 문을 열고 들어와 "아빠!" 하고 부를 것만 같았다. 그녀의 손때가 묻은 공책, 반쯤 닳은 연필, 그리고 마지막으로 쓴 편지가 있었다. 그는 그 편지를 천천히 펼쳐보며 딸이 남긴 글씨를 손끝으로 더듬었다.

"아빠, 미안해요. 더 이상 버틸 힘이 없어요. 학부모들은 계속 민원을 넣고, 새벽에도 자꾸 전화가 오고, 고함부터 지르고… 지구 끝까지 쫓아가서 내 인생을 끝장내겠다고 협박하는데… 학교는 이게 다 내 탓이래요. 내가 못나서래요. 더 이상은 버텨갈 힘이 없어요. 이렇게 가서 미안해요. 나한테 아빠의 사랑은 과분해. 그냥 나를 잊고 행복하게 살아줘요. 죄송해요. 부족한 딸 사랑으로 키워줘서 고마워요. 죄송하고, 사랑해요."

눈물이 영훈의 뺨을 타고 흘러내렸다. 그는 고통스럽게 울부짖었다.

"이렇게까지 힘든 걸 알았으면 그만두라고 했을 텐데, 아이를 자랑스러워하면서 왜 아이의 아픔은 몰랐을까. 힘들다고 말했을 때 남들도 다 힘들다고, 다 지나면 괜찮아질 거라고, 왜 그렇게 안일하게 생각했을까! 못난 아빠가 미안해, 세아야. 그렇게 힘든 줄 몰라서, 미리 못 알아줘서 미안하다. 딱 한 번이라도 좋으니 너를 다시 안아보고 싶어. 이 힘든 일을… 같이 겪어낼 수 있었으면 좋았을 텐데, 그걸 못 해줘서 너무 미안하다. 네 편이 되어주지 못해 미안하다, 내 사랑하는 딸아… 너무 보고 싶어, 우리 딸."

펼쳐진 세아의 노트에는 빽빽한 일기가 적혀 있었다. 임용고시를 공부할 때 매일 쓰던 것이다. 아이들에게 희망을 주고, 더 나은 삶을 살도록 가르치는 것이 그녀의 꿈이었다.

가슴이 먹먹해진 사라는 한참을 그 자리에 멈춰 있었다. 할 수만 있다면 그를 꼭 안아주고픈 심정이었다. 사라는 우선 세아를 찾기로 했다. 사라는 루나시움 본부로 향했다. 세아의 흔적을 찾아야 했다.

"120번 고객님 '천주교' 창구로 입장해 주세요."

어디선가 익숙한 목소리가 들렸다. 천주교 창구에서 일하고 있는 예나의 목소리였다.

"예나 씨! 여기서 일하시는군요!"

"어머, 사라 씨! 선물공장에 계신다고 들었어요. 저 이거…"

데스크 한 쪽에서 사라가 선물한 스노우볼을 들어 보여준다.

"매일 놓고 보면서 일해요. 정말 감사해요, 사라 씨."

"같이 면접을 봤는데 둘 다 이렇게 일을 하고 있다니!"

"그러게요. 반가워요! 왠지 입사 동기를 만난 기분이에요."

"예나 씨, 혹시 '한세아'라는 분 이곳에 왔다 갔나요? 천주교라고 들었어요."

"초등교사였던 세아 씨요?"

"네! 맞아요!"

"얼마 전에 왔어요. 제가 맡았죠."

"혹시 지금 어디에 있는지 알 수 있을까요? 그분 아버지가 제 고객이에요."

"시리아 가문 생명의 대지에 루미나 강이 흘러요. 그 강을 건너면 아름다운 땅이 펼쳐지죠. 자신이 상상하던 천국으로 간 사람들 대부분이 그곳에 살아요. 세아 씨도 아마 그곳에 있을 거예요."

"정말 감사해요, 예나 씨!"

사라는 곧장 시리아 가문 생명의 대지로 향했다. 아름답고, 신비한 마법 식물들이 가득한 곳. 반짝이는 이슬이 맺힌 초록색 들판과 다양한 색상의 꽃들이 활짝 피어있었다. 어떤 것은 향기를 통해 치유의 힘을 주었고, 어떤 것은 빛으로 어두운 곳을 밝히기도 했다. 나무들은 하늘 높이 뻗어있었고, 가지마다 은은한 빛이 나는 열매들이 주렁주렁 달려있었다. 예나의 말대로 생명의 대지 끝에는 새하얀 강이 흐르고 있었다. 사라는 강

앞에 섰다.

어디선가 조그마한 나룻배 한 대가 흘러왔다. 사라가 배에 타자, 배는 스르륵 흘러가기 시작했다. 정말 신비로운 곳이었다. 평화로 가득 찬 땅 앞에 배가 멈춰 섰고, 배에서 내린 사라는 그곳에 들어서자마자 마음이 기쁨으로 가득 차는 것을 느꼈다. 치유의 능력을 가진 식물이 가득한 이곳은 식물의 냄새만으로도 영혼까지 충만해지는 듯했다. 나른한 햇살이 따스하게 온 세상을 비췄다. 사람들의 취향을 고려하여 만들어진 가지각색의 집이 있고, 그곳에서 영생을 보내는 인간들은 모두 티 없이 밝고 행복해 보였다. 사라는 그녀가 처음 루나시움에 오던 날 봤던, 루나시움 본부에서 천국으로 향하던 할아버지를 한눈에 알아볼 수 있었다. 창구 직원이 뿌려준 반짝이 가루로 어린 시절의 모습으로 돌아간 그는 어머니 손을 꼭 잡고 강가를 산책하고 있었다. 아름다운 풍경이었다. 어디선가 새들이 노래하듯 부드럽고 따스한 목소리가 들려왔다.

사라는 고개를 돌렸다. 아이들은 책을 읽어주는 목소리의 주인공 근처에 둘러앉아서 책 이야기에 귀 기울이고 있었다. 그들은 큰 나무 그늘에 앉아 있었다. 바닥은 부드러운 이끼로 덮여있어 편안해 보였다. 아늑한 자연 속의 교실이었다. 책을 끝까지 읽고 나서, 그녀는 아이들과 술래잡기 놀이를 하며 시간 가는 줄 모르고 행복해했다. 영훈의 집 액자 속에서 환하게 웃던 그 모습 그대로였다. 사라는 이제야 행복을 찾은 듯한 그녀를 방해하고 싶지 않았지만, 영훈의 쓸쓸한 눈동자가 눈에 밟혀 이대로 돌아갈 수 없었다. 사라는 조용히 그녀를 불렀다.

"저, 세아 씨? 저는 선물공장 직원 사라라고 해요. 잠시 이야기 좀 나눌 수 있을까요?"

"네, 그럼요! 선물공장 직원이시군요! 저, 초면에 정말 염치없지만, 선물공장 직원들은 살아있는 사람들에게 특별한 순간을 선물해준다고 들었어요. 혹시… 저희 아버지도 한 번만 들여다보아 주실 수 있으세요? 많이 힘들어하실 거예요. 이곳에서 지내는 내내 아버지 생각뿐이었어요. 아버지는 제가 스스로 생을 마감했다고 생각하고, 많이 자책하고 계실 거예요. 유언장까지 써놨으니…"

"세아 씨 아버님이 제 고객이에요! 사실 그래서 찾아왔어요. 제가 도울 수 있는 일이 있을까요?"

"정말요? 아버지는 지금 어떠세요?"

"많이 자책하고 계세요. 세아 씨가 그렇게 힘든 걸 몰라봤다고, 같이 싸웠어야 했는데, 그렇지 못했다고 힘들어하세요."

"아빠…"

세아의 눈시울이 붉어졌다. 생명의 대지에서 자라나는 치유의 식물들도 남겨진 가족에 대한 죄책감은 치유하지 못하는 듯했다. 그 어떤 것으로도 치유할 수 없는 고통이리라.

"혹시 제가 아빠의 꿈에 한 번만 찾아가도 될까요?"

"그럼요! 그리고 제가 생각해봤는데, 아까 멀리서 세아 씨를 바라보았는데 정말 행복해 보이더라고요. 그 모습을 아버지가 보실 수 있게 해드리면 좋을 것 같아요. 제가 내일까지 선물을 만들어서 이곳으로 찾아올게요! 내일 밤에 아버지 꿈속에 찾아가서 못했던 이야기들 나누시고, 선물은 세아 씨가 두고 갔다고 말씀드려주세요."

"제가 선물을 두고 올 수가 있나요?"

"아니요. 주무시는 동안 제가 침대 맡에 두고 올게요."

"감사합니다. 저희 아버지를 돌봐주셔서 정말 감사해요."

세아는 그녀를 와락 끌어안았다. 사라는 영혼의 모습이 떠올라 눈시울이 붉어졌지만 애써 참으며 선물공장으로 돌아와야 했다.

그녀는 선물공장 3층의 오르골 공방으로 향했다. 커다란 작업대 위에는 다양한 재료와 공구들이 가지런히 정리되어 있었다. 사라는 페리 가문의 반짝이는 숲에서 온 아름다운 멜로디를 내는 음악의 나무와 방금 가져온 세아의 금빛 기억이 담긴 작은 통을 꺼냈다. 사라는 음악의 나무껍질을 조심스레 다듬어 오르골의 외장을 만들고, 시간의 수정을 오르골의 중심에 배치했다. 그리고 시간의 수정에 세아의 기억을 방울방울 떨어뜨렸다. 그러자 투명한 수정안에서 생명의 대지에서 아이들을 가르치며 행복해하는 세아의 모습이 재생되기 시작했다. 아름다운 노래와 함께.

하지만 무언가 부족했다. 사라는 작업대 위의 재료 상자를 뒤져 루미나 파우더를 찾았다. 이 파우더를 오르골에 뿌리자, 세아의 행복한 모습이 은은하게 빛이 나기 시작했다. 더없이 아름다운 장면이었다. 마지막으로 사라는 무지개 조각이 반짝이는 거미줄을 사용해 오르골 기계 장치를 연결했다. 이 실은 오르골의 각 부품을 완벽하게 연결했고, 오르골은 드디어 은은한 빛을 발하며 작동하기 시작했다. 사라는 영훈을 위한 이 선물을 포장하고, 다현을 위한 선물도 만들어 가방 속에 소중하게 넣어두었다. 세아가 영훈의 꿈에 나타나는 동안 사라는 그의 집에 들어가 침대 맡에 오르골을 두고 나오기만 하면 된다.

영훈은 오늘도 한참을 뒤척였다. 해가 밝아올 때가 되어서야 겨우 잠이 들었다. 그날 이후 쉽게 잠든 적이 거의 없었다. 그리워하는 마음에도 불구하고 세아는 단 한 번도 꿈에 나타나지 않았다. 잠을 제대로 못 자니까 꿈을 꿀 수조차 없어서일까. 하지만 이날, 영훈은 꿈을 꿨다. 꿈속에서 그는 푸른 잎사귀와 신비한 식물들이 가득한 땅에 서 있었다. 영훈의 발밑에서는 새하얀 강이 흐르고 있었다. 신비로운 조각배가 영훈의 앞에 와서 멈춰 섰다. 마치 얼른 타라고 말하는 것 같았다.

배를 타고 강을 건넜다. 아름다운 세상이 펼쳐져 있었다. 그곳의 신비로운 나무들의 냄새는 영훈에게 충만한 행복함을 주었다. 그는 이토록 평화로운 느낌이 드는 것이 대체 얼마 만인지 생각하며 옅은 미소를 지었다. 눈을 감고 심호흡을 했다. 그때, 어디선가 익숙한 목소리가 들렸다. 분명하다. 우리 딸, 세아의 목소리다! 영훈은 목소리가 들려오는 곳으로 달렸다. 세아는 커다란 나무 그늘 아래 조그맣게 꾸며진 교실에서 아이들을 가르치며 행복해하고 있었다. 그녀는 고개를 들어 영훈을 발견하고는 하얗게 웃으며 달려왔다.

"아빠!"

"세아야!"

어릴 때처럼 달려와 영훈의 품에 꼭 안기는 세아의 모습은 그저 사랑스러웠다. 세아를 안고 있는 느낌이 생생했다. 영훈은 다시는 딸을 잃지 않겠다는 마음으로 딸을 더욱 세게 끌어안았다.

"아빠, 정말 보고 싶었어요."

"네가 그렇게 힘든데, 너의 아픔을 몰라줘서 미안해. 세아가 그렇게 힘들다는 것을 알았다면, 아빠도 어떻게 해서든 같이 싸워줬을 텐데, 네가 혼자 고통받게 둬서 너무 미안하다. 이 못난 아빠가, 미안해…"

"아빠! 그런 말씀 말아요. 저는… 네, 사실 너무 힘들었어요. 그래서 유서까지 쓰고 옥상에 올라갔는데, 올라가니까 아빠 얼굴이 떠오르는 거야. 그래서 내려오려고 했어요. 아빠 얼굴을 보면 다 괜찮아질 것 같아서. 그런데 뒤돌아서려다 발이 미끄러져서 그대로 떨어져 버렸어요. 미안해요, 아빠. 언제나 우리 둘이 같이 있었는데.

아빠만 남겨두고 먼저 와버려서. 그때 발이 미끄러지지 않았더라면 얼마나 좋았을까… 계속 아빠 옆에 있었을 텐데. 이곳에 와서도 계속 아빠 생각뿐이었어요."

"…아빠도 세아 생각뿐이었어. 어제는 비가 오더구나. 네가 비 오는 날을 정말 싫어했는데, 이 비를 맞으며 그 추운 땅속에서 네가 얼마나 춥고 외로울까, 하는 생각에 가슴이 너무 아팠다."

"아빠, 나는 땅속에 있지 않아요. 여기서 행복하게 지내고 있어, 그러니까, 걱정하지 마세요. 그리고 아빠… 내가 이곳에 올 수 있었던 것은 아빠 덕분이에요. 마지막에 아빠 생각이 나서 살기로 마음먹었잖아, 그래서 나의 죽음은 스스로 생을 마감한 것이 아니라 사고로 분류가 되었어요. 그래서 이렇게 빨리 생명의 대지에 올 수 있었던 거야. 스스로 생을 마감했으면, 이곳에 오기까지 오랜 시간이 필요하대요. 아빠는 내가 태어난 순간부터 생의 마지막까지 나를 지켜줬는데 나는 못나게도 먼저 떠나버리고, 아빠 가슴에 상처만 남겨서… 너무 죄송해요."

"그랬구나, 그런 일이 있었구나… 네가 그곳에 올라가기 전에, 내가 막아야 했는데, 이 못난 아빠 잘못이야. 이 모든 게… 우리 딸을 지키는 게 아빠의 일인데, 그러지 못해서 너무 미안해."

"그런 생각 말아요, 아빠. 아빠는 항상 날 지켜줬어요.

그런데도 아빠 잘못이라고 계속 생각하고 있는 거 알아요. …아빠, 이거는 기억을 지우는 솜사탕이래요. 이 솜사탕을 먹으면, 나에 대한 기억을 다 지울 수 있대요. 나 떠나고 많이 힘들어하는 것 알아요. 이 솜사탕으로 나에 대한 기억도, 아픔도, 죄책감도 다 지우고 행복하게 살아주면 안 될까? 아빠가 이곳에 오면, 다시 기억을 살릴 수 있대요. 그곳에서 사는 동안, 조금이라도 덜 아프게, 덜 힘들어하고 살아갈 수 있게. 제발요."

"세아야! 넌 내 인생을 통틀어 가장 소중한 선물이었고, 언제나 나의 자랑이자 소중한 딸이었어. 넌 나의 가장 소중하고 아름다운 기억인데, 그걸 지우고 나면 나는 살아갈 이유가 없다. 물론 네가 떠났다는 사실은 아프지만, 널 너무나도 사랑하기에 그 아픔조차 안고 살아가고 싶어. 그러니까 그 소중하고 아름다운 기억을 지우라는, 그런 소리는 말아라."

"아빠… 정말 죄송하고, 사랑해요."

세아의 뺨을 타고 눈물이 쏟아져 내렸다.

"세아야, 너 이곳에선 행복만 해야지. 미안해하지 마. 아빠가 미안해."

"아빠도 미안하다고 생각하지 말아요! 우리 이제는 서로 미안해하지 마요."

"그래, 노력해 볼게. 세아야."

"나 많이 보고 싶었죠? 꿈에서 깨보면 아빠 머리맡에

놓여 있을 거예요."

그때였다. 생명의 대지에 알람 소리가 울렸다. 영훈의 하루 시작을 알리는 알람 소리가. 평화로운 풍경 속의 세아가 희미해졌다. 영훈은 그런 세아를 붙잡으려고 꽉 껴안았다. 세아도 영훈의 품에 꼭 안겼다. 하지만 어디선가 거센 바람이 불어오며 그 세상을 지워갔다. 영훈의 품속 세아도 점점 희미해졌다.

"이제 갈 시간인가 봐요. 아빠는 내가 살면서 받은 가장 큰 선물이었어요. 아빠 딸로 태어나서 정말 행복했어요. 사랑해요, 아빠! 다시 만날 때까지 아프지 말고, 잘 지내야 해요!"

그녀의 목소리가 점점 희미하게 들린다. 영훈은 그녀의 한 조각이라도 잡아보려고 노력했지만, 세아의 모습은 이제 어디에도 없었다. 상실감이 영훈을 뒤흔들어 놓았다. 애꿎은 알람만 노려보던 영훈은, 그의 핸드폰 옆에 놓인 작은 나무 상자를 발견했다. 작은 보석상자처럼 아름다웠다. 영훈은 나무 상자의 뚜껑을 열었다. 그러자 세아가 생명의 대지에서 아이들과 함께하는 행복한 모습이 작은 수정체 안에서 홀로그램으로 나타났다. 오르골에서 그녀의 목소리와 아이들의 웃음소리가 흘러나왔다. 꿈속에서 본 그 모습, 그대로였다. 영훈은 그녀가 느끼는 행복과 평온함을 그대로 느낄 수 있었다.

"이거였구나, 네가 말한 선물. 행복한 네 모습을 언제든지 볼 수 있는 오르골."

영훈은 행복해하는 세아의 모습을 몇 번이고 바라보았다. 딸의 웃음소리를 듣고 있으면 영훈의 마음에도 평화가 흘러들어왔다.

사라는 행복해하는 영훈의 모습을 하염없이 바라보다가 다현에게 향했다. 그녀는 카페에서 일하고 있었다. 대학생활을 하기도 힘들 텐데 저녁에는 할아버지를 도와 카페 일을 하는 다현이 그저 기특했다. 하지만 사라는 다현에게 조금 슬픈 제안을 해야 했다. 그 생각을 하니 마음이 무거워졌다.

"어! 언니 왔어?"

다현은 사라의 마음도 모른 채 그저 반갑게 웃으며 반겼다.

"언니? 누구?"

"다현아 거기 아무도 없는데?"

주위에 있던 사람들이 웅성거렸다. 다현의 대학교 친구들이 놀러 와 있었던 모양이다. 다현은 당황했는지 말을 더듬었다.

"아… 아는 사람이 온 줄 알았는데, 내가 잘못 봤나 봐. 아, 맞아! 나 재고 정리할 게 있어서 그러는데 잠깐 카운터 좀 봐 줄 수 있어?"

"응! 그럼. 손님 오면 부를게?"

"고마워!"

사라는 카페 뒤쪽 공원으로 향했다. 다현도 뒤따라왔다.

"언니! 세아 아버지는 어떻게 되셨어?"

"영훈 씨는 이제 세아 씨가 생명의 대지에서 행복해하는 모습을 계속 볼 수 있을 거야. 세아 씨가 행복해하는 모습을 보니까 너무 좋아하시더라. 많이 힘드실 텐데도 말이야."

"많이 걱정했는데, 고마워, 언니. 세아가 잘 지내고 있다니 나도 마음이 놓여."

"아까 그 애들은 친구야?"

"응! 대학교 친구들이야."

"다현아."

사라는 머뭇거렸다. 사뭇 진지한 사라의 표정에 다현은 그녀의 입에서 나올 말을 대충 짐작하는 듯했다. 그러면서도 부정하고 싶었는지 급하게 주제를 바꾸려 했다.

"언니, 나 이제 잘 지내! 루나시움 존재들도 못 본 척하고!"

"아까 날 보고 인사했잖아, 다현아. 이런 일이 반복될 거야. 내가 네 인생을 살아가는 데 걸림돌이 될 거야."

"언니는… 내 제일 친한 친구잖아. 다신 못 본다, 이런 말은 하지 말아줘, 제발."

"난 죽었잖아. 넌 아직 이승의 사람이고. 넌 네 인생을 살아가야지. 그리고 나는 선물공장에서 일하잖아. 네가 간절하게 기도하면, 나는 다 듣고 있어. 네가 필요할 땐 언제나 네 곁에 있을 거야. 뮤니티로 사는 것보다 평범한 사람으로 사는 게 너한테는 더 좋아. …루나시움의 바다와 세르나 강이 만나는 곳에는 특별한 힘이 깃들어있어. 내가 조금 가지고 왔는데, 이 물을 마시면 너는 뮤니티로서 능력을 잃을 거야."

"하지만 내 능력을 잃으면 난 언니를 볼 수 없잖아! 고객도 같은 사람은 한 번밖에 못 맡는다며!"

"그곳에는 신비로운 물고기들이 살아. 그 물고기는 달빛을 받으면 빛이 나거든. 그때 또 한 번 강력한 힘이 생겨. 루나시움에는 항상 커다란 달이 떠 있어서 항상 빛이 있지만, 이승에서는 보름달이 뜰 때만 빛이 보여. 이 물고기가 빛나는 동안은 너도 너의 능력을 되찾을 수 있어. 나를 볼 수 있다는 거지! 영원히 못 보는 게 아니야. 한 달에 한 번, 이 물고기가 빛날 때, 보름달이 뜰 때, 꼭 너를 찾아갈게. 그때 밀린 수다도 떨고, 네가 루나시움과 상관없이 잘 지낸다는 걸 꼭 확인하고 싶어."

다현은 말이 없었다. 깊은 고민에 빠진 듯했다.

"하지만 그…"

"다현아, 손님 왔어! 그런데 왜 또 허공에 대고 말을 하고 있어? 너 진짜 괜찮은 거 맞아…?"

"아, 그게, 잠깐 전화가 와서! 곧 들어갈게, 고마워!"

"봐, 이런 일이 계속 생길 거라고. 너는 네 인생을 살아야지. 그냥 사는 것 말고, 잘 살아야지!"

"알았어. 대신 약속해. 보름달이 뜰 때는 볼 수 있다는 거."

"약속할게."

다현은 울먹거렸다.

"언니를 계속 볼 수 있어서 좋았어. 그리고 날 걱정해서 이 힘이 깃든 물과 물고기를 준 것도 정말 고마워… 언니 말대로 열심히 살아갈게. 대신 물고기가 빛나면, 꼭 찾아와 줘."

"약속! 얼른 마셔 이제."

다현은 세르나 강이 바다와 만나는 곳의 특별한 물을 들이켰다. 바닷물만큼은 아니지만 짭조름한 맛에 미간이 움츠러들며 눈이 감겼다. 그리고 눈을 떠보니, 사라는 보이지 않았다.

"언니! 정말 안 보이잖아? 언니…"

다현의 눈엔 눈물이 고였다. 어린아이처럼 엉엉 울었다. 그 모습을 지켜보던 사라는 다현을 꼭 안아줬다.

"내 말을 들을 수도, 내가 안아주는 것을 느낄 수도 없겠지만, 항상 널 지켜줄게. 보름달이 뜨는 날, 우리 다시 만나자."

7장

루나시움 암시장

다현을 뒤로하고 돌아서는 길, 커넥터가 울렸다. 카일이었다.

"사라! 어디야?"

"나 다현이네 카페. 왜?"

"우리 오늘 심화 수업 전에 같이 공부하기로 했잖아! 마법 도서관으로 와."

"앗, 맞다. 지금 바로 갈게!"

사라는 숨을 헉헉거리며 허겁지겁 도착했다.

"너 자꾸 다현 씨랑 논다고 우리 약속 잊을래? 질투 나게."

카일은 한 손으로 턱을 괴고, 눈을 가늘게 뜨며 중얼거렸다. 사라는 그런 카일의 말이 장난이라고 생각하면서도 묘한 떨림을 느꼈다.

"미안해, 앞으론 진짜! 절대! 안 늦을게."

"난 이미 책 빌려 나왔으니까, 네 것도 빌려서 밖에서 만나!"

"응!"

카일이 떠난 뒤에야, 도서관의 웅장함이 눈에 들어왔다. 도서관의 수많은 창문에서는 신비한 빛이 도서관을 보호하고 있었다. 도서관의 천장에는 마법으로 만들어진 루나시움의 커다란 달이 있었다. 낮이건 밤이건 항상 깨끗한 달빛이 은은하게 도서관을 비추었다. 넓게 펼쳐진 마룻바닥 위는 눈처럼 깨끗했다. 레버를 당기자, 사라의 키에 꼭 맞는 높이로 책이 끝없이 펼쳐졌다. 옛 마법사들의 고서와 주문서, 별자리와 신비한 생물에 관한 책들이 끝없이 늘어서 있었다.

"무슨 책을 찾으시오?"

"으악! 깜짝이야!"

캄캄한 어둠 속에서 목소리가 들렸다. 분명 인기척은 느껴지지 않았는데, 목소리가 점점 다가오자 사라는 깜짝 놀라고 말았다. 목소리의 주인공을 찾아 고개를 들었다. 하지만 그곳엔 아무도 없었다.

"나는 눈으로 볼 수 없는 존재, 그대는 무엇을 찾아 이곳에 왔는가?"

"뭐라고 부르면 되죠?"

"흐음, 나의 이름을 물어보는 사람은 당신이 처음이구려. 이 도서관을 계속 지키고 있으나, 지금껏 이름은 지어준 이도 불러준 이도 없었소."

"그럼 제가 지어줄게요! 음… 왜 도서관에 계시는 거예요?"

"인간들이 삶에서 길을 잃었을 때 도서관을 찾으니까. 나는 책 속에서 삶의 길을 찾고자 하는 인간들의 간절한 마음이 켜

켜이 쌓여 만들어진 존재지. 루나시움과 이승의 도서관을 누비며 사람들을 적절한 코너로 안내하거나, 그들의 앞에 우연히 책을 놓아두는 방식으로 사람들을 도우며 살아가고 있었소. 자유롭고, 행복한 시간이었지."

"너무 멋져요! 그러면 그쪽은 도서관의 정령 같은 존재군요! 그러면 도서관의 정령을 줄여서, 음, '도령님' 어때요? 이승에서 '도령'은 높은 신분이나 지위, 또는 명예를 가진 젊은 남자를 뜻하거든요. 존중의 의미가 담긴 말이죠!"

"도령이라… 마음에 드오."

"그런데 도령님, 왜 지금은 여기 계세요?"

"이리샤가 나를 가뒀소. 누군가 루나시움의 도서관에서 이리샤의 과거에 대해 쓴 책을 훔쳐간 뒤로, 그녀는 자신의 부끄러운 뿌리를 감추려고 하지. 그래서 지금은 여기에 갇혀 루나시움의 도서관을 지키고 있소."

"정말요? 여기 계속 갇혀계신 거예요?"

"그래서 얼른 이 시기가 끝나고 루나시움에 평화가 찾아오기만을 기다리고 있소. 그대는 어떤 책을 찾는다 하였소?"

"저는 〈달빛 마법- 심화서〉를 찾고 있어요."

"그 책을 찾는 학생이라면, 심화 반에 들어간 모양이구려."

"네! 맞아요. 정말 기대돼요. 그 수업을 준비하기 위해 책을 빌려서 가려고요. 저는 평범한 노버라… 더 노력해야 해요."

"그대는 내가 아주 오래전에 알던 누군가를 많이 닮았구려. 그도 심화반 수업 전에 예습을 빠뜨린 적이 없었소."

"우와! 그분은 누구였어요?"

"'루나'라 불리는, 루나시움을 밝히고 떠나가신 분이오."

"들어봤어요! 루나 씨. 좋은 영향력을 끼친 모양이에요."

"셰르핀의 가주에게 저항하던 연합군을 이끄셨소. 나는 그분이 다시 루나시움에 돌아와 이곳에 평화를 찾아 줄 날만 기다리고 있소."

"그러면 도령님도 자유를 되찾을 수 있겠군요? 저도 그분이 공부하던 책들을 읽어보고 싶어요!"

도서관의 정령은 도서관에서 책을 꺼내 들어 여러 가지 책을 보여주었다.

"가장 열심히 읽던 책은 이것이었소."

사라의 눈앞에 오래된 책 한 권이 날아왔다. 〈신비동물 교감과 조련의 마법학-심화〉 책을 열어본 사라의 눈은 휘둥그레졌다.

"정말 감사해요, 도령님! 이 책도 함께 빌려 가도 될까요?"

"이 책을 그대의 영혼과 연결해주겠소. 영혼이 연결된 동안, 눈앞에 책의 내용이 펼쳐질 것이오. 그동안 읽고 외워둔 내용은 영원히 그대의 머릿속에 남을 것이오. 이건 정말 특별한 기술인데, 그대가 나의 이름을 지어주었기에, 그리고 과거의 그 학생과 너무나도 닮았기에 특별히 해주는 것이오. 다른 학생들에겐 비밀로 해주시오. 귀찮아지고 싶지 않으니."

"감사합니다! 감사해요, 도령님!"

도서관을 나와 마법 정원을 걷던 사라의 눈앞에 반짝이는 꼬리가 쏜살같이 지나갔다. 사라의 머릿속 어디에선가 〈신비 동물 교감과 조련의 마법학-심화〉 책의 내용이 떠오르며, 방금 지나간 동물에 대한 정보가 떠오르기 시작했다.

루미노아. 투명한 날개가 달린 동그란 몸통과 은은한 빛이 나는 기다란 꼬리를 지닌 조그마한 생물. 루미노아에게 다가가기 위해서는 평온하고 순수한 마음가짐을 유지해야 하며, 조심스레 다가가 그들의 신뢰를 얻어야 한다. 매우 경계가 많은 동물이다. 루미노아는 솜사탕 꽃을 정말 좋아한다.

처음 보는 내용이 머릿속에 술술 떠오르는 사라는 묘한 기분을 느꼈다. 도령이 부려준 마법으로 머릿속에 폭죽이 터지는 듯했다. 백과사전이 머릿속에 들어있는 기분이었다. 솜사탕 꽃이 뭐지? 하고 스스로 질문한 순간, 책의 각주에 달린 내용까지 사라의 머릿속에 떠올랐다.

메이즈대 마법 정원 서쪽 끝에 피는 하얗고 보드라운 꽃.

사라는 학교에 있는 솜사탕 꽃을 따서 주머니에 넣었다. 다음에 루미노아를 만나면 이 꽃을 주면서 친해질 생각에 설레는 마음이었다. 사라는 정원에 앉아 카일을 기다렸다. 그때였다. 루미노아의 꼬리가 다시 보였다. 사라는 주머니에서 솜사탕 꽃을 꺼내 조심히 발 앞에 두었다. 루미노아가 다가왔다. 사라는 뛸 듯이 기뻤지만 평온하고 순수한 마음을 유지하기 위해 노력했다. 루미노아는 천천히 다가와 솜사탕 꽃을 양손으로 쥐어 먹었다. 파충류과 눈이 반짝거렸다. 행복해 보였다. 사라는 주머니에서 솜사탕 꽃을 하나 더 꺼내 이번엔 손 위에 올려두었다. 루미노아는 빛나는 눈으로 사라를 한참이나 바라보았다. 그들과 영혼이 연결되어 있기라도 한 듯했다. 사라의 머릿속을 꿰뚫어 보는 듯 조심스러운 영혼 탐색을 끝낸 루미노아가 사라의 손위에 폴짝 뛰어올랐다. 보드라웠다. 사라의 손안에서 솜사탕 꽃을 먹는 그 모습이 너무나 사랑스러웠다.

"나 사랑스러워?"

헉-

"왜 놀라?"

"앗, 루미노아와 대화할 수 있다는 것은 책에선 본 적이 없어서 놀랐어."

"우리도 대화가 가능한 인간은 처음이었어. 하지만 그게 너의 능력인데, 왜 그걸로 놀라는지 모르겠는걸? 예전에도 자주 대화했잖아!"

"언제?"

루미노아는 대답 대신 더 아름답게 빛을 내며 사라의 주위를 밝혔다.

"사라!"

"카일!"

"루미노아! 내 친구 카일이야. 만나볼래?"

"카일 정말 오랜만이야!"

"둘은 이미 아는 사이구나"

루미노아들은 카일을 향해 날아갔다. 카일은 자연스럽게 웃으며 루미노아 여럿과 어울렸다.

"책 빌려 왔어?"

"응! 나는 〈달빛 마법의 심화〉를 빌려 왔어."

"나는 〈주문의 활용과 마법 조작-심화편〉."

"좋아. 이걸로 우리끼리 미리 공부하고 수업에 들어가자. "

둘은 루미노아가 비춰주는 빛을 등불 삼아 공부하기 시작했다.

정원에 완벽한 어둠이 내려앉자, 학생들이 하나둘씩 모이기 시작했다. 달은 유난히도 가까워 보였다. 학생들의 발소리가 들리자마자, 루미노아는 빛을 감추고 사라져버렸다. 학생들이 모여 있는 한 가운데의 허공에서 금빛으로 빛이 타오르기 시작했다. 처음엔 별 모양이 그려졌고, 그 사이로 원이 그려졌다. 원은 거대하게 소용돌이쳤다. 그 사이로 교수가 멋지게 등장했다. 그녀는 노버임에도 실력이 굉장하기로 소문이 난 지안 교수였다. 그녀가 지닌 학술적 깊이와 마법 능력은 어마 무시했다.

"와아!"

화려한 그녀의 등장에 학생들은 환호했다. 교수님은 만족스러운 표정을 지으며 말했다.

"오늘, 여러 학생 중에 능력 있는 자만 선발된 심화 수업의 첫 시간을 시작하겠습니다. 오늘은 마법 식물학에 대해 배울 거예요."

학생들은 뒤를 따랐다. 반짝이는 은색 빛이 나는 잎사귀가 달린 넝쿨 식물이 있었다. 어둠 속에서 날카롭게 반짝이는 잎은 사람을 현혹할 정도로 아름다웠다.

"이 식물의 이름은 '루미나스 클로바인'입니다. 무척이나 아름답지만, 자비 없이 잔인하죠. 이 식물의 잎사귀는 유리 조각처럼 날카롭고 갈퀴가 있습니다. 한번 이 넝쿨에 몸이 묶이면 벗어나려 발버둥 칠수록 갈퀴가 더욱 깊게 조여 오며 유리 조각 같은 잎사귀는 치명적인 상처를 입히죠. 루미나스 클로바인은 새침한 여인을 대하듯 조심스럽게 다루어야 합니다."

교수는 부드럽게 휘파람을 불기 시작했다. 휘파람의 높낮이와 리듬에 따라 루미나스 클로바인은 천천히 움직였다. 이 넝쿨 식물은 천천히 학생들 사이를 조심스럽게 지나갔다. 한 학생은 자신도 모르게 그 아름다움에 현혹당해 클로바인을 만져 버렸고, 손에선 새빨간 피가 흘렀다. 교수가 잠재우는 주문을 외우자, 클로바인은 날카로운 잎사귀를 부드럽게 눕혔다. 사라는 자신도 모르게 탄성을 내뱉었다.

"혹시 저기에 있는 에메랄드 식물도 마법 식물인가요?"

"좋은 질문이군요. 이 식물의 이름은 힐로우블룸, 아주 강력한 치유 효과를 가지고 있죠. 잎사귀를 직접 상처 부위에 대거나 꽃잎으로 차를 달여 마셔도 효과가 좋습니다. 다친 마음에도 효과가 있답니다."

학생들은 저마다 주위의 식물을 살펴보기 바빴다. 사라는 남몰래 힐로우블룸을 따, 점퍼 주머니에 넣었다. 잎사귀는 적도 부근 휴양지의 바다를 담은 듯 시원한 에메랄드색이었고, 향이 좋았다.

수업이 끝나고 새벽녘에야 선물공장에 도착한 사라는 외투 주머니에서 힐로우블룸을 꺼내 유리 상자 속에 넣었다. 포근함을 전하는 구름 조각이 든 상자와 몸과 마음을 치유해 주는 힐로우블룸이 든 상자, 그 외에도 다양한 마법 재료가 반짝거리는 상자들을 보니 왠지 모를 뿌듯함이 마음을 가득 채웠다. 이 특별한 재료들로 선물을 만들면, 고객들에게 구름 조각의 포근함과 힐로우블룸의 치유 능력, 그리고 에버블리스 진액의 행복을 전해 줄 수 있을 것이다. 그때 누군가 사라의 기숙사 문을 두드렸다.

"사라, 이 고객 좀 맡아줄 수 있겠나? 전에 맡았던 고객인데, 힘든 시기를 보내고 있나 봐. 잠깐 그런가보다 생각했는데, 몇 년째 빠져나오질 못하고 있어. 마음이 많이 쓰여서 그러네."

"당연하죠, 하지만 할머니가 잘 아는 분일 텐데, 제가 맡아도 될까요?"

"이미 맡았던 고객을 다시 맡을 수는 없게 되어 있잖아. 잘 부탁하네."

사라는 커넥터를 켜 고객의 정보를 입력했다. 그의 일기장에는 고통이 가득했다. 쓸쓸함과 절망, 무기력함이 여자를 집어삼키고 있는 듯했다.

여섯 번째 고객, 이영임

세상에서 사라지고 싶다. 아무런 흔적도 남기지 않고 조용히. 세상의 기억 속에서 나를 지우고, 나란 존재는 처음부터 없었던 것처럼 무로 돌아가고 싶다. 지쳤다. 이젠 그 무엇도 못할 만큼 힘이 없다. 아침에 일어나 한 끼 식사를 만들어 먹는 일도 버겁다. 아무것도 하고 싶지 않다. 하루하루 시간은 흘러간다. 이런 게 삶일까? 이게 삶이라면, 여기 도대체 무슨 의미가 있는 걸까?

20대의 나는 나 자신을 사랑했다. 살아있는 시간이 즐거웠고, 화려하고도 찬란한 하루하루였다. 지금은 내가 한심해 미칠 것만 같다. 어리고 반짝이던 내 모습은 이제 시들었다. 그런 내 모습을 보고 싶지 않아서 언젠가부터는 사진도 찍지 않는다. 퇴근하고 돌아와 침대에 누워 짧은 영상들로 시간을 때우다 눈뜨면 다시 출근하는 삶. 지쳤다. 그만하고 싶다. 마음 한쪽 구석이 텅 비어있는 것 같다. 배가 고프지 않아도 음식을 꾸역꾸역 집어넣는다. 하지만 그 무엇으로도 공허함을 채울 수는 없다.

부모님께 연락이 왔다. 연락이 잘 안 된다며 걱정하신다. 난… 전화를 드릴 수가 없다. 이렇게 망가진 내 모습을 보면 부모님은 가슴 아파할 것이다. 무너질지도 모른다. 그래서 그들을 찾아갈 수가 없다. 나는 정말이지 못난 딸이다. 망가진 모습을 들켜버리느니, 기억 속에나마 온전했던 첫째 딸로 남겨지는 게 낫다.

이게 삶인가 보다. 아무런 희망이 없지만 남겨질 사람들을 위해 죽지 못한 채 살아가는 것.

"로즈 할머니, 만약에 할머니 딸이 스스로 빠져나오지 못하는 고통 속에서 살아가는데, 할머니한테 실망을 주고 싶지 않아서 혼자 아파하고 있다면 어떤 기분일 것 같나요?"

"내 예전 고객이 그런 상태니?"

"네… 저는 부모도, 자식도 없어서 할머니의 조언이 필요해요."

"나도 자식은 없지만… 만약 사라 네가 그런 상황이라면 뭐든 해주고 싶고, 어떻게든 도와주고 싶겠지. 그 고통을 내가 대신 가져올 수만 있다면 뭐든지 하고 싶은 마음일 거야."

"영임 씨의 부모님께 이 사실을 알려야 할까요?"

"나라면, 우선 부모가 어떤 사람인지 확인할 거야. 가끔은, 부모가 자식을 있는 그대로 받아들일 준비가 되어있지 않아서 오히려 더 큰 상처만 줄 때도 있거든."

"그렇군요. 부모를 찾아가 봐야겠어요. 감사합니다, 할머니."

"잘 좀 부탁하네."

사라는 영임의 부모님 댁을 찾아갔다. 집의 내부는 아늑한 조명이 비추고 있었고, 화려하진 않지만 사람 냄새가 가득한 곳이었다. 현관의 맞은편에는 영임과 동생들의 사진이 놓여 있었다. 매일 바라보는 것인지 먼지 한 톨 없이 깨끗하게 반짝였다. 부모님은 소파에 앉아계셨다. 서로에게 기대어 걱정스러운 표정으로 대화를 나누고 있었다.

"여보, 요즘 영임이가 정말 걱정이네요."

"걔도 다 큰 어른인데, 알아서 하도록 기다려줘야 해. 그게 부모의 역할인걸."

"다 큰 어른인 건 알지만 요즘은 전화해도 받지를 않고, 전처럼 자주 웃지도 않고. 가끔 찾아가면 방은 엉망진창에 삶에 대한 의욕이라고는 전혀 없는 표정으로 앉아 있어요. 무슨 일이 있는 걸까요?"

"여보, 우리 집 장녀 영임이, 잊었어? 항상 잘해오던 아이잖아. 남들이 부러워하는 대기업 가서 보란 듯이 잘 사는 애를 왜 걱정해."

"우리가 바라던 대기업에 갔죠. 음악이 하고 싶은 아이였는데… 우리 욕심이 지나쳤던 것은 아닐까요?"

"음악으로 어떻게 먹고산다고 그래, 올바른 길을 가도록 조언해 준거야. 막말로, 애가 음악하다가 먹고 살지도 못할 정도로 가난해져도 우리가 평생 먹여 살려줄 수 있다면 몰라, 우리는 그럴 형편이 안 되는 거 잘 알잖아. 그리고 영임이가 그렇게 음악을 하고 싶었다면 우리가 반대를 했어도 했겠지. 그냥 잠시 헛바람이 들었던 거야."

"하고 싶어 했어요. 영임이가 뭐 하나 허투루 말하는 애인가요? 하… 뭐가 맞는 일인지 모르겠네요. 그냥 어떻게든 힘이 되어주고 싶은 것뿐인데, 방법을 모르겠어요."

사라는 조용히 집을 나왔다. 더 이상 듣고 있을 수 없었다. 누구에게나 엄마가 필요하다. 맞다. 하지만 억울했다. 나는 세상에 태어난 순간부터 엄마의 사랑이라곤 눈곱만큼도 느껴보지 못하고 자랐는데, 저 여자는… 저렇게 자신을 걱정해주는 부모님을 두고도 죽고 싶다는 배부른 한탄이나 하고 있다니. 이건 불공평하다. 화가 났다. 고객이고 뭐고 정신 차리라고 소리라도 질러주고 싶은 심정이었다. 기숙사에 돌아온 사라는 겉옷을 책상에 집어 던지고 침대로 직행해 대자로 드러누웠다. 그 여자에게 너무 화가 났다. 누구는 근처에도 못 가본 대기업에 다니면서, 자신을 사랑해주는 부모님까지 가졌으면서, 뭐가 어쩌고 어째?

"재수 없어!"

"깜짝이야! 기분 안 좋아 보이길래 최대한 조용히 있으려고 했는데, 안 물어볼 수가 없네. 도대체 무슨 일이야, 누나?"

사라는 분노를 가득 담아 에드워드에게 하소연했다. 고객을 취소할 수만 있다면 모르는 척하고 싶은 심정이었다.

"누나는 누나만 힘든 삶을 살아온 것 같지? 어떤 사람은 평생을 그 고통 속에서 살아. 어떤 이유가 있어서가 아니라, 이유가 없어서 더 아픈 거야. 그러니까 병이지. 마음의 병."

"마음의 병?"

"우울증 말이야. 감기에 걸리면 병원에 가야 하는 것처럼, 그 사람도 치료가 필요한 거라고. 나도 부모님이 있었어. 날 사랑해주시던. 하지만 삶을 포기했지. 그때까지만 해도 사람들은 내가 아프다는 걸 인정 못 했어. 완전히 미쳐버린 사람 취급을 받았으니까. 그래서 병원에 안 갔고, 그러다 결국 죽었어. 난 후회해. 그때 나한테 누군가 와서, 미친 게 아니라 그냥 잠시 아픈 거라고 말해줬으면 어땠을까? 얼른 치료받고 스스로를 돌보라고 말해주는 사람이 한 명만 있었어도… 그러면 나는 아직 인간세계에서 유준이랑 함께하고 있었을까? 매일매일 후회해. 아무 소용이 없지만. 누나의 기준으로 저 사람을 판단하면 안 돼. 모든 사람은 자기를 기준으로 그 사람을 판단할 테니까. 누나는 선물공장 직원이잖아. 누나만큼이라도, 그 사람 편에 서 있어 줘야 하는 거 아니야? 지금 아파서 그런 거라고, 하지만 괜찮아질 거라고. 그렇게 말해주는 그 한 사람이 되어 주어야 하는 거 아니냐고!"

"에드워드…"

말문이 막힌 사라의 입에서 말을 떼기도 전에 에드워드는 방문을 박차고 나가 버렸다. 하지만 에드워드가 머물렀더라도, 무슨 말을 할 수 있었을까? 나의 아픔만 눈에 보여 오만함에 가득 찬 말을 해 버렸다. 미안했다. 그 어떤 말로도 부족했다. 사라는 책상 위에서 힐로우블룸을 몇 줄기 챙겨 2층의 공장을 찾았다. 차를 생산하는 작업대 위에 힐로우블룸을 올리자, 작업대가 자동으로 돌아가며 정성스레 티백으로 만들어줬다. 티백 여러 개를 선물상자에 담아 조심스레 포장했다. 선물을 챙긴 그녀는 3층의 간이 천막으로 된 부스를 통째로 옮겨 영임이 퇴근하는 골목길 구석에 설치했다. 그리고는 힐로우블룸을 우린 차를 내리며, 영임을 기다렸다.

영임은 오늘도 공허한 표정으로 퇴근했다. 집으로 향하는 마지막 골목길, 못 보던 천막이 있었다. 수상해 보이는 천막에 걸음을 재촉하던 찰나, 그 틈 사이로 익숙한 얼굴이 보였다.

"어? 할머니, 여기서 뭐 하고 계세요?"

영임이 사는 빌라의 집주인 할머니였다. 주인집은 귀농하여 이곳에 자주 오진 않는다. 하지만 올 때마다 혼자 사는 영임을 걱정하며 문고리도 달아주고, 자신의 텃밭에서 직접 농사지은 재료로 반찬도 만들어 챙겨 주시는 따뜻한 분이다.

"빌라 사람들 불편한 데는 없나 보러 왔다가, 요즘 사람들 사는 모양을 잘 모르겠더라고. 차 한 잔 대접하며 이야기나 나누려고 왔지. 내가 요즘 또 사주보는 법을 배우고 있거든. 무료로 좀 봐주기도 하면서. 세상이 변했다 하지만, 옛날 그 인정을 다시 느껴보고 싶어서. 나이가 들고 혼자 남으니 적적해서 그런 걸지도 몰라."

영임은 할머니의 맞은편 의자에 앉았다. 사주책과 할머니가 우린 차, 그리고 다과가 한가득 놓여 있었다.

"여기 다과도 먹고, 차도 좀 마셔. 내가 힘들게 구해온 차야. 지친 마음에 그렇게 좋다네."

"요즘 안 그래도 가슴이 답답했는데, 감사히 마시겠습니다."

영임은 차를 한 모금 두 모금 호로록 마셨다. 따뜻한 차가 찢어진 마음을 한 가닥, 한 가닥 봉합해주는 기분이었다.

"뭐가 그렇게 힘들어, 영임 씨는?"

"그게요…"

누군가 그녀의 안부를 물어봐 주는 일은 흔히 있었다. '잘 지내지?', '어떻게 지내?', '잘 있어?' 하지만 그들 중 영임이 어떻게 사는지 정말로 궁금해하는 사람은 없었다. 그저 흘러가는 인사말이었을 뿐이다. 하지만 할머니의 말은, 어째서인지 정말 영임의 안부를 묻는 듯해서 눈물이 났다. 영임은 난데없이 흐르는 눈물에 당황했다. 하지만 그러면서도 더 이상 삶의 의미를 모르겠고 그냥 삶을 포기하고 싶다는, 자신의 일기장 속에만 꼭꼭 감춰두었던 마음을 모두 털어놓았다.

"아무도 우리가 이 세상에 왜 왔는지 알지 못해. 그래서 그냥 태어났으니 잘살아보자 하는 사람도 있고, 태어난 김에 막 사는 사람도 있고, 누군가는 종교에서 의미를 찾기도 하고 말이야. 어떤 사람은 과학이론을 믿지. 그런데 그런 건 중요하지 않아. 중요한 건 자신만의 살아갈 이유를 찾는 거지. …부모님은 아셔? 이렇게 힘들어하는 거?"

"모르셔요. 좋은 모습만 보여드리고 싶거든요. 그리고 제가 망가졌다는 사실을 알려서 부모님께 부담 드리고 싶지 않아요.

힘들어하실 게 분명하거든요."

"영임 씨가 삶을 쉽사리 포기할 수 없는 것도 남겨질 부모님에 대한 죄책감 때문이 아닌가? 그건 영임 씨가 그들을 그만큼 사랑하고 있다는 뜻이고. 부모가 자식 일로 가슴 아파하는 것은 당연하지. 하지만 그건 부모의 몫이야. 내가 자네 부모라면, 자네가 이렇게 힘들어한다면 그 고통에서 헤쳐 나올 수 있도록 그 무엇을 해서라도 돕고 싶을 게야. 할 수만 있다면 자네 대신 아파주고 싶을 거고."

"그럴까요…?"

"그럼. 부모님께 이야기하도록 해. 오래 살다 보니, 눈에 보이더라고. 자신의 약한 모습을 보여주는 데에는 굉장한 용기가 필요하지만, 고통을 나누고 함께 해결방법을 찾아 나가며 더불어 살아가는 게 결국 삶이야. 내가 사주 공부도 한다고 했잖아. 자네 부모님은 자네를 기다리고 있어. 얼른 가봐, 가서 이야기해 봐. 그리고 이건 선물이야. 영임 씨가 방금 마신 이 차, 지친 몸과 마음에 정말 좋아. 힘들 때마다 우려 마시게나."

그녀가 건넨 조그마한 나무 상자 속에는 하나하나 정성스레 포장된 차가 정갈하게 들어 있었다. 보기만 해도 마음이 든든해지는 기분에 영임의 얼굴에는 옅은 미소가 걸렸다.

"감사합니다. 차도, 해주신 따뜻한 말씀도, 모두 다요."

영임은 천막을 나와 자신의 집이 아닌 부모님 댁으로 향했다. 주인 할머니 눈이 원래 저렇게 밝은 색이었나? 아니면 천막 속

분위기가 신비로워서 할머니의 눈동자 색이 분홍색처럼 보였던 것일까? 생각하며 걷다 보니 부모님 댁에 도착했다. 무슨 이야기를 해야 할까, 없었던 일로 하고 돌아갈까, 수많은 고민에 그녀의 손가락은 초인종 끝에서 맴돌기만 했다. 그때, 엘리베이터가 열리고 집에 돌아오시던 어머니를 마주쳤다.

"어머, 우리 영임이 왔어? 전화도 없이 어쩐 일이야? 안 그래도 우리 딸 너무 보고 싶었는데, 엄마 마음을 어찌 알고 이렇게 찾아왔을까!"

어머니께선 영임을 꼭 안아주셨다. 그 때문이었을까, 영임은 그동안 꾹꾹 눌러 담았던 감정이, 눈물이 터져 흐르고 말았다.

"엄마, 나 너무 힘들어."

"딸, 엄마한텐 다 얘기해도 돼. 무슨 일 있었어?"

영임은 이야기해도 된다는 것을 알았다. 하지만 할 수 없었다. 고개를 들어, 다정하게 영임을 바라보는 엄마의 눈동자를 보자 왜인지 모두 이야기해도 될 것만 같은 안정감이 들었다.

"괜찮다고 말하고 싶은데, 너무 힘들었어. 못난 모습 보여주기 싫어서, 자주 못 찾아와서 미안해요. 보고 싶었어요, 엄마."

"우리 영임이가… 그랬구나, 몰라줘서 미안해, 엄마가."

"엄마가 준 사랑만큼 멋있는 사람이 되고 싶었는데 그러지 못해서 미안해요."

"우리 딸은, 이미 멋있는 사람이야. 미안할 것 전혀 없어. 일단 들어갈까? 오랜만에 엄마 밥 먹고 이야기도 나누고, 하자. 오랜만에 엄마랑 같이 잘까?"

"에이, 아저씨 자리를 내가 뺏을 수는 없지."

"그래, 아빠라고 안 불러도 돼. 아저씨라고 불러도 돼. 그리고, 아저씨도 하루 정도는 혼자 잘 수 있어!"

"아저씨도 집에 계셔?"

"아니, 아직 일하고 있어. 엄마랑 오붓하게 저녁 먹을까?"

"좋아요, 엄마."

오랜만에 온 엄마의 집은 여전히 아늑했다. 시간이 멈춰 있는 듯했다. 안방에 들어가니, 엄마 자리 옆 작은 탁자 위에는 어린 영임의 사진이 놓여 있었다. 아저씨 쪽의 탁자에는 아저씨와 엄마가 함께 낳은 아이들의 사진들이 놓여 있었다. 아저씨의 탁자에 영임의 사진은 없다. 하지만 아저씨 덕분에 엄마가 이제 행복하니, 그걸로 충분했다. 엄마와 어렸을 적 진짜 아빠에게 영임은 부족함 없이 사랑받았다.

"딸~ 밥 먹자!"

영임은 수저를 놓고 엄마와 함께 밥을 먹었다. 오랜만에 먹는 엄마 밥을 한술 뜨자 잠깐 참았던 눈물이 또 터져 나왔다. 주인 할머니 앞에서 터진 이후로 멈출 줄을 모른다. 오랜만에 느끼는 안정감에 분명 행복한데, 눈물이 난다.

엄마는 영임에게로 온다.

"무슨 일 있었니?"

"그냥 다 포기하고 싶어. 더 이상 살아갈 힘이 없어. 나는 있잖아, 나를 사랑해주는 엄마가 없었다면 진작에 죽었을 거야. 내가 과거에 이렇게 행동했다면, 저렇게 행동하지 않았다면 현실이 조금 더 좋아졌을까 하는 자책에 매일 밤에 잠이 안 와. 끔찍한 생각들로 밤을 새우다 겨우 잠들려고 하면 아침이 오고… 그리고 회사에 가. 이건 사람이 사는 게 아닌 것 같아. 도대체 어디서부터, 뭐가 잘못된 걸까, 엄마?"

"딸, 엄마가 하는 이야기 잘 들어. 누구에게나 힘든 시기가 와. 그때는 혼자 힘으로는 빠져나올 수 없는 깊은 절망의 구렁텅이에 빠진 것만 같지. 그럴 때는 도움을 받는 것이 좋아. 병원에 한번 가보자. 가서 네 이야기를 하고, 도움을 받자. 엄마가 늘 옆에 있어 줄게. 걱정하지 말고… 그러면 우리 같이 이겨낼 수 있을 거야."

다음날, 영임은 스스로의 결정으로 병원에 찾아가서 정신과 상담을 받았다. 엄마의 따뜻한 관심 속에서 나아질 일만 남은 듯했다. 사라는 생각했다. 내가 저렇게 힘든 상황이었다면, 우리 엄마는 어땠을까, 나의 진짜 부모님은 어땠을까? 그래, 그분들도 나를 도와주셨을 거야. 지금도 나를 만나기 위해 어디선가 열심히 살아계신다고 했잖아.

사라는 그 어느 때보다 그 목걸이가 필요했다. 부모님과 연결된 끈. 사라는 책상 위, 다양한 마법 재료가 반짝거리는 상자들 사이에 꼭 감춰둔 상자 하나를 소중하게 꺼내 들었다. 베브가 전해준 부모님의 편지와 함께 들어있던 붉은 목걸이다. 사라는 한참을 고민하다가 거울을 보고 목걸이를 조심스레 목에 걸었다. 부모님과 함께하는 기분이었다. 사라는 목걸이를 만지며 미소 지었다.

'엄마, 아빠, 오늘 제 고객은 혼자서 마음의 병과 싸움을 벌이다 엄마를 찾아갔어요. 그녀의 사랑 아래서 더 건강해질 것 같았어요. 이번엔 제가 당신을 찾으러 갈게요. 우리, 꼭 만나요. 보고 싶어요.'

그때, 창문 옆으로 어두운 그림자가 흔들거렸다. 깜짝 놀란 사라는 두려운 마음에 창문을 응시했다. 그림자가 가까워지고 나서야 사라는 안도의 한숨을 내쉬었다. 미요였다.

"사라! 이것 좀 보러오지 않겠니?"

사라는 미요를 따라갔다. 사라가 선물한 둥지에는 5개의 조그마한 알이 구름 조각 사이사이 숨겨져 있었다. 작고 소중한 존재들이었다.

"와! 축하해!"

"네 덕분에 무사히 알을 낳았단다! 고맙단다! 그런데 네가 하고 있는 그 목걸이는 뭐니?"

"이거 우리 부모님께서 내게 주신 거야!"

"그건 안나 베토스의 목걸이 아니니? 너 혹시 안나 베토스의 딸이니?"

"안나 베토스? 그게 누군데?"

"안나를 모른다고? 그럼 그 목걸이의 주인이 아닌 거란다!"

"이거 내꺼 맞아! 베브 시리아가 그랬어. 부모님께서 내게 남겨주신 거라고."

"너 혹시, 정말 기억을 모두 잃은 안나 베토스의 딸인 거니?"

"대체 무슨 소리야, 그게?"

"〈베토스 가문〉이라는 책을 찾아보지 않겠니? 메이즈 대학교 비밀 도서관에 있단다!"

새벽의 도서관은 고요했다. 사라는 작은 목소리로 속삭였다.

"도령님…?"

한창 정적이 흘렀다. 그리고는, 낮은 바람 소리 같은 거대한 하품이 온 도서관에 울렸다. 마룻바닥이 삐걱거렸다. 도령은 잠을 자고 있었던 모양이었다.

"앗, 깨워서 죄송해요."

"나의 친구여, 돌아왔구려. 이 늦은 시간 무슨 일이오?"

"혹시 메이즈 대학교 비밀 도서관에 대해 아세요?"

"그곳은 금지된 구역인데… 무슨 까닭으로 찾는 거요?"

"〈베토스 가문〉이라는 책을 찾아야 해요."

"오, 위험하오, 너무 위험하오."

"위험해도 가야 해요. 빼앗긴 기억을 찾을 수 있을 거래요."

도서관의 정령은 한동안 답이 없었다. 깊은 생각에 빠진 모양이었다. 그러다 결심이 선 듯 진지한 목소리로 말했다.

"대학 본부 2층과 3층 사이의 통로를 따라 걸어 들어가면, 아주 커다랗고 무거운 문이 있소. 그곳이 바로 비밀 도서관의 입구요. 그 문을 열려면 유니콘의 피로 만든 열쇠가 필요하오. 그러나 친구여, 조심하시오. 금지된 구역은 강력한 마법으로 보호되어 있어서 아주 위험하오."

"알겠습니다! 감사해요, 도령님. 감사한 일들이 너무 많아서 어떻게 보답을 해야 할지 모르겠어요."

"기억을 되찾고, 그대의 길을 걸어가시오. 그거면 되오. 비밀 도서관에서 내가 필요할 것이오. 그대가 비밀 도서관의 문을 열면, 나도 그곳으로 가겠소."

설레는 마음으로 선물공장에 도착하자, 어느새 동이 트고 있었다. 사라는 수많은 호기심과 설렘, 그리고 빼앗긴 기억에 대한 궁금증으로 잠을 이룰 수 없었다. 베토스 가문. 그녀는 예전에 꾼 꿈속에서 '베토스'라 불렸다. 혹시 '베토스'라는 가문이 실제로 존재하고, 사라가 빼앗긴 기억은 베토스 가문으로 살던 시간일까? 꼬리에 꼬리를 무는 궁금증에 뜬눈으로 밤을 지새운 사라는 피곤한 얼굴로 메이즈대로 향했다.

"카일! 혹시 유니콘의 피로 만든 열쇠를 어디서 구할 수 있는지 알아?"

"만능열쇠? 그건… 왜?"

사라는 주변을 살피며 조용히 속삭였다.

"비밀 도서관에 들어가야 해."

"너 설마…!"

"〈베토스 가문〉이라는 책을 찾아야 하거든."

카일의 얼굴에는 알 수 없는 미소가 피어났다. 그는 어째서인지 굉장히 설레 보였다.

"일반 마법 상점에서는 구할 수 없어서 루나시움 암시장에 가야 해. 혼자 가기엔 위험하니까, 수업 끝나고 같이 가보자!"

루나시움 암시장은 유니콘의 신성한 피, 용의 날개 등 아주 강력한 마법을 가진 물건을 파는 곳이다. 값이 매우 비싸 사람들은 유니콘과 용 사냥을 시작했고, 이를 막기 위하여 루나시움 본부에서는 이 물건들의 판매를 금지했다. 하지만 수요가 있는 곳에는 눈먼 돈을 챙기려는 사람들도 있는 법. 그렇게 탄생한 곳이 암시장이다. 암시장은 데어 가문에게 매달 돈을 내는 대가로 데어 가문의 지역, 즉 용암이 솟구치는 땅 뒷골목에 자리를 잡았다. 이 지역은 악마들이 우글거려 굉장히 위험하기로 소문이 났다. 데어 가문만이 다룰 수 있는 어둠의 힘이 가득해 셰르핀 가주가 건드리지 못하는 구역이다. 열차를 타고 데어 역에 도착한 사라와 카일은 공기부터 다른 으스스함을 느꼈는데, 용암이 솟구치는 땅이라는 이름에 걸맞게 타는 듯이 뜨거운 곳이었다. 그곳에 데어 가문이 아닌 사람은 둘뿐이었기에 길을 걸어갈 때마다 여기서 뭐 하냐는 듯이 노려 보는 눈빛을 애써 모르는 척해야 했다. 겨우 암시장에 도착했다. 암시장은 인간용 지옥과 루나시움 시민용 지옥 사이의 좁은 골목에 있었다. 암시장에 도착하자 사람들의 비명이 여기저기서 들려왔다. 그 소리가 스산함을 더했다.

"뭐 찾으쇼?"

그중에서도 가장 덩치가 큰 데어 가문의 사람이 길을 가로막으며 물었다. 그는 사라보다 몇 배는 무거워 보였다. 뜨거운 열기 탓에 윗옷을 벗고 있었는데, 그의 몸 전체에는 무시무시한 문양들이 가득했고 팔과 무릎, 가슴 등 이안보다 훨씬 많은 곳이 로봇으로 개조되어 있었다. 그의 몸의 문양도 이안의 것보다 훨씬 많은 것으로 보아, 다양한 삶의 굴곡을 겪은 모양이었다. 그의 몸에 새겨진 문양은 전쟁을 떠올리게 하는 것들이 대부분이었다. 어떤 그늘진 기억을 가진 것일까? 사라는 무시무시한 문양에 자신도 모르게 위축되었다.

"저, 그러니까, 우선은 그냥 둘러보려고요."

"여기는 그냥 둘러보는 데가 아닌데?"

덩치 큰 그가 위협하듯 한 발짝 더 가까이 다가오며 물었다.

"돈은 충분히 가져왔어요!"

"돈부터 줘봐. 그럼 물건을 보여주지."

사라는 돌려받지 못할까 봐 걱정하며 일단 돈을 내밀었다. 그러는 찰나, 카일이 쿡쿡거리며 웃음을 터뜨리고 말았다.

"데릭, 그 정도면 충분하지 않아? 사라 울리겠어."

"알았어, 하하. 너 정말 기억을 모두 잃었구나? 나를 못 알아보다니 서운하네. 우리 과거에 동료였는데 말이야."

그는 자신의 몸에 새겨진 무서운 전쟁 문양을 하나씩 가리키며 말했다.

"데어 가문은 삶에서 의미 있는 일을 겪을 때마다 몸에 문양이 새겨진다는 것 정도는 알고 있겠지? 여기 이 문양도 다 너와 함께 하던 때에 생긴 것들이야. 그건 그렇고, 여기서 찾는 게 뭐라고 했지?"

"사실은… 유니콘의 신성한 피가 필요해."

데릭의 얼굴엔 알 수 없는 미소가 드리웠다.

"어떤 형태로 굳혀줘?"

카일은 속삭이듯 대답했다.

"마법 열쇠로."

"오케이. 만들어 올게. 잠깐 여기 앉아서 기다리고 있어."

암시장의 상인들은 고객이 무엇을 사든 비밀을 지켜주고 물건을 사는 목적을 묻지 않는 규칙이 있다고 한다. 일종의 매너 같았다. 사라도 자신의 계획을 캐묻지 않아 안도감을 느꼈다. 잠시 뒤 열쇠를 가져온 데릭은 가볍게 윙크하며 말했다.

"딱 3번 사용할 수 있어. 이게 너의 기억을 찾아주길 바라. 그래야 나도 얼른 다시 지옥을 운영하는 직업을 되찾지!"

"너도 지옥을 관리했어? 그런데 왜 지금은 암시장에서 일하는 거야?"

"왜긴 왜야, 세르핀 가주 때문이지."

데릭을 뒤로하고, 카일과 사라는 메이즈 대학으로 향했다. 저항군의 기지가 메이즈대라는 소문 때문인지 대학 본부는 불행히도 세르핀 가문 군사들이 점령하고 있었다.

"경비가 너무 심해. 어떡하지?"

걱정하는 사라를 보며 카일은 미소를 지었다. 그리고는 그녀를 사람이 없는 구석으로 데려가 알 수 없는 가죽을 건넸다.

"이거 암시장에서 비싼 값에 구한 건데, 루나시움 카멜리아의 가죽이야. 인간세계의 카멜레온과 비슷해! 더 신성한 동물이지만, 물론."

"카멜레온이면 색을 자유자재로 변신하는?"

"응. 가죽을 덮으면 원하는 모습으로 변신할 수 있어! 여기 내 동생의 사진이야. 가죽을 쓰면서 이 모습을 떠올려야 해."

사라는 조금은 작아 보이는 가죽을 의구심이 드는 마음으로 착용했다. 걱정과 달리 속은 굉장히 아늑했다. 사라는 그 푸근함에 잠시 녹아있었다. 정신을 차려보니 자신의 몸이 하얀색 머리카락과 새하얀 피부로 변한 것이 보였다.

"성공했어?"

"완벽해! 내 동생의 모습으로 변신했어. 아무도 의심하지 않을 거야."

8장

금지된 도서와 사라진 5번째 가문

어느새 둘은 본부의 문 앞에 도착해 있었다. 문지기로 보이는 셰르핀 군사 두 명은 길을 가로막으며 출입이 불가하다고 했다.

"가주님의 명령으로 왔습니다. 셰르핀 가주 직속 비서를 못 알아보시는 겁니까? 이러다가 곤경에 처할 수 있어요. 어서 물러나시죠."

"하지만…"

"어제 본부에 문지기 하나가 부족하더군요. 네, 당신이요. 좋은 마음으로 못 본척했는데, 그 이야기가 가주님 귀에 들어가길 원하시는 겁니까?"

카일은 어울리지 않게 으름장을 놓았고, 가주를 생각만 해도 두려움에 떠는 군사들은 둘을 들여보내주었다. 자연스럽게 내부로 향한 둘은 계단을 타고, 2층과 3층 사이의 비밀 도서관으로 향했다. 굳게 잠긴 도서관의 문은 유니콘의 피로 만든 열쇠로 쉽게 열렸으나, 무거운 문을 미는 것은 또 다른 문제였다.

둘은 힘을 쥐어짜 문을 열었으나, '끼익'하는 소리가 고요한 복도에 크게 울려 퍼져 깜짝 놀라고 말았다. 사라는 주변을 둘러보았다. 다행히도 대부분 사람에게 알려지지 않은 비밀 도서관 입구는 한산했고 내부는 어두웠다.

"플라레오!"

도서관에 조명이 조금씩 들어오기 시작했다. 사라는 카멜리아 가죽을 벗고, 주변을 둘러보았다. 마룻바닥은 삐걱거렸고, 도서관이어야 할 공간은 텅 비어있었다. 뭔가 잘못됐다는 것을 느낀 사라는 도서관의 정령을 불러보았다.

"도령님?"

"오셨구려."

"여기가 비밀 도서관이 맞나요? 아무것도 없는데요?"

"기다려보시오."

도령의 말과 함께 어디선가 묵직한 파장이 몰아쳤고, 가짜 배경이 사라지며 숨겨져 있던 거대한 도서관이 드러났다. 비밀 도서관의 내부는 아치형 천장으로 높이 솟아 있었으며, 높은 천장에선 부드러운 마법의 빛이 내려와 도서관 곳곳을 비추었다. 벽은 짙은 마호가니 목재로 되어있었고, 금빛 장식이 섬세하게 새겨진 책장들이 줄지어 서 있었다. 책장 사이사이에 가지런히 정리된 희귀한 고서와 고급스러운 양장 도서들은 언뜻 보아도 매우 값져 보였다. 각 책에선 멀리서도 오래된 지식과 마법의 힘이 느껴졌다. 금색 조명에 비친 오랜 도서들은 비밀 도서관을 한층 더 신비롭게 했다. 바닥은 따뜻한 색감의 대리석이었다. 중앙에는 거대한 독서 테이블이 자리했다. 오랜 시간 사람이 찾지 않았던 만큼, 텅 빈 독서용 책상 위에는 먼지만 수북하게 쌓여 있었다. 도서관의 벽들은 비밀의 문과 숨겨진 통로로 이루어져 있었는데, 어디로 이어질지 알 수 없는 통로들이 사라의 궁금증을 자아냈다.

"이 비밀 통로는 어디로 통하나요?"

"그대가 찾는 〈베토스 가문〉이 있는 금지된 서가로 통하오. 비밀 통로들은 미로와도 같소. 길을 잃지 않도록 조심하시오."

사라는 조심스럽게 빛이 나는 통로로 발을 딛었다. 순간 사라의 눈앞에는 수백 개의 통로가 나타났다. 뒤를 돌아보면 비밀 도서관은 온데간데없고, 수백 개의 길이 펼쳐져 있을 뿐이었다. 신비한 대리석으로 된 길, 마법 광물이 빛나는 길, 황토색의 맨발로 걸어가야 하는 길 등등. 사라는 어찌해야 할지 알 수 없었지만 느낌이 닿는 통로로 발길을 옮겼다. 카일은 조용히 사라의 뒤를 따라왔다. 통로의 끝에는 문이 하나 있었다. 문틈 사이로는 새하얀 빛이 뿜어져 나왔다. 조심스레 문을 열자, 거대한 거미 수천 마리를 피해 도망 다니거나, 서로를 물어뜯으며 영원의 고문을 받는 인간들의 지옥이었다.

"으아아아악!"

사라는 황급히 문을 닫고 나오려고 했다. 하지만 이미 문은 온데간데없이 사라졌고, 그곳에는 피가 끓어오르는 고통의 강이 자리하고 있었다. 수많은 영혼이 끓어오르는 강 속에서 고통스럽게 몸부림쳤다. 그들의 신음이 생생히 울려 퍼졌다. 나가는 문도 없는 지옥에 갇혀버린 것이다. 사라는 두려움에 빠졌다. 숨이 조여 왔다. 호흡할 수가 없었다. 카일은 점점 숨이 가빠지는 사라의 어깨를 붙잡으며 말했다.

"사라! 천천히 숨을 쉬어. 그리고, 네 본 모습을 드러내. 나도 모든 걸 알지는 못하지만, 왠지 그래야만 이 길이 네가 원하는 곳으로 널 이끌어 줄 것 같아."

"내 본모습?"

"네 눈동자 말이야. 날 믿어, 사라. 넌 네가 생각하는 것보다 훨씬 강한 존재야."

사라는 심호흡을 하고 눈에 온 신경을 집중했다. 사라 눈의 분홍색 보호막이 녹자 사라의 눈에서 금색 빛이 뿜어져 나왔다. 그 빛은 멀리 지옥 끝자락까지 나아가 그곳에 하나의 문을 비추며 보여줬다.

"문이 보여! 저기로 가야 할 것 같아. 그런데 너무 멀어. 이 길을 뚫고 저기까지 갈 수 있을까?"

"어느 쪽이야?"

사라는 문이 있는 곳을 가리켰다. 카일은 단단한 눈빛을 하고 손을 내밀었다. 사라는 그의 손을 잡았다. 두려웠지만, 함께라면 할 수 있을 것 같은 든든함이 마음 한편에서 피어났다.

"가자."

둘은 고통의 강을 뒤로하고 빛을 향해 걸어갔다. 지옥의 영혼들은 무거운 발걸음으로 둘을 스쳐 지나갔다. 한참을 걸어가자, 둘은 괴성이 가득한 숲의 입구에 다다랐다. 눈먼 영혼들이 숲을 헤매고 다녔다. 나무의 가지들이 그들의 영혼을 깊숙이 빨아들일 때마다 영혼들의 절규하는 소리가 숲속에 메아리처럼 울렸다. 그리고 숲의 한 가운데에 빛나는 문이 있었다. 문이 눈앞에 있었지만, 숲에 발을 들였다가는 눈먼 영혼들처럼 나무의 가지에 붙잡혀 영원의 고통 속으로 빨려 들어갈 것만 같은 두려움에 발길이 떨어지지 않았다. 사라가 두려움에 휩싸일수록, 문은 희미해졌다.

사라는 다시 온 힘을 다해 눈에 집중했다. 리암 셰르핀 교수의 말이 떠올랐다. 신성한 힘을 다루는 원천은 주문이 아니라 믿음이다. 사라는 자신을 믿기로 했다. 문으로 나가는 자신의 모습을 생생하게 그렸다. 그녀의 눈에선 다시 금색의 빛이 타올랐고, 그 빛에 괴성이 가득한 숲의 모습은 스스륵 녹아내렸다. 숲이 녹아내린 곳에는 신비로운 금빛의 길이 나타났다. 둘은 그 길을 따라 문을 향해 나아갔다.

문을 열자, 끔찍한 괴성은 온데간데없이 사라졌다. 대신 아늑한 공간이 펼쳐졌다. 가장자리가 돌로 된 작은 연못이 흐르고 있었고, 그 속에는 신비한 물고기들이 유유히 헤엄치고 있었다. 연못 위로는 조그마한 아치형 다리가 놓여 있었고, 그 다리 너머에 작은 책장이 하나 있었다. 조심스레 다리를 건너 책장 앞에 선 둘은, 가나다순으로 정리된 책 사이에서 어렵지 않게 〈베토스 가문〉이라는 책을 찾아냈다.

망설임 없이 책을 집어 들었다. 동시에 온몸에 소름을 돋게

할 정도로 강하게 칠판 긁는 소리가 온 건물에 울려 퍼졌다. 책을 지키는 마법이 걸려있는 듯했다. 고대 익룡을 비둘기 크기로 줄여놓은 듯한 괴생명체들이 떼를 지어 둘을 향해 날아왔다. 가까워지는 괴생명체에 사라는 본능적으로 움츠렸다. 사라의 마지막 기억은 그녀를 보호하듯 끌어안은 카일이 주문을 외우는 모습이었다.

정신을 차린 사라는 익숙한 풍경에 어리둥절했다. 익룡과 소음은 온데간데없고 익숙한 지하 세계에 와있었다. 사라는 지하 세계의 차가운 바닥 위에 누워 있었고, 카일은 사라 위에 엎드려 바닥에 두 손을 짚고, 그녀의 바로 위에서 숨을 고르고 있었다. 처음 사라를 보았을 때처럼 애틋한 표정으로 그녀를 바라보고 있었다. 그의 얼굴에서 땀이 한 방울 떨어져 사라의 얼굴에 닿았다. 그런 그의 모습을 멍하니 바라보던 사라는 애써 정신을 차리고 물었다.

"뭐야? 어떻게 된 거야?"

"공간 이동. 내가 가주 밑에서 일하는 이유가 뭔지 알아? 일하는 대가로 신성한 힘을 받거든. 신성한 힘을 많이 가질수록 어려운 마법을 부릴 수 있어. 이 힘을 모아서 언젠가 루나시움을 되돌려 놓을 거야."

사라는 미소를 지으며 책을 펼쳤다. 그러자 어디선가 낮은 음성의 노래가 들려왔다.

"이 책을 펼친 자여. 잊힌 가문을 부흥시켜 주기를. 베토스 가문이 역사의 뒤안길이 아닌 미래를 향하기를. 조작된 거짓 역사가 아닌 생생한 과거를 보여줄 테니."

노래가 끝남과 동시에 책장이 저절로 넘어갔다. 베토스 가문의 시초부터 인물들에 대한 설명이 차례대로 있었다. 사진과 함께 이름이 적혀 있다. 첫 장은 레아 베토스였다. 홀로그램처럼 반짝거리는 아름다운 사슴뿔이 그녀의 귀 위로 뻗어 있었다. 그녀는 커다란 사슴 한 마리와 교감하듯 조용히 눈을 감을 채 머리를 맞대고 있었다.

〈레아 베토스〉 신의 다섯 제자 중 한 명으로,
베토스 가문의 기원.

그녀는 동물과 교감하고 대화하며, 아무리 사나운 동물이라도 부릴 수 있는 신비한 능력을 지니고 있었다. 그녀의 수호동물은 사슴으로, 그녀 역시 빛나는 사슴의 뿔을 지니고 있다. 자신의 수호동물을 닮는 것은 베토스 가문의 특징이다. 루나시움 혁명이 실패한 뒤 베토스 가문 대부분은 처형을 당하거나 루나시움 외곽의 비밀스러운 숲에 숨어 버려, 지금은 그 모습을 보기가 매우 어렵다.

목차를 쭉 훑어보던 사라의 눈길이 멈춰 섰다. 〈49대 가주, 안나 베토스〉 사라의 머릿속에는 '너 혹시, 정말 기억을 모두 잃은 안나 베토스의 딸인 거니?'라던 미요의 목소리가 맴돌았다. 사라는 서둘러 페이지를 넘겼다. 사라와 꼭 닮은 갈색 머릿결을 지닌 그녀의 모습은 아름다우면서도 강인했다. 사라는 들뜬 마음으로 책을 읽어나갔다.

"49대 가주, 안나 베토스. 강인하고도 고결한 그녀의 지휘 아래 베토스 가문은 전례 없는 전성기를 누렸다. 안드르 베토스와 결혼하여 루나를 낳았다. 이리샤가 어릴 적 셰르핀 가문에서 버려졌을 때 그녀를 거두어 주었지만, 이리샤의 배신으로 그녀에게 신성한 힘을 모조리 빼앗겼다. 훗날 루나와 함께 셰르핀의 가주에게 저항하다 사형을 선고받았으나, 루나를 찾기 위해 사형식 전날 도망친 것으로 전해진다…? 루나? 그 유명한 루나 베토스?"

카일은 말없이 목차의 마지막, 〈50대 가주, 루나 베토스〉를 가리켰다. 목차의 마지막에는 사라를 꼭 닮은 사람이 있었다. 그녀는 수호동물로 보이는 신비로운 호랑이에게 기대고 있었다. 부드럽지만 강렬한 금빛 눈동자로 사진 속에서도 생생하게 정면을 응시하고 있었다. 사라는 자기 자신과 직접 눈을 마주하는 기분이었다. 호랑이처럼 밝은 금빛의 머리카락과 눈동자를 가진 모습이 사라와 꼭 닮은 그녀의 이름은 바로 '루나 베토스'였다. 놀란 사라는 카일을 쳐다보았고, 카일은 고개를 끄덕였다. 사라는 얼른 페이지를 넘겼다.

〈루나 베토스〉 베토스 가문 50대 가주.
저항군을 만든 리더.
이리샤 셰르핀의 미움을 사 모든 기억을 빼앗기고
인간세계로 추방된 자.

베토스 가문의 50대 가주 루나가 부임한 시기, 루나시움은 이리샤의 독재기에 있었다. 루나는 이리샤에 대응하기 위해 저항군을 창립했다. 각 가문의 지하를 연결해 지하 세계를 만들고 그곳을 기지로 삼았다. 지하 세계에는 셰르핀의 독재를 멈추고 싶은 존재들이 하나 둘 모이기 시작했다. 데어 가문의 데릭이 가장 먼저 찾아왔다. 카일 셰르핀 역시 이리샤를 멈추기 위해 저항군에 합류했다. 그는 혁명을 일으키려는 루나의 아름다움과 용기에 처음 보는 순간 마음을 빼앗겼고, 그들은 연인이 되었다.

4000루나 989베리, 셰르핀 가주가 성대한 가면무도회를 열었다. 때를 기다리던 저항군은 하얀색 머리카락으로 변신하고 가면을 쓴 채 가면 무도회장으로 향했다. 루나는 카일로 모습을 바꾸어 가주에게 접근했다. 가주를 그녀의 침실로 유인해 방심한 그녀에게서 신성한 힘을 모두 빼앗을 목적이었다. 차갑기만 하던 카일이 먼저 자신에게 다가오자 가주는 몹시 기뻐했고, 계획은 성공한 듯이 보였다. 루나의 신호와 함께 저항군은 무도회에 참가한 셰르핀 고위 관료들을 처치하기 시작했고, 그들에게서 신성한 힘을 되찾고 있었다.

루나 베토스는 가주를 처리할 순간만을 기다리고 있었으나, 마지막 순간 가주는 그녀가 루나임을 알아챘다.

저항군에게 당했음을 발견한 세르핀 가주는 길길이 날뛰며 그녀의 영혼을 소멸시키려 했다. 그러나 루나의 부모와 과거에 맺은 비밀 계약으로 인해 그녀를 죽이는 마법은 통하지 않았다. 화가 난 가주는 그녀의 기억을 빼앗아 본부의 기억창고에 보관하고, 그녀의 신성한 힘을 빼앗은 뒤 인간세계로 추방했다. 베토스 가문은 닥치는 대로 처형당했으며, 살아남은 사람들은 비밀의 숲으로 종적을 감추었다. 그렇게 베토스 가문은 역사에서 지워졌다. 5가문은 4가문으로 바뀌었고, 레아 베토스라는 제자의 이름 역시 영원히 사라졌다.

루나 베토스는 저항군을 이끌며 자신을 희생한 영웅으로 기억된다. 저항군은 여전히 활동 중이며, 제2의 루나를 기다리고 있다. 때가 되면 베토스 가문 역시 반드시 부흥하리라.

"내가… 루나였어?"

순간 사라의 눈에 비치는 모든 사물이 새롭게 보였다. 알고 있던 모든 것들이 뒤바뀌는 전환점이었다. 사라는 이제야 이해할 수 있었다. 자신이 알던 이와 닮았다고 하던 도서관 정령의 말을, 사라가 기억하지 못하는 과거가 있다던 에드워드의 머뭇거림을, 미요가 말한 목걸이의 주인을. 그리고 부모님을…. 책을 읽는 것만으로는 루나가 받은 사랑을, 그리고 부모님의 마음을 모두 헤아릴 수 없었지만, 그녀의 부모님을 빼앗아 간 것이 셰르핀 가주라는 생각에 마음 속에 분노가 차올랐다.

사라는 이제 분명하게 알 수 있었다. 자신이 루나시움에 돌아온 이유와 부모님을 찾기 위해 자신이 해야 할 일을 말이다. 그녀의 의무는 사라가 아닌 루나로 살아가는 것이다. 루나시움을 셰르핀 가주로부터 지키고, 평화를 되찾아오는 것이다. 그제야 그토록 기다리던 부모님을 만날 수 있겠지. 그리고 베토스 가문을 부흥할 수 있을 것이다. 이때까지 제2의 루나가 없었던 것은 아마도… 제2의 루나 역시 사라의 운명이기 때문일지도. 셰르핀 가주가 그녀를 고문하던 꿈을 꾼 이유도, 그녀의 무의식 속에 남아있던 기억의 파편이 잠든 루나의 머릿속에 스며들었기 때문이다. 그녀는 결심했다. 이제부터 사라가 아닌 루나시움의 루나로 살아가겠다고.

동시에, 카일과 자신이 과거에 연인이었다는 사실과 카일이 자신을 본 그 순간 마음을 빼앗겼다는 것에 깜짝 놀라고 말았다.

"우리가… 연인이었어?"

"응. 정말 사랑했어. 그리고 정말 오랫동안 너를 기다렸어. 사실 인간 시계에 갔던 것도 네가 너무 그리워서 보러 간 거였어. 하지만 루나시움에 돌아와 혼란스러웠을 네게 그 사실을 말해서 부담을 주고 싶지 않았어. 그래서, 네가 스스로 기억을 되찾을 때까지 기다린 거야. 그건 지금도 마찬가지야. 부담 가지지 않아도 돼. 너의 루나시움 첫 번째 생애도, 인간세계에서의 두 번째 생에도, 지금인 세 번째 생에서도 너를 여전히 사랑하고 있어. 조금 더 기다릴게. 네 마음이 돌아올 때까지."

믿을 수 없었다. 첫눈에 사랑에 빠진 이 남자가 과거 자신의 연인이었다니! 그리고 기억을 잃은 그녀를 그토록 오랜 시간 기다려 주었다니. 사라는 감당할 수 없을 정도의 감동과 설렘에 온몸에 전율이 흘렀다.

"카일, 이번에는 내가 선택했어. 널 처음 본 순간 사랑에 빠졌어. 과거는 기억나지 않지만 처음 본 순간 그냥 알았어."

"정말이야…?"

카일은 세상을 다 가진 표정으로 사라를 꽉 끌어안았다. 그의 눈은 촉촉하게 반짝였다. 재회의 기쁨도 잠시, 그들은 계획이 필요했다.

"이제 나는 루나로 살아갈 거야. 모든 기억을 잃은 사라가 아닌 루나시움을 지켜낼 루나로. 그런데, 이리샤가 날 죽일 수 없다는 게 정확히 뭐야?"

"그건 아무도 몰라. 네 부모님과 이리샤만 알고 있을 거야. 너희 부모님이 너를 정말 사랑하셨거든. 그리고 정말 강하셨고. 그래서 너를 보호하는 마법을 걸어놓은 것이라는 소문도 있어. 이리샤가 그 힘을 이기지 못했다는 사실이 치욕스러워서 계약이 있었다고 포장한 거라는 소문도 있고. 하지만 진실은…

글쎄, 아무도 모르지."

"인간세계에서 나는 누구의 사랑도 받지 못했어. 그런데 루나시움에는 날 사랑하는 부모님이 계셨다니. 그런데 이리샤 때문에 이제는 만날 수도 없다니."

그녀의 마음속에 분노가 차올랐다. 사라는 항상 부모님의 사랑이 고팠다. 아직 열어보지도 못한 선물을 영원히 빼앗긴 기분이었다.

"우선 본부로 가서 잃어버린 기억부터 찾아야겠어. 그리고 다시 저항군을 모아서 셰르핀 가주를 무너뜨려야지. 맞아, 가주가 하트늄에 중독되어 있었다고 들었어. 지금도 그래?"

"응, 이리샤는 셰르핀 가문 아버지와 인간 어머니 사이에서 태어났나 봐. 그래서 원래는 가주가 될 수 없었대. 첫째인데도 말이야. 그런데 원래 49대 가주가 될 예정이었던 순수혈통 둘째가 갑자기 '우연히' 죽으면서 이리샤가 가주가 된 거야. 그런데 젖먹이였던 셋째가 최근에 성인이 되면서 가주 자리를 넘기라는 압박이 심해졌어. 이리샤는 불안한 마음에 평화를 주는 하트늄에 집착하기 시작했고."

"우연한 죽음? 계획된 살인이겠지. 이리샤는 그걸 들킬까 봐 불안한 거고."

"사실 나도 그렇게 생각해."

"우선 하트늄부터 훔쳐 와서 평정심을 잃게 만들자. 하트늄을 어디에 보관해?"

"늘 몸에 지니고 다녀."

"씻을 때는?"

"옷에 넣어뒀던 것 같아."

루나의 입꼬리가 말려 올라가며, 무엇인가를 기대하는 표정으로 카일을 바라본다.

"알았어. 내가 구해올게."

"가주는 선물공장에서 우리가 모은 신성한 힘들을 다 바치라고 했어. 그 전에 하트늪을 빼앗아야 해."

"훔쳐서 데릭에게 부탁해 지옥에 넣어둘게. 그곳에선 신성한 힘이 무력화되거든. 어둠의 힘이 지배하는 세상이라, 데릭도 안전할 거야."

그날 밤, 카일은 불안한 듯 째깍거리는 시계만 바라보고 있었다. 11시, 가주가 씻을 시간이다. 그는 자신에게 집착하는 가주의 비서로 일한 시간이 숨이 막힐 정도로 끔찍했지만, 이제는 그 시간이 비로소 가치가 있다는 걸 느꼈다. 카일은 그녀의 모든 일정과 약점을 속속들이 알고 있었다. 그러나 단 한 가지, 자신에게 그토록 집착하는 이유만은 아직도 알지 못했다. 아마 갖지 못하는 것에 대한 욕망이 아닐까. 지레짐작하며 가주의 침실로 향했다. 경호원은 당연하다는 듯이 문을 열어주었다. 가주의 침실은 그녀의 경호원도 들이지 않는 공간이지만, 카일만은 예외였다. 의심하지 않겠지만, 철저해서 나쁠 것은 없다.

"카사이 메모리아!"

그들의 기억이 카일의 손안으로 빨려 들어갔다. 그날 밤, 그 누구도 카일이 왔음을 기억하지 못할 것이다. 그녀의 침실은 물소리로 가득했다. 역시나. 예상대로다. 그러나 침실 구석구석을 살펴도 어디에도 그녀의 옷은 없었다. 카일은 살금살금 욕실로 향했다. 그녀의 호화로운 욕실에는 문이 2개나 있다. 첫 번째 문을 열면 화장대가, 두 번째 문을 열면 거대한 화장실이 나온다. '제발 첫 번째 문을 열면 옷이 있기를' 물소리가 멈췄다. 그곳엔 긴장한 정적만이 가득했다. 시간이 멈춘 듯했다.

카일은 가주가 밖으로 나오면 뭐라 말해야 할지 수천 가지 변명을 머릿속에 떠올리고 있었다. 그럴싸한 변명을 찾았다고 생각한 순간, 다시 물소리가 들렸다. 카일은 물소리가 멈추기 전에 동작을 서둘렀다. 조용히 첫 번째 문을 연 카일의 눈앞에서 화장대 위 하트늄이 빛나고 있었다. 서둘러 하트늄을 챙긴 카일은 나지막이 주문을 읊조리며 사라졌다.

그 시각 가주는 샤워를 마치고 거울에 비친 자신의 모습에 빠져있었다. 샤워 가운을 두르고 상쾌하게 화장실 문을 연 그녀는 분명히 닫아두었던 두 번째 문이 열려있는 것을 발견했다. 수상한 기운에 주위를 둘러보던 이리샤는 하트늄이 사라졌음을 깨달았다. 그녀의 침실로 들어올 수 있는 사람은 단 한 명뿐이므로 카일의 짓이 분명했다. 과거에 저항군으로 활동하던 것도, 사라가 루나시움에 나타난 이후 줄곧 사라의 주위를 맴돌았던 것도, 다 알았지만 눈감아 주었다. 그게 그녀의 사랑이었다. 언젠가 자신에게 올 것이라 믿었다.

수십 루나 전 그날 네가 그냥 나를 지나쳤다면 이런 고통도,

약점도 없었을 텐데. 루나시움 최초의 혼혈아, 괴물, 더러운 혼종, 첩의 자식. 다시 악몽이 떠올랐다. 이리샤는 고개를 저었다.

'아니야, 저것들 중 그 어느 것도 나를 설명할 수 없어. 나는 위대한 셰르핀 가문의 49대 가주 이리샤다. 끔찍한 혼종도, 괴물도 아닌.'

그녀의 어린 시절은 끔찍했다. 모든 사람이 손가락질했다. 신나게 떠들던 아이들도, 그녀가 나타나면 하나같이 말을 멈추고 혐오에 찬 눈빛으로 바라보았다. 아직도 그 시선은 꿈속에서 그녀를 괴롭혔다. 세상에 태어난 것을 원망했다. 아버지는 왜 하필 인간인 어머니를 사랑한 걸까? 그리고 왜 그토록 쉽게 어머니를 포기했던 걸까? 그녀는 매일 고통 속에서 잠들었다. 그때 카일이 다가왔다. 그리고 그녀의 세상을 바꿔놓았다. 넌 끔찍한 혼종이 아니라고, 아름다운 생명이라 말했다. 그녀에게 사랑을 준 첫 번째 사람. 그녀는 그렇게 굳게 믿었다. 카일이 전한 평범한 친절이, 혐오 받는 법만 알던 그녀에게는 사랑이었다. 아니, 사랑이라 착각한 것이다. 그녀는 카일이 자신을 사랑해서 아름답다고 한 게 분명하다고, 그는 지금도 자신을 사랑하는 것이 분명하다고 굳게 믿고 있었다.

'아니야 이리샤, 너도 사실은 알잖아. 그는 너를 사랑하지 않아. 카일이 사랑하는 건 루나지.'

이리샤의 마음을 잠재우던 하트늪이 없어지자, 그녀의 마음속에서는 진실의 목소리가 들려오기 시작했다.

'망할 루나! 아니야, 그럴 리 없어. 나라고!'

'이 목소릴 잊지 마. 네가 죽인 네 동생도. 죽어 가는 순간에도 너에게 의지하던 그 눈빛도.'

'네 목소리 따위 하트늪만 있으면 들리지도 않아. 하트늪이 필요해. 하트늪! '

'아하하하! 맞아! 카일이 훔쳐간 그 하트늪? 그것 봐, 그가 너를 사랑한다면 네게 그렇게 소중한 하트늪을 훔쳐갔겠니? 세상에서 유일하게 널 사랑했던 건 네 동생이었어. 한결같이 널 따르고 소중히 여기던, 네 손으로 죽여 버린 동생 말이야. 아, 또 있네. 아버지께서 널 내치신 날, 추위 속에서 널 거두어 주셨던 루나의 부모님. 역시 네가 죽여 버리려 한. 넌 너에게 호의를 베푼 사람들에게 할 수 있는 거라고는 죽여 버리는 것뿐이지? 사실 그래서 카일을 곁에 두면서도 더 가까이 다가가지 못하는 거잖아. 네가 사랑하거나 너를 사랑하는 사람들은 모두 죽음을 맞이하니깐. 하트늪이 없어 내 목소리를 막을 수도 없는데, 이참에 동생과 루나의 부모님 얘기를 좀 더 해볼까? 넌 살인자야. 살인자. 살인자. 살인자. 살인자! 누가 살인자를 사랑하겠어? 카일이? 웃기지 마. 살, 인, 자, 주제에.'

"닥쳐! 닥치라고! 닥쳐버려!"

"가주님! 괜찮으십니까?"

그녀의 방문을 지키던 부하가 그녀의 목소리를 듣고 달려왔다.

"하트늪이 없어졌어."

"하지만, 가주님 방으로 들어간 사람은 아무도 없었습니다!"

"확실해? 카일을 못 봤다는 말이야?"

"네, 아무도 없었습니다. 확실합니다!"

'거짓말. 너도 같은 편이구나. 영혼까지 소멸해주지.'

"피넴 문드!"

"으아아아악"

이리샤는 그의 절규에 희열을 느꼈다. 자신을 배신한 것에 대한 복수의 희열이었다. 그가 끔찍한 고통의 소리를 낼수록, 그녀의 웃음소리는 점점 더 크게 그녀의 방을 울렸다.

하트늄을 손에 넣은 루나는 가주가 공장으로 오기만을 기다렸다. 애가 타서 분명히 나타날 것이다. 하트늄. 이게 뭐라고 가주가 이렇게까지 집착하는 것일까? 가만히 하트늄에 손을 댄 루나는 바로 온몸이 나른해지며 몸에 있던 모든 긴장된 근육이 하나하나 녹아내리는 것을 느꼈다. 세계 최고의 마사지사에게 전신 테라피를 받는다면 이런 느낌일까? 노곤하게 졸음이 쏟아진다. 잠들뻔한 루나는 깜짝 놀라 하트늄을 몸에서 떼어 놓았다.

과연 강력하다. 그렇게 수많은 악행을 저지르고도, 하트늄 덕분에 두 발 편하게 뻗고 잠을 잤겠구나. 공평하지 않다. 이유 없이 소멸한 모든 영혼에게도. 순간 하트늄의 반물질을 찾아 영원히 흔적도 없이 없애 버릴까 하는 고민이 일었다. 하지만 루나의 머릿속에는 서럽게 울던 릴리의 얼굴이, 공허한 로즈의 눈빛이, 화가 난 이안의 표정이, 애써 담담한 척하던 에드워드의 모습이 스쳐 지나갔다. 그래, 학을 지켜야 한다. 선물공장 직원들을 위해, 그리고 셰르핀의 가주가 그 신성한 힘을 손에 넣어 더욱 강력해지는 것을 막기 위해.

그날 새벽 루나는 커다란 후드 티의 모자를 쓰고, 조용히 루나시움 암시장을 찾았다. 루나시움에서 유일하게 가주의 손길이 닿지 않는 구역이다. 가주가 암시장을 소탕하지 못하는 이유에 대해서는 여러 가지 추측이 난무하다. 지옥으로 향할 자신의 미래를 알기에 악마가 우글거리는 데어 가문에 발을 못 들인다는 소문부터 데어 가문과 모종의 협약을 맺었다는 소문까지. 어떤 것이든 상관없다. 한참을 걸어 도착한 암시장에는 약속대로 데릭이 기다리고 있었다. 과거 저항군으로 함께 활동했던 데릭은 이번에도 선뜻 루나를 도와주었다. 루나는 오른손에 하트늄을 쥐고 악수하는 척 데릭에게 넘겼다. 계획대로라면 데릭은 데어 가문만이 출입할 수 있는 감옥 깊은 곳에 하트늄을 숨겨 놓을 것이다.

그날 밤 이리샤는 온몸을 덜덜 떨었다. 하트늄이 없어서 식은땀을 흘리느라 뜬눈으로 밤을 새웠고, 하트늄의 위력을 느낀 루나는 가주가 어떻게 나올지 모른다는 긴장감에 뒤척이다 잠이 들었다. 그날 밤 꿈속에서 그녀는 자신의 인간세계 집에 있었다. 꿈속에서도 잠을 자고 있던 루나는 방에서 누군가의 인기척을 느꼈다. 라테가 온몸이 울리도록 왕왕 짖었다. 하지만 몸을 움직일 수도, 소리를 지를 수도 없었다. 가위에 눌린 듯이. 이내 숨이 막혀왔다. 너무나도 생생해 숨이 쉬어지지 않았다.

"흐어억!"

꿈이 아니었다. 깨어보니 가주가 새빨갛게 충혈된 두 눈으로 루나의 목을 조르고 있었다.

"어디 있어, 당장 말해!"

루나는 숨이 막혀 심장은 서서히 물에 잠기는 것 같았고, 머리가 폭발할 것만 같았다. 공기가 부족한 끔찍한 느낌에 졸리는 목의 고통은 느껴지지도 않았다.

'이렇게 죽는 건가…?'

그때였다. '쾅'하는 소리와 함께 가주가 땅바닥에 쓰러졌다. 책으로 가주의 머리를 내려친 에드워드는, 맞은편 침대에서 두꺼운 전공 서적을 들고 숨을 헐떡인다. 루나의 머릿속엔 얼마 전 대학교에서 배운 힘을 빼앗는 주문이 떠올랐다. 그 외에는 아무런 생각도 들지 않았다.

"카라 트리움!"

아무런 변화도 없었다. 정신을 차린 가주는 자지러질 듯이 비웃었다.

"너 따위가, 그런 마법을 쓸 수 있을 거라고 생각하는 거야? 아하하하!"

순간 루나와 에드워드는 서로를 바라봤다. 에드워드가 끄덕이더니 이층 침대에서 가주 위로 뛰어내려 그녀를 온몸으로 눌렀다. 루나는 생명의 대지에서 가져온 루미나스 클로바인으로 가주를 묶었다. 금단 증상으로 몸을 제대로 가누지도 못하는 가주가 몸부림을 칠수록 루미나스 클로바인의 날카로운 갈고리와 뾰족한 이파리가 몸을 파고들었다. 가주가 신성한 힘을 쓰려 하자, 루나는 재빠르게 보호막을 만들어냈다.

"하트늄의 위치를 알려줄게. 대신 공장 사람들의 학은 건드리지 말고 그냥 둬."

"고작 그거야? 시덥지 않은 학 몇 마리 때문에 카일을 시켜 내 하트늄을 뺏어 간 거야?"

"카일이라고 생각했어? 내 냄새를 전혀 못 맡았나 보네? 하트늄이 없어서 반쯤 미쳤다는 소문이 진짜였구나?"

"닥쳐! 그래서 하트늄은 어디 있지?"

"계약서부터 작성해. 앞으로도 다시는 공장 사람들이 모은 학을 가져가지 않겠다고."

이리샤는 머리끝까지 분노에 찼지만, 하트늄이 절실한 모양인지 곧 승낙했다. 어둠 속에서 투명한 계약서가 반짝였다. 이리샤의 약속이 금색 글씨로 각인됐다. 가주는 손가락을 가져다 지문을 새겼다. 루나는 뛸 듯이 기쁜 티를 내지 않으려 꾹 참았다. 그녀는 태연한 척 잠옷 주머니에 손을 넣어, 하트늄의 위치가 적힌 쪽지를 건넸다. 쪽지를 건네받은 가주는 돌연 태도를 바꿔 루나를 공격하기 시작했다.

"피넴 문드!"

강력한 주문은 흰빛을 내며 루나를 향해 날아왔다. 하지만 루나 앞에서 곧 힘을 잃고 사라지고 말았다. 세르핀 가주는 흥미로워 미치겠다는 표정으로 루나에게 다가왔다.

"신성한 힘이 가득한 내 주문이 안 먹히다니. 너… 루나구나? 아하하! 네가 루나였어? 역시 내 직감이 틀리지 않았구나.

잘 들어, 루나. 내가 널 보호하겠다는 계약을 맺어 널 죽일 순 없지만 어떻게 해서든 네가 불행하게 만들 거야. 앞으로 재미 좀 볼 거니까, 기대해."

반쯤 뒤집힌 눈동자로 루나를 협박하는 이리샤의 모습은 과연 섬뜩했다. 루나는 움츠러들지 않기 위해 최선을 다했다. 하지만 광기 어린 모습으로 공장을 떠나는 가주의 모습을 보자 루나의 몸도 떨려 왔다.

"큰일 났네, 누나의 정체를 들켜 버렸으니, 이제 무서운 일이 일어날 거야."

"그래도 가주는 날 죽이지 못해. 괜찮을 거야. 그리고 일단은 선물공장의 학을 지켜냈잖아?"

"맞아, 하트늪이 어지간히 급했나 봐."

"내일 공장 회의를 소집해 이 소식을 알릴까?"

"앨리스한테 제대로 한 방 먹이겠네!"

루나와 에드워드는 조그마한 첫 승리를 만끽하며 동이 틀 때까지 잠들지 못했다. 어스름한 새벽, 해가 조용하게 올라오자 온 세상이 빛으로 물 들었다.

루나와 에드워드는 이른 아침 공장 회의를 소집했다. 어느새 온 세상이 환해졌다. 달빛도 그에 못지않게 환하게 빛났다. 그 아래에서 옥상 정원의 투명한 구는 아낌없이 반짝였다.

"좋은 소식이 있어요!"

루나는 다짜고짜 계약서를 꺼내 든다. 옥상에 모두 모인 공장 직원들은 고개를 가까이해서 계약서를 읽었다. 앨리스는 얼굴이 붉어져 씩씩거리며 자리를 떠났다.

"자네가 해냈구나!"

"뭐야? 이게 무슨 소리야?"

"사라가 다시 인간세계로 떠난대."

"뭐? 진짜로? 안 돼, 언니 가지마!"

"이안 씨가 장난치는 거야. 진짜 좋은 소식은 따로 있지. 사라 덕분에 셰르핀 가주에게 종이학을 바칠 필요가 없게 됐어!"

"진짜로? 그럼 언니 안 떠나?"

"그럼, 여기가 내가 속해야 할 곳이야."

"오예! 언니가 최고야!"

"뭐? 그럼 나는?"

9장

첫사랑과 첫 고객의 공통점

페리 가문 요정들이 인간세계로 배달하던 무지개의 포장지가 뜯어졌다. 그 바람에 루나시움 하늘에 한 줄기의 무지개가 피었다. 반짝이는 무지개가 비추는 강의실은 오늘따라 설렘이 가득했다. 루나도 상쾌한 마음으로 다음 강의실로 향했다. 시간표를 확인하기 위해 커넥터를 켰다. 투명한 화면 위의 〈인간학개론〉 수업을 터치하자 강의계획서가 보였다.

5주차- 루나시움 시민 자격증(초빙교수)

인간학개론 수업은 매주 다른 인간 출신의 교수를 초빙해 강의가 진행된다. 덕분에 오늘의 교수님은 누구일지 기대하며 강의실에 들어서는 매력이 있다.

"어!"

강의실 문을 연 루나의 눈앞엔 익숙한 모습의 할아버지가

서 계셨다. '동네 책방'의 주인 할아버지였다. 서점이 아닌 교단에 서 있는 할아버지의 양복은 조금 헐렁했다. 대학 수업을 위해 오랜만에 양복을 꺼내 입은 것 같았다. 루나는 반가운 마음으로 강의실 맨 앞자리에 자리를 잡았다.

"루나시움 시민들은 말합니다. 자신의 신념을 위해 목숨을 바치는 인간의 모습은 도저히 이해할 수 없다고. 오늘은 루나시움 시민들에게 풀지 못하는 미스터리로 남아있는 인간의 행동을 이야기해 보려고 합니다. 평범한 인간이었던 제가 한국의 독재정권에 맞서던 이야기이기도 합니다.

저에게는 아내가 있었습니다. 제 아내는 무척이나 사랑스러웠습니다. 온 세상을 주지는 못하지만, 저의 온 마음만은 주겠다던 작은 약속에도 감동의 눈물을 흘리던, 아주 소중한 사람이었어요. 몸이 약했던 아내가 어느 날 제 손을 자신의 배에 가져다 대더군요. 세상에서 가장 작은 심장이 통, 통 뛰던 그 순간을 50년이 지난 지금도 생생히 기억합니다. 목숨 걸고 지켜야 할 존재가 생긴 그 느낌을요. 무척이나 덥던 5월의 여름날, 아내는 뜬금없이 딸기가 너무 먹고 싶다며 저를 보챘습니다.

젊은 나이에 어렵게 구한 대학에서의 강사 자리가 급급했던 저는, 딸기를 사 오기는커녕 서운함이 가득 고여 있는 아내의 두 눈을 뒤로하고 대학교를 향했습니다. 온 세상을 주지는 못해도 저의 온 마음만은 주겠다던 약속은, 하루 벌어 하루 먹기 힘들다는 핑계 아래 기억의 뒤편 어딘가에 처박혀 있었던 것 같습니다.

그렇게 향한 대학교 정문에는, 온몸을 두드려 맞고 눈에는 피멍이 든 학생 몇 명이 꿇어 앉혀져 있었습니다. 백여 명의 학생들이 휴교령이 내려진 줄도 모르고 대학 앞에 모여 있었죠. 굳게 닫힌 교문에는 공수부대원이 가득했고, 학생들은 자유를 갈망하는 구호를 외치기 시작했어요. 날은 타들어갔고, 두들겨 맞은 학생들은 처참했고, 구호는 점점 고조되었어요. 저 역시 목청이 터질 듯 구호를 외쳤습니다. 평범한 학생들이었어요. 여러분들처럼.

공수부대는 일순간 태도를 바꿔 함성을 지르며 일제히 뛰어왔고, 제가 가르치던 학생들은 온몸으로 곤봉을 맞고 피를 흘리며 쓰러졌습니다. 부상을 입고 트럭에 실려 가는 학생 중에 익숙한 얼굴들도 있었습니다. 가장 앞자리에서 수업을 듣던 남학생도, 잡혀가던 남학생을 지켜내려던 여학생도 피로 범벅된 채… 이런 말도 안 되는 학살이라니, 저는 분개했습니다.

닥치는 대로 민간인을 쫓아가 두드려 패는 군인들을 겨우 피해 집에 도착했습니다. 저는 잠을 이룰 수 없었습니다. 그 학생들의 스승으로서도, 곧 태어날 아이의 아빠로서도, 이 나라의 시민으로서도, 또 다시 나라가 암흑기에 들어서도록 내버려 둘 수는 없었습니다.

저는 분노에 찬 시민과 함께 다시 거리로 나왔습니다. 아내는 먹고 싶던 딸기도 잊은 채 걱정스러운 눈으로 집을 나서는 저를 막았어요. 하지만 저는 세상에 나올 제 아이에게 더 좋은 세상을 선물해주고 싶었습니다. 꿈만 꾸던 민주적인 세상을 이

춰내고 싶었습니다. 피범벅이 된 아이들의 편에 서고 싶었습니다. 뜨거운 태양이 머리 위에 있을 때쯤, 군대 탱크와 최루탄이 날아들었지만 잔인한 진압에 분노한 우리는 거리의 벽돌을 던지며 목소리를 높였습니다. 어제보다 잔인한 학살이 시작되었습니다. 단도를 꺼내든 군인들이 눈에 보이는 시민들을 모조리 난도질했습니다.

뜨거운 태양 때문이었던 것 같습니다. 온몸이 눈 속에 파묻힌 듯 차가워지기 시작했습니다. 눈앞의 아스팔트가 타들어 갔습니다. 정신을 잃어가며 눈앞은 새하얘졌고, 새빨간 피의 잔상은 아내가 먹고 싶어 하던 딸기처럼 붉고도, 선명했습니다."

말을 마친 할아버지는 젊은 남자의 모습이었다. 뒤통수가 깨지고 가슴 한가운데 단검이 꽂힌 채 뜨거운 피가 흘러내리는. 죽음의 맞이한 당시의 모습으로 변해있었다. 강의실에는 침묵만이 맴돌았다. 그 누구도 선불리 입을 뗄 수 없었다. 강의실 창밖으로는 무지개가 사뿐히 솟아 있고, 강의실 안에는 무색의 침묵만이 무겁게 가라앉았다. 이승의 할머니를 위해 노화가 진행되지 않는 루나시움에서도 나이 들기로 선택한 할아버지의 진짜 모습이었다.

"루나시움 시민들은 말합니다. 이것은 인간의 이해할 수 없는 특징이라고. 인간의 신체는 너무나도 나약하죠. 자신들이 발명한 총이란 무기에 목숨을 잃기도 합니다. 인간들에게 삶과 죽음은 한 끗 차이입니다. 여러분이 영혼 소멸을 무서워하는 만큼 인간들에겐 죽음이 무섭습니다. 200루나, 그러니까 약

1000년을 사는 루나시움의 존재들에 비해 인간들의 삶은 너무나도 짧죠. 그럼에도 불구하고, 자신의 신념을 위해 목숨을 바치는 인간의 모습은 도저히 이해할 수 없다고 말하더군요. 하지만 저는 묻고 싶습니다. 여러분들은 스스로를 루나시움의 시민이라 부르죠. 하지만 여러분들은 현재 자신이 누군가의 노예가 아닌, 자유를 지닌 진정한 시민이라 자부할 수 있습니까?"

강의실에는 무거운 침묵이 가득했다.

"오늘 수업의 과제는 '루나시움 시민으로서의 자격'이 명시된 루나시움 시민증을 제작하는 것입니다. 제가 일하는 동네 책방으로 제출해주십시오. 이상으로 수업 마치겠습니다."

이제야 이해할 수 있었다. 할아버지가 천국에 가지 않고 루나시움에 남아 기다리는 존재가 누구인지. 딸기가 아닌 새빨간 죽음을 건네야 했던 할아버지의 마음이 어땠을지. 목숨을 바쳐 신념을 지키는 모습이 얼마나 숭고한지. 셰르핀 가문의 지배 아래 있는 루나시움에 이러한 숭고함이 얼마나 절실한지.

그 자리에 앉아 과제를 끝낸 루나는 곧바로 할아버지의 서점으로 향했다. 아이보리색 반짝이는 자개로 만들어진 풍경은 어떤 마법이 걸려있는 것인지 손님이 오면 찰랑찰랑 아름다운 소리를 낸다. 풍경 소리가 울리는 서점의 구석에는, 언제나처럼 할아버지가 앉아계셨다.

"할아버지! 오늘 수업 잘 들었어요. 저 드리고 싶은 말씀이 너무나도 많아요!"

할아버지는 루나를 보고는 살짝 미소지었다. 그는 주머니에서 작은 쪽지를 꺼내 그녀에게 건넸다.

"아쉽지만 저는 떠날 시간이 되었답니다. 못다 한 이야기는 이 쪽지에 남겼어요."

"떠날 시간이요?"

그때, 풍경이 다시 찰랑거렸다. 할아버지는 출입을 알리는 풍경 소리에 기대에 차 출입문을 바라보고는 미소를 지으시며 말했다.

"기다렸어요, 아주 오래."

루나는 할아버지의 시선을 따라 고개를 돌렸다. 흘러간 세월의 흔적이 얼굴 깊숙이 새겨진 할머니가 천천히 서점으로 걸어 들어오신다. 할아버지께서 말씀하신 것처럼 사랑스러운 분이었다. 할아버지는 허겁지겁 계산대 뒤쪽을 뒤진다. 새빨간 딸기 한 박스를 집어 든 할아버지는 할머니를 향한다. 할머니는 할아버지가 집어 든 싱싱한 딸기를 바라보고 멈춰 섰다. 언제 올지 모르는 할머니를 기다리며 수십 년 동안 매일 준비했겠지. 할머니는 애틋한 할아버지의 마음에 눈물이 고이면서도 이내 못 말린다는 듯 웃음 지었다.

어디선가 시리아 가문의 천사들이 나타나 식물을 피워내며, 둘의 앞에 꽃이 잔뜩 핀 기다란 길을 만들었다. 할머니와 할아버지는 결혼 행진 때처럼 그 길을 걸으며 천국으로 사라졌다. 천천히 가까워지는 둘의 재회는 서두름이 없는 우아한 나비의 왈츠 같았다. 그 모습을 멍하니 바라보던 루나는 이제 다시는 보지 못할 할아버지의 서점을 마지막으로 둘러보았다. 환하게 웃던 할아버지 눈가의 주름이 그 자리를 대신할 것이다. 익숙한 동네 서점의 매대, 먼지가 탄 책들, 딸기가 몇 박스나 놓여 있는 계산대 뒤쪽. 루나는 계산대 위에 끝내 제출하지 못한 과제를 올려두면서 할아버지가 건넨 조그만 쪽지를 펼쳤다.

사라 씨,
저는 곧 루나시움을 떠날 것 같습니다.
아내가 올 순간이 머지않았음이
그 어느 때보다 강렬하게 느껴집니다.

부탁이 하나 있습니다.
세리고등학교 1학년 이시은,
저의 손녀딸을 들여다보아 주세요.

이곳에 오래 있으니 많은 것들이 보이더군요.
사라, 아니 루나의 숭고한 희생도요.
루나 씨가 진정한 루나시움의 시민이었음을
절대 잊지 말기를 -

루나는 쪽지를 챙겨 공장으로 향했다. 로즈 할머니는 여느 날처럼 햇살이 나른하게 들어오는 공장 카페의 창가에 앉아 고객 일지를 적고 있다. 루나의 정체를 아는 사람은 또 누가 있을까? 문득 처음 그녀에게 분홍색 눈동자 보호막을 선물한 로즈 할머니의 모습이 떠올랐다. 그녀는 처음부터 모든 것을 알고 있었던 것일까?

"로즈 할머니."

"응?"

"왜 저에게 분홍색 보호막을 선물해주신 거예요?"

할머니는 올 것이 왔다는 표정으로 루나를 쳐다봤다.

"그래, 이제는 자네도 알 때가 되었지. 사라, 나는 네가 평범한 노바라 생각하지 않아. 눈동자 염색약은 절대 거짓말을 하지 않거든. 너와 같은 눈동자 색을 지닌 사람이 있었어. 그녀는 셰르핀 가주에 대항했었지. 나는 자네가 그녀와 어떻게든 연관이 됐을 거라고 생각했네. 그래서 루나시움을 구할 것이란 막연한 기대도 있었고. 하지만 자네가 충분히 강해지기 전에, 셰르핀 가주가 그 사실을 눈치챈다면 자네에게 해코지할 것이 분명하잖나. 그래서 보호막을 만들어준 것이야."

"할머니, 저도 얼마 전에 알았는데요."

사라는 주변을 둘러보고는 속삭였다.

"제가 루나가 맞아요."

"…역시 그랬구나."

할머니는 깊은 생각에 빠지셨다.

"사라, 아니 루나, 그래도 당분간은 보호막을 하고 다니거라. 네가 충분히 강해질 때까지는."

"네! 그런데 어떻게 하면 더 강해질 수 있죠? 문라이트 서바이벌도 다가오고 있고, 심지어 셰르핀 가주도 제가 루나라는 사실을 알아버렸어요. 더 이상 숨기만 할 수는 없어요."

"우선은 자네의 모든 기억을 찾아야지. 기억을 되찾으면 강해지는 것은 시간문제야. 자네의 기억 속에는 온갖 마법 주문과 루나시움의 비밀에 대한 지식이 있을 테니."

한편, 탐탁지 않은 사라를 쫓아낼 핑계를 찾기 위해 뒤를 밟던 앨리스는, 그들의 이야기를 엿듣고는 알 수 없는 미소를 지었다. 드디어 그녀의 약점을 찾았다는 생각에 흡족해하며 만족스러운 표정으로 자리를 떠났다. 이 사실을 모르는 루나는 기억을 찾을 때가 왔음을 직감했다. 저항군의 화려한 복귀를 위해서, 베토스 가문을 부흥하기 위해서. 말도 안 되는 셰르핀 가주를 멈추고 루나시움의 평화를 찾아와야 한다.

루나는 그동안 모은 학을 모두 챙겨 지하실로 향했다. 에드워드도 그동안 모은 300여 마리의 학을 모두 들고 지하실로 내려왔다. 로즈 할머니도 900여 마리의 학을 챙겼다. 지하실의 한 가운데에는 잠든 학을 신성한 힘으로 바꿔주는 변환기가 있다. 변환기의 윗부분에는 물이 고여 있고, 주먹 두세 개 크기의 동그란 옥색 구슬이 놓여 있었다. 변환기를 켜자 물줄기가 흐르고, 그 물줄기를 따라 옥색 구슬이 제자리에서 돌아가기 시작했다.

물줄기를 향해 수백 마리의 학이 일제히 날아올랐다. 수면 위에 내려앉은 종이학은 저마다의 색깔로 물줄기를 물들이며 천천히 녹아내렸다. 폭포처럼 변환기의 아랫부분으로 흘러내리는 알록달록한 물줄기는 바닥에 놓인 투명한 구슬에 서서히 모였다. 어느새 구슬 안에는 빛이 나는 새하얀 기체가 가득 찼다. 루나는 얼굴을 담그고 천천히 신성한 힘을 들이마셨다. 신성한 힘은 척추를 따라 꼬리뼈까지 신경을 간지럽히고 전율을 일으키며 흘러내렸고, 곧 온몸의 세포 하나하나에 힘이 채워지는 느낌이 들었다. 몸에 흐르는 기분 좋은 전율을 느끼며, 그녀는 외쳤다.

"에리히트!"

떨리는 마음으로 눈을 떴다. 성공이다. 루나시움 본부에 도착해 있었다. 그녀는 루나시움 본부에 있는 기억창고로 향했다. 루나는 메이즈 대학교에서 배운 투명해지는 마법도 시도해 보기로 했다. '히카리 리히트' 그녀의 몸은 조금씩 투명해지더니, 어느 순간 아예 보이지 않았다. 지체할 시간이 없었다. 이 주문으로는 약 10분밖에 투명한 모습으로 못 버틸 것이다. 곧장 어두운 복도 끝의 기억창고에 도착한 그녀는 직원이 들어가는 틈에 슬그머니 함께 기억창고에 들어갔다.

하지만 예상치 못한 변수가 있었다. 기억이 보관된 곳까지는 흔들다리로 연결되어 있었는데, 다리의 중간부터는 마법을 무장해제 시키는 웜홀이 설치되어 있었다. 웜홀 안에 들어서자,

그녀의 마법도 사라져 모습이 드러났다. 그녀를 인식한 흔들다리는 그녀를 떨어뜨리려는 듯 세차게 흔들리기 시작했고, 루나는 살기 위해 기억창고를 향해 달려야 했다. 그녀의 정체가 드러났으니 경비가 오기까지 시간이 많지 않았다. 빨리 기억을 찾아야 했다. 많은 구슬 중 유독 반짝이는 구슬 하나가 있었다. 루나가 구슬에 가까이 가자 점점 세게 진동했다. 그녀의 구슬이 분명하다. 그녀가 구슬을 손에 넣음과 동시에, 창고 문이 열리고 경비가 들이닥쳤다. 마법도 쓸 수 없고 입구는 경비에 가로막혀 '이제 끝이구나' 하는 순간, 경비는 루나가 전혀 예상하지 못한 말을 내뱉었다.

"가주님! 창문을 깨고 도망가세요. 전 당신을 놓친 겁니다. 뮤타!"

뮤타. '루나시움에 평화가 오는 그날까지!'라는 뜻의 저항군만의 암호였다. 그녀의 정체는 알 수 없지만, 저항군 소속인 것 같다. 당황할 시간이 없었다. 루나는 창문으로 뛰어들며 눈을 감고 외쳤다.

"에리히트!"

지하 세계로 떨어진 루나는 창문의 파편에 찢어진 살갗이 아픈 줄도 모르고 서둘러 기억 구슬을 삼켰다. 구슬이 입 안에서 사탕처럼 사르르 녹으며 잊힌 기억이 서서히 피어나기 시작했다. 인간세계에서와 달리 루나시움에서 보낸 그녀의 어린 시절은 따뜻함과 행복이 넘쳐흘렀다. 그녀의 어머니는 강인하고 따뜻한 분이었고 아버지는 가족을 사랑하는 정의로운 분이었다. 그들은 베토스 가문의 49대 가주로서 베토스 가문은 최고의 전성기를 누리고 있었다. 풍요롭고 행복한 나날들이었다. 루나는 그들의 오랜 기다림 끝에 귀하게 태어나 사랑을 듬뿍 받으며 자랐다. 루나의 태몽은 루나티 한 마리가 우렁차게 울부짖는 꿈이었다고 한다.

수호동물 루나티는 호랑이처럼 생겼으나 몇 배는 거대한 몸집을 지녔고, 마법이 깃든 빛나는 금빛 눈을 지녔다. 루나티는 조련이 불가능하며, 베토스 가문 중에서도 루나티가 선택한 자와만 유대관계를 형성해 매우 희귀하고 존경받는 존재 중 하나였다. 이에 부모님은 루나의 수호동물이 루나티일 것이라 기대하며 즐거워했다. 하지만, 정작 태어난 루나는 루나티를 닮은 구석이 전혀 없어 모두를 어리둥절하게 만들었다. 그래도 모두가 루나를 사랑했다. 루나가 처음으로 걸음마를 떼던 순간, 그녀의 아버지는 기쁨의 눈물을 흘렸고, 루나가 말을 배우기도 전에 다양한 동물들과 교감하는 모습을 보고 어머니는 흐뭇한 미소를 지었다.

루나는 건강하게 자랐다. 하지만 대부분의 베토스 가문의 사람들이 태어날 때부터 수호동물과 교감하는 데에 비해 루나는 자신의 수호동물을 발견하지 못했다. 자랄수록 루나티를 닮은 강인한 금빛 눈동자와 밝은 갈색 머리카락이 강하게 두드러지기는 했지만 정작 루나티는 모습을 드러낼 줄을 몰랐다. 베토스 가문의 아이들은 어릴 때부터 수호동물과 함께 비밀의 숲에 들어가 수련하고 스스로 어려움을 헤쳐나가며 힘을 길렀다.

루나는 수호동물이 없었기에 스스로의 능력으로 살아남는 법을 배워야 했다. 루나는 강해지기 위해 누구보다 열심히 마법학을 공부했다.

태어난 지 5루나가 되던 날, 루나는 다른 아이들과 함께 특별한 의식을 치르러 비밀의 숲을 찾았다. 베토스 가문의 아이들은 모두 태어난 지 5루나가 되는 쯤에 스스로의 능력을 증명해야 했다. 의식을 치르는 곳은 비밀의 숲 안쪽 가장 깊은 곳의 어둠의 계곡에 있었다. 그곳에 숨겨진 마법진 위에 서서, 자신의 정신과 신체가 한층 더 강력해지는 의식을 치르고 돌아와야 했다. 이 의식을 치른 베토스 가문의 어린이들은 미래의 지도자로 거듭났다. 이 의식을 성공적으로 통과한 이만이 베토스 가문의 미래의 가주가 될 수 있었다.

어둠의 계곡은 알 수 없는 위험이 도사리는 곳이었다. 긴장한 아이들은 저마다 수호동물을 소환하며 준비를 마쳤다. 루나는 자신의 머릿속에 있는 마법 지식을 되뇌었다. 어렵사리 도착한 어둠의 계곡은 한 치 앞이 보이지 않는 곳이었다. 루나는 신성한 힘을 모아 자신의 두 눈에 집중했다. 그녀의 금빛 눈동자가 어둠 속에서 밝은 빛을 냈다. 저 멀리서 환영처럼 새하얀 빛이 보이었다. 루나는 빛을 향해 뛰었다.

어린 루나는 떨리는 마음으로 반짝이는 빛 위에 섰다. 심호흡하며 마음을 고요하게 진정시킨 그녀는 온 마음으로 루나티를 간절하게 떠올렸다. 그러고는 신을 소환하는 고대 룬 문자, ᚨ와, 신뢰와 우정을 상징하는 ᛗ를 그리며 외쳤다.

"만나즈 안수스!"

순간적으로, 마법진에서 번쩍이는 빛이 뿜어져 나와 사방으로 퍼져나갔다. 그 에너지는 주변의 나무를 흔들었다. 그리고 거대한 형상이 모습을 드러냈다. 루나의 수호동물 루나티가 그녀의 앞에 나타났다.

루나티는 상상하던 것 이상으로 거대했다. 그의 눈에서는 지혜와 힘이 느껴졌고, 온몸에서는 신비로운 에너지가 뿜어져 나와 매우 아름다웠다. 루나티의 금빛 눈은 루나와 꼭 닮아 있었다. 루나는 기쁨으로 가득 찬 떨림을 느끼며, 루나티에게 천천히 다가갔다. 루나티는 부드럽게 루나의 주위를 한 바퀴 돌며 몸을 비비며 환영의 인사를 전했다. 순간 루나는 느꼈다. 어떤 위험에도 맞설 수 있을 것이라는 확신이 들었다. 그렇게 마을로 돌아온 루나는, 미래의 가주로 당당히 위치를 다졌다. 루나는 미래 50대 가주로 자리 잡을 거라는 기대보다 드디어 수호동물을 만났다는 기쁨과 이제 결코 혼자가 아니라는 생각이 더욱 큰 의미로 느껴졌다.

그 뒤로 루나는 비밀의 숲에서 열심히 수련했다. 어린 루나의 기억 속에는 놀랍게도 어린 셰르핀 가주, 이리샤의 모습이 있었다. 인간이었던 이리샤의 엄마는 루나시움 사람들의 거센 반발에 인간 세상으로 쫓겨났다. 이리샤 역시 셰르핀 가문에서 받는 구박에 못 이겨 무작정 도망 나왔다. 그러다 셰르핀 가문의 지역인 설산 바로 아래에 있는 비밀의 숲까지 오게 되었다.

루나는 며칠을 굶은 얼굴로 울고 있는 이리샤를 부모님께로 데려왔고, 그 보살핌 아래 둘은 몇 년간 어린 시절을 함께 보냈다. 외동이었던 루나가 이리샤를 친언니처럼 대하는 모습을 보고 부모님은 흐뭇해했다.

눈치가 빠른 이리샤는 루나의 부모님이 자신을 돌봐준 것처럼 자신도 자신을 동생처럼 따르는 루나를 돌봐주겠다고 약속했다. 루나시움에서의 약속은 계약으로 영원히 보관되는 법. 바로 이 약속 때문에 이리샤는 루나의 영혼을 소멸할 수 없게 되었다. 시간이 흘러 노쇠해진 이리샤의 아버지는 후회 속에서 이리샤의 엄마를 그리워했다. 인간세계로 추방했던 그녀를 다시 데려오려 했으나, 이미 그녀는 쓸쓸한 죽음을 맞아 영혼까지 소멸된 뒤였다. 그는 그녀에 대한 그리움과 죄책감, 그리고 애틋한 사랑을 그녀를 쏙 빼닮은 이리샤에게 쏟기 시작했다. 그리하여 이리샤는 다시 셰르핀 가문으로 돌아갔다. 그리고 성인이 된 그녀는 셰르핀 가문의 가주 자리를 이어받았다.

루나는 여전히 이리샤를 친언니처럼 따랐고, 셰르핀 가문의 지역인 설산에도 자주 오갔다. 춥고도 아름다운 곳이었다. 산을 뒤덮은 만년설 사이사이 마법 광물들이 오색 빛으로 반짝였고, 몇몇 광물은 높게 자라 반짝이는 나무처럼 보였다. 그 모습이 새하얀 눈과 대조되며 더욱 도드라졌다. 새하얀 눈 속에서 광물이 더욱 눈에 띄듯, 고요한 루나시움에서 독특한 이리샤는 항상 눈에 띄었고 온갖 소문을 몰고 다녔다. 이복동생을 죽였다는 소문부터, 이리샤의 아버지가 힘이 약해졌는데 순수혈통인 막내가 성인이 되었으니 동생으로 가주를 바꿔야 한다는 거리의 이야기, 그녀가 하트늪에 중독되어 제정신이 아니라는 소문까지. 추악한 뒷이야기로 거리는 늘 흉흉했다.

처음에는 구설일 뿐이라며 걱정하는 마음으로 그녀를 챙기던 루나도 권력의 맛을 보며 서서히 잔인한 본성을 드러내는 이리샤의 모습에 실망했다. 모든 소문이 진실이었음이 드러날 즈음 둘은 서서히 멀어졌다. 그러던 어느 날, 바로 그 날이었다. 이리샤가 루나시움 대전쟁을 일으킨 날이. 페리 가문, 시리아 가문, 데어 가문이 차례로 무너지고 있다는 소식을 전해 들은 루나의 가족은 현실을 부정할 수밖에 없었다. 이리샤가 정말로 그런 짓을 했다는 것을 믿을 수 없었다. 전쟁을 준비하면서도 그녀의 마음을 바꿀 수 있을 거란 희망을 놓지 않았던 베토스 가문 앞에 이리샤는 끝끝내 나타나지 않았다. 대신 그녀의 군사들이 대신 나타나 그에 맞서는 베토스 가문 군사들의 영혼을 소멸했다. 결국 그들은 루나의 부모님까지 꿇어 앉히고 신성한 힘을 모조리 빼앗았다.

루나의 부모님은 이리샤가 시킨 일이란 것을 믿지 못하고 끝까지 이리샤를 직접 데려오라며 소리를 질렀다. 그 모습이 루나의 기억 속에 선명히 떠올랐다. 부모님이 강력한 보호 마법을 걸어 옷장 속에 감춰둔 루나는 옷장의 틈 사이로 이 모습을 모두 지켜보았다. 당장이라도 루나티를 소환해 뛰쳐나가고 싶었지만, 부모님이 루나를 보호하기 위해 걸어둔 마법이 더욱 강력해 루나는 꼼짝도 할 수 없었다. 기억 속에서도 루나는 분노를 느꼈다.

권력에 눈이 멀어 시민들을 죽이는 이리샤를 더 이상 지켜볼 수 없었다. 루나는 저항군을 만들었다. 처음에는 많은 이가 두려워했고, 아주 소수만 그녀의 곁에 서주었다. 로한 데어의 후손답게 정의감에 가득 찬 데릭이 처음으로 찾아와 함께하고 싶다고 말했다. 그는 어둠의 힘이 모이는 지하 세계를 연결해 저항군의 기지를 만들고, 어둠의 힘을 저항군의 동력으로 삼을 것을 제안했다. 처음엔 두 가문뿐이었다. 데릭이 데려온 데어 가문 몇 명과 50대 가주가 된 루나를 따르는 베토스 가문의 몇 명. 그들은 어둠의 힘과 데어 가문의 과학기술로 무기를 만들고 훈련을 거듭했다. 그러던 중, 저항군이 세르핀 가주에 대항하여 싸우는 미래를 보면서 저항군의 존재를 알게 된 베브 시리아가 수소문 끝에 저항군에 합류했고, 시리아 가문과 친분이 깊은 페리 가문도 곧 함께했다.

그러던 어느 날, 하얀 머리의 남자가 루나를 찾아왔다. 이리샤의 부하일 것이라 예상한 루나는 저항군의 존재를 들킨 건 아닌지 바싹 긴장했다. 아니나 다를까, 그는 저항군 이야기를 꺼냈다. 하지만 놀랍게도 그는 저항군에 합류하기를 원한다고 말했다. 루나는 세르핀 가주의 함정이 아닐까 한참을 고민했다. 잠시 고민하고 5베리 뒤 같은 장소, 같은 시각에 그를 만나기로 한 루나는 생각에 잠겼다. 몇 베리 뒤 루나는 세르핀 가문과 베토스 가문의 경계 지역에서 우연히 이리샤를 만났다. 오랜만이었다. 루나의 머릿속에는 자신의 부모님께서 이리샤를 돌봐주던 어린 시절과, 이리샤의 부하들이 자신의 부모님을 꿇어 앉히고 신성한 힘을 빼앗는 동안 부모님이 이리샤를 찾으며 절규하던 모습이 스쳐 지나갔다. 이성을 잃은 루나는 이리샤에게 달려들었다.

"어떻게 그럴 수가 있어? 언니한테 얼마나 잘해줬는데, 어떻게 그렇게 잔인하게 은혜를 원수로 갚을 수가 있어!"

루나가 이리샤에게 달려들자, 이리샤의 부하는 즉각 신체를 마비시키는 광물을 녹여 만든 창으로 루나를 찌르려 달려들었다. 그 순간 누군가 루나를 덮치며 순간이동을 했다. 루나의 목숨을 구해준 것이다. 저항군에 들어오려고 했던 하얀 머리의 남자, 바로 카일이었다. 카일은 대범하고도 솔직했다. 이리샤가 자신에게 지나치게 집착하는 것도, 평화롭던 루나시움에 피바람을 몰고 온 그녀를 멈춰야 한다는 생각도 거침없이 이야기했다. 루나는 궁금했다. 이리샤가 그렇게 카일을 좋아하는데, 그녀의 곁에서 권력을 누리며 살지 않고 저항군에 들어오는 어려운 길을 택하는 이유가 궁금했다. 그는 말했다.

"누군가의 피 위에 지어진 권력과 사치에는 관심 없습니다. 이리샤의 곁에서 너무나도 많은 살생을 보았어요. 누군가는 막아야 해요. 그리고 루나 씨는 용감하게도 첫 번째로 그 '누군가'가 되어주었죠. 제 목숨을 바쳐야 해도, 이리샤가 아닌 루나 씨와 함께 싸우고 싶습니다."

그렇게 카일은 최초이자 유일한, 세르핀 가문의 저항군이 되었다. 카일은 누구보다도 루나를 믿고 지지해주었고, 루나도 카일에게 점점 마음을 열고 그를 신뢰하게 되었다.

비밀스러운 숲에서 수련하던 어느 날, 카일은 수호동물 루나티 옆에서 쉬고 있던 루나에게 다가와 앉았다.

"여기에서 처음 만났어. 이리샤를."

회상에 잠긴 루나를 카일은 물끄러미 바라보았다.

"그날 내가 그 애를 발견하지 않았다면, 도와주지 않았다면 달라졌을까?"

카일은 비밀의 숲을 따라 흐르는 냇가로 루나를 데려갔다. 그러고는 바위 사이를 점프해 조그마한 땅굴 속으로 들어갔다. 루나와 이리샤만이 아는 비밀 통로였다. 루나는 이리샤가 돌아간 뒤 이 비밀 통로를 통해 설산으로 자주 놀러 갔었다.

"여기를 통해서 자주 놀러 왔었잖아."

"어떻게 알았어?"

"이리샤가 셰르핀 가문으로 돌아온 뒤로, 나는 항상 그 옆에 붙어있어야 했어. 이리샤는 아빠의 갑작스러운 총애를 받자마자, 내가 늘 그녀를 따라다니도록 명령을 내려달라 했거든."

루나는 기억해냈다. 이리샤의 하인처럼 그녀를 따라다니던 하얀 머리의 잘생긴 남자아이를.

"이미 어릴 때부터 이리샤는 권력에 도취 된 사람이었어. 내 어린 시절은 이리샤 옆에서 꼼짝도 못 하는 지옥이었고. 그런데 네가 놀러 오는 날만은 정말 좋았어. 너의 밝은 모습을 보면

나도 모든 걸 잊고 어린애답게 놀 수 있었어. 그날은 이리샤가 나에게 덜 집착하기도 했고. 우리 그때, 설산에 올라가 예쁜 광물을 몰래 따오기도 하고, 숨바꼭질도 자주 했었잖아. 너는 항상 생각지도 못한 곳에 숨어서 찾기가 정말 어려웠지만 말이야. 내가 하고 싶은 말은… 과거를 바꿀 수는 없지만, 그 과거 때부터 이미 너는 내 영웅이었어. 그러니까, 과거를 후회하지 말고 너는 앞만 보고 달려. 내 영웅의 뒤는 내가 책임질게."

카일은 미소 지으며 말했다. 그 뒤로 카일의 미소처럼 멋진 석양이 지고 있었다. 강렬한 석양 때문일까, 든든한 카일의 말 덕분일까. 저항군을 창립한 이래 늘 긴장 속에서 살던 루나의 마음속에 선선한 바람이 불어왔다. 정말 오랜만에 편히 마음을 놓을 수 있었다. 긴장감이 떠난 마음에는 믿음과 설렘이 들어왔다. 그렇게 시작된 순간들은 입에 넣자마자 녹아버리는 솜사탕처럼 달콤하고도 짧았다. 하지만 둘은 서로의 마음속에 강렬하게 자리했다. 사랑에 빠진 그들은 연인으로, 그리고 든든한 동료로서 항상 서로의 곁을 지켰다.

그리고 기다리던 혁명의 밤, 저항군의 정체를 들킨 루나에게 셰르핀의 가주는 끔찍한 폭력을 가했다. 루나의 신성한 힘을 모두 빼앗고 인간세계로 추방했다. 그녀의 가족과도 같은 베토스 가문 사람들과 저항군을 닥치는 대로 처형하던 광기 가득한 이리샤의 눈이 보였다. 이리샤가 가진 증오심에는 카일을 차지한 루나에 대한 질투심도 한몫했으리라.

혁명이 실패하고 루나가 추방당하던 날, 카일은 루나를 껴안고 어린아이처럼 엉엉 울었다. 루나가 인간세계로 추방당하던 그 마지막 순간까지 말했다. 꼭 루나를 찾으러 인간세계에 가겠다고, 수십 년이 걸려도 루나를 기다리겠다고. 그리고 카일은 결국 그 약속을 지켰다. 인간세계에 길고양이의 모습으로 루나를 만나러 온 것도, 루나시움에 돌아와 기억을 찾을 때까지 루나를 기다려 준 것도. 루나는 이제야 진정으로 이해할 수 있었다. 카일이 루나시움 본부에서 그녀를 처음 보았을 때 왜 그렇게 가슴 아린 표정을 짓고 있었는지. 그리고 단순히 매력적으로 느껴지던 카일에 대한 차원이 다른 애정이 되살아났다. 함께 저항군을 이끌다 죽음을 맞이한 첫 번째 삶과 길고양이로 찾아와준 카일과의 두 번째 삶, 이유 없이 카일에게 끌린 세 번째 삶까지. 운명처럼 엮여있는 둘의 사랑은 시간을 거듭할수록 깊어졌다. 루나는 당장 카일을 만나야 할 것만 같았다.

"사라! 사라!"

"미요? 나 지금 바빠! 카일을 보러 가야 해!"

"긴급! 긴급! 카일이 납치당했단다!"

루나는 순간 발걸음이 멈췄다.

"뭐?"

"셰르핀 가주의 짓이란다! 항상 카일에겐 너그럽던 가주였는데, 이번에는 카일이 엄청 중요한 물건을 훔친 모양이란다! 가주가 배신감에 부하들을 마구잡이로 죽이고 카일도 잡아 갔다지 뭐니?"

"나 때문이야… 어디에 갇혀있대? 당장 구하러 가야겠어."
"그건 아무도 모른단다! 심지어 지혜의 나무조차도!"
"한 번만 더 알아봐 줄 수 있어? 정말 중요한 일이라 그래!"
"알았단다!"

루나는 숨을 쉴 수가 없었다. 이리샤가 어떻게 해서든 루나를 불행하게 한다던 말이 진짜였다. 가장 소중한 카일을 납치해갔으니. 카일에 대한 죄책감에 미칠 것만 같았다. 루나는 지푸라기라도 잡는 심정으로 잘 준비를 하는 릴리를 찾아갔다.

"릴리, 카일이 없어. 릴리도 시리아 가문이지? 혹시 카일이 지금 어디에 있는지 알 수 있어?"

"시리아 가문이 보는 미래는 무작위로 우리에게 나타나는 거야. 구체적인 것을 보기 위해서는 다른 의식이 필요한데… 그건 설산 꼭대기에 피는 파란 장미가 있어야 해."

"인간세계의 파란 장미는?"

"인간세계 장미에는 마법이 없잖아! 아, 맞다! 파란 장미가 핀 학도 괜찮아!"

"그건 어떻게 구하는데?"

루나의 질문에 릴리는 자신도 모른다는 듯이 어깨를 으쓱한다. 아이에게 너무 많은 것을 바랐다는 생각에 절망에 빠진 루나를 보고 로즈 할머니가 끼어들었다.

"푸른 장미의 꽃말이 뭔지 아니?"

"…"

"기적, 기적이라네. 고객에게 기적을 선물해 봐. 기적이 돌아올 거야."

루나는 자신이 목격한 기적으로 무엇이 있었는지 생각했다. 사랑이었다. 내가 좋아하는 사람이 나를 좋아할 때, 사람들은 기적이라고 말했다. 루나는 책방 할아버지의 쪽지와 그의 손녀 시은의 사연이 떠올랐다. 그리고 이내 결심이 선 듯 인간세계로 향했다.

40번째 고객, 이시은

시은은 10분째 거울 앞에 서 있는 중이다.

"애가 왜 안 하던 화장을 하려고 그래? 아직 고등학교 1학년이잖아. 너희 나이 때는 화장 안 한 게 제일 예뻐."

엄마의 잔소리가 몰아쳐도 시은은 묵묵부답이었다. 웃는 표정을 지어보아도 무언가 마음에 들지 않았다. 애꿎은 앞머리만 계속 정리하다 결국 학교로 향했다. 요즘은 학교에 가는 것이 그 어느 때보다 기대된다. 오늘은 말을 걸 수 있기를, 하지만 사실은 그냥 바라보는 것만으로도 좋다. 생각하면서 걷다 보니 어느새 교실 앞에 도착했다.

"안녕."

두근두근, 얼굴이 붉어진 것이 티가 나면 안 되는데.

"안녕!"

아, 손은 흔들지 말걸. 괜히 우스꽝스러워 보였으면 어떡하지? 그 애는 환하게 웃어주고 교실로 들어간다. 새카만 머릿결과 대비되는 새하얀 얼굴, 반달처럼 휘어지는 눈웃음, 시은이 가장 좋아하는 뚜렷한 턱선과 남자애들이 하는 유치한 힘 싸움에는 관심이 없으면서도 모두와 잘 지내는 어른스러운 모습까지. 어떻게 이런 애를 좋아하지 않을 수 있을까? 시은의 반에는 옆 학교에서도 보러올 정도로 유명한 아이돌 연습생도 있지만, 시은의 눈에는 그저 도현이 가장 멋있다.

하지만 시은은 부끄러움이 많고 조용한 성격에 평소 남자아이들과는 잘 어울리지 않았기에 갑자기 말을 걸거나 친한 척 다가갈 용기가 없었다. 이렇게 속앓이를 하게 된 계기는 다름 아닌 평범한 점심시간이었다. 밥을 먹고 남는 자유시간에 시은은 운동장 트랙을 돌며 친구들과 이야기를 하고 있었다. 그때 어디선가 축구공이 날아왔다. 그리고 달려온 도현은 놀라 넘어진 시은에게 다가와 다친 곳은 없냐고 물었다.

살짝 땀에 젖은 도현의 모습 뒤로 6월의 햇살이 후광처럼 빛나고 있었다. 그 순간이었다. 모든 것이 변했다. 평범했던 하루하루는 매일 설레는 등굣길로 바뀌었고, 점심시간에 친구들을 졸라 운동장 트랙을 돌며 살짝살짝 도현을 바라보다 눈이라도 마주치면 황급히 고개를 돌리게 되었다.

어느덧 배도 부르고 졸음도 쏟아지는 5교시 수업 시간이다. 나름대로 성실하게 수업을 듣는 시은은 졸음과의 사투를 벌였다. 결국은 잠에서 깨기 위해 교실 뒤편에 있는 서서 수업을 들을 수 있는 책상으로 향했다. 그때, 창가 자리에 앉아 있던 도현이 교과서를 챙겨 시은의 옆자리로 왔다. 이렇게 가까이 있는 것은 처음이라 시은은 다시 얼굴이 붉어졌다. 홍조를 띤 얼굴을 들키지 않으려고 괜히 교과서를 보는 척 고개를 푹 숙였다.

학원에서 수업을 듣는 내내 시은 옆으로 걸어오던 도현의 모습이 머릿속에서 계속 떠다녀, 도통 수업에 집중할 수 없었다. 말을 걸 수 있는 용기가 있기만을 바랄 뿐이었다.

루나는 시은에게 정말 특별한 순간을 선물해주고 싶었다. 첫사랑이 이뤄지기를 바라는 이토록 순수하고 풋풋한 마음이야말로 기적을 부르는 완전한 마음이 아닌가! 그녀는 도현의 집으로 향했다. 그의 방은 깔끔하게 정리되어 있었는데, 특이하게 책상 위에만 종이 더미가 쌓여 있었다. 호기심이 생긴 루나는 가까이 다가갔다. 미처 보내지 못하고 여러 차례 다시 쓴 편지들이었다. 루나는 미소를 지으며 편지 하나를 챙겨 공장으로 돌아왔다.

"카페까지 올라오는 계단을 따라 꼬마전구를 설치하면 예쁠 것 같아요! 그리고 저 투박한 조명은 이런 샹들리에 느낌으로 바꾸는 것이 어때요?"

이안은 요 며칠 들뜬 마음을 숨길 수가 없었다. 선물공장 직원들은 다가오는 2차 카페 오픈 행사를 준비 중이었다. 이안의 반전 넘치는 매력은 릴리와 마시멜로우에 대한 사랑뿐만이 아니었다. 이안은 조금 더 아름다운 풍경을 제공하기 위해 카페의 인테리어를 손보는 데에 누구보다 열성이었고, 카페는 그의 손길을 거쳐 점점 근사하게 새로 태어나고 있었다.

"맞아! 2차 카페 오픈 행사!"

"뭐야, 설마 잊고 있었던 거예요? 역시, 이 공장에서 내가 제일 열심이라니까!"

투덜거리는 이안의 얘기는 귀에 들어오지 않았다. 시은과 도현을 어떻게든 카페로 초대해서 둘이 자연스럽게 이야기할 기회를 주는 것이다. 속마음을 말하게 되는 시나몬 가루를 조금 뿌려서 음료를 제공한다면, 완벽하다!

학원을 마치고 집으로 향하던 시은은 신비로운 분홍 눈동자를 한 여자를 다시 마주쳤다. 담임선생님이 힘들어할 때 그를 선물공장 가게로 불러달라고 했던, 담임선생님의 친구로 보이는 사람이었다. 어떤 일이 있었는지는 알 수 없었지만, 그날 이후로 담임선생님은 생기를 되찾았다. 그녀는 시은을 발견하고 웃으며 다가왔다.

"어? 또 보네요!"

"안녕하세요!"

"선생님은 잘 지내나요?"

"그 이후로 훨씬 자주 웃으세요."

"오늘 카페에서 특별한 이벤트를 하는데, 꼭 들러보세요! 저희 가게는 손님들에게 꼭 필요한 선물을 드리거든요. 당신에게도 꼭 필요한 기적이 일어날지 몰라요."

기적? 시은은 기적이라는 말보다는 그녀가 담임선생님을 도와줬다는 사실에, 그리고 어딘가 신비로움을 풍기는 그녀의 모습에 홀린 듯이 카페로 향했다. 카페는 사람들로 북적였지만, 다행히 그녀가 좋아하는 야외 테라스 좌석이 하나 비어있었다. 시은은 카페라테를 시켜 그곳에 앉았다. 카페라테 위에는 시나몬 가루가 넉넉하게 뿌려져 있었다. 아름다운 풍경과 달콤한 음료를 즐기고 있던 그때, 분홍색 눈동자의 여자가 다시 나타났다.

"손님, 이거 떨어뜨리셨어요."

"네? 아, 감사합니다!"

얼떨결에 건네받은 것은 정체를 알 수 없는 편지지였다. 내가 이걸 떨어뜨렸다고? 그녀는 고개를 갸웃거리며 편지를 열어보았다.

시은이에게

널 처음 본 건 중학교 1학년이었어. 기억할지 모르겠지만 우리 같은 반이었거든. 처음 교실에 들어갔을 때, 너는 흰 도화지처럼 맑은 빛이 났어. 눈을 뗄 수가 없었던 것 같아. 하지만 그때까지만 해도 나는 너를 좋아한다는 생각조차 할 수 없었어. 그때 난 남들보다 키가 작았고, 주근깨까지 있었으니까.

그러던 어느 날 자리를 바꾸는데 우연히 너랑 짝꿍이 됐어. "안녕!" 하고 환하게 웃으며 밝게 인사하던 너의 모습을 보고, 그 순간 직감했어. 마구 뛰는 내 심장 소리의 의미를. 넌 가까이서 볼수록 매력적이었어. 수업을 열심히 듣다가도 소설책을 책상 아래로 꺼내 읽었고, 급식을 받으면 가장 맛있는 것은 가장 마지막에 먹더라.

앞자리에 앉은 따돌림을 당하는 친구에게도 항상 웃으면서 먼저 말을 걸어주고, 짝 활동을 할 때 내 쪽으로 몸을 기울이고. 누구보다 열심인 모습은 정말 예뻐 보였어. 활짝 웃는 너의 그 웃음은 항상 '헙-' 하고 내 숨을 멎도록 만들었고… 하지만 내겐 네가 너무 과분하다는 생각에 제대로 표현조차 하지 못하고 중학교 일학년이 끝났어. 그 뒤로 같은 반이 되는 행운은 찾아오지 않았던 것 같아.

그런데 고등학교 1학년, 다시 같은 반이 된 거야. 오랜만에 본 너는 여전히 따뜻하게 빛이 나더라. 친구들과 축구를 하던 어느 날 괜히 운동장을 돌고 있는 너의 쪽으로 공을 찼어. 그냥 그 핑계로 공을 가지러 가서 말을 걸고 싶었던 것뿐인데 네가 놀라서 넘어져 버렸고, 나는 괜찮냐는 말밖에는 할 수가 없었어. 네가 대답조차 없었던 것을 보니 괜한 짓을 한 것 같아서 후회되네. 미안해.

중학교 때 이후로, 다시 만나는 행운이 찾아온다면 그때는 정말 안 놓칠 자신이 있다고 생각했는데, 말처럼 쉽지가 않은 것 같아. 그래서 이 편지를 썼어. 수십 번을. 이 편지가 너에게 가닿지 못하겠지만…

-도현

순간 시은의 머릿속에 분홍색 눈동자를 가진 여자가 떠올랐다. '당신에게도 기적이 일어날지 몰라요.'라던 여자의 말이 귓가에 맴돌았다. 그토록 좋아하던 도현이 나를 마음에 두고 있었다니 믿을 수 없었다.

거짓말처럼 그 순간 도현이 가게 문을 열고 들어왔다. 그는 시은을 발견하고 머뭇거리더니 이내 다가와 물었다.

"어… 안녕! 여기서 만나네. 앞에 앉아도 돼?"

이건 기적이 분명했다. 시은의 심장은 터질 듯이 뛰고 있었다.

10장

당신을 기다리는 선물공장

선물공장에는 푸른 장미가 핀 학이 날아왔다. 릴리는 학에서 푸른 장미를 한 송이 따서 선물공장 꼭대기의 투명한 구로 향했다. 루나는 조용히 뒤따라갔다. 릴리는 평소에 잘 볼 수 없는 진지한 얼굴로 테이블에 푸른 꽃잎을 뿌렸다. 잔잔한 바람에 꽃잎이 휘날리며 흩뿌려졌다. 은색의 달빛에 비친 파란 꽃잎이 만들어낸 무늬는 신비로웠다. 그녀는 자신의 머리에 핀 하얀 안개꽃 한 송이를 꺾어, 파란 꽃잎 사이에 떨어뜨렸다. 하얀 꽃과 파란 꽃잎이 만난 순간, 테이블 위에서 아지랑이가 피어오르듯이 무엇인가가 일렁였다. 이내 하얗고 푸른 오로라가 피어났다. 릴리는 눈을 감고 그 속에 얼굴을 가져다 댔다. 오로라 안에서 울리는 릴리의 목소리가 들렸다.

"세르핀 병사들이 지키고 있어. 깊숙한 곳에 카일 오빠가 묶여있어. 어딘지 모르겠는데 아주 깊숙이 꼭꼭 숨겨 놨어. 세르핀 본부의 어딘 가에."

루나는 밤새 셰르핀 본부를 뒤졌지만 그를 찾을 수 없었다. 절망하는 마음도 모른 채 문라이트 서바이벌 아침의 해는 떠오르고 있었다.

"이번 경기 진짜 기대된다. 누가 이길까?"

"맞아, 노버가 결승전까지 오른 것은 50루나 만에 처음이래. 난 노버에 한 표!"

"에이, 그래도 셰르핀 가문인데, 앨리스가 이기겠지."

문라이트 서바이벌의 광활한 경기장은 역사상 가장 긴장감 넘치는 결승전을 보기 위해 가득 차 있었다. 동그란 모양의 공중 경기장 주위 관중석이 빽빽했다. 관중석에 들어가지 못한 사람들은 실시간 중계 화면을 통해서라도 보기 위해 잔디밭에 삼삼오오 모여 있었다. 방금 준결승전을 이긴 루나는 대기석에 서서, 앨리스와 지나 시리아의 준결승전이 시작하기를 기다리고 있었다. 이긴 사람이 루나와 결승전에서 만나리라.

중계 화면을 통해 자신만만한 표정의 앨리스와 평온해 보이는 지나 시리아의 모습이 보였다. 지나 시리아는 베브 시리아의 몇 안 되는 제자 중 하나이기에, 앨리스의 공격을 이미 예측할지도 모른다. 하지만 지닌 신성한 힘의 양은 앨리스가 압도적으로 많기에, 한 치 앞을 예상할 수 없는 상황. 경기가 시작하는 종소리가 울리자마자 앨리스는 설산에서 공수해온 위협적인 마법 광물을 지나 쪽으로 날려 보내기 시작했다. 지나는 이 모든 상황을 예측했다는 듯이 여유롭게 피함과 동시에 앨리스 주위의 식물을 움직였다. 경기장에 피어있던 평범한 식물들이 그녀의 손짓하나에 순식간에 거대하게 자라나 앨리스를 포박했다.

그녀를 포박하던 식물이 점점 날카로워지면서 몸에 상처를 내기 시작했다. 그리고 날카롭게 변한 또 다른 식물이 공중에서 앨리스를 향해 무서운 속도로 떨어지고 있었다. 앨리스는 신성한 힘으로 그 식물을 멈추고, 마법 광물로 자신을 포박한 식물을 무력화했다. 그리고는 한 치의 망설임도 없이 지나에게 달려가 가루로 된 하트늄을 그녀에게 뿌리기 시작했다. 가루로 된 하트늄은 훨씬 빠른 속도로 더 강력한 진정의 힘을 발휘한다. 하트늄에 취한 지나가 비틀거리자, 앨리스는 그 틈을 놓치지 않고 신성한 힘을 모조리 빼앗는 자주색의 스타튬을 꺼내 지나의 심장에 내리꽂았다. 지나는 의식을 잃어갔다. 앨리스의 승리였다. 경기장에는 지나를 응원하던 시리아, 페리, 데어 가문의 아쉬운 탄성과 함께 셰르핀 가문의 환호가 가득했다.

결승에서 앨리스와 만나게 되었다. 이제 루나의 차례이다. 이 경기에서 신성한 힘을 얻고, 로즈 할머니의 영혼 소멸을 막아야 한다. 큰 중압감이 루나를 짓눌렀다. 루나는 경기장의 문 앞에 서서, 마음을 가다듬기 위해 노력하고 있었다. 문을 열고 나가면, 앨리스가 서 있을 것이다. 루나시움의 절대 악인 셰르핀 가주 이리샤보다 더 알미웠던 앨리스. 그녀에 대한 분노를 온 마음에 새기며 문을 열고 걸어나갔다.

수많은 관중이 루나를 압도했다. 루나는 애써 마음을 가다듬어야 했다. 수많은 마법 주문을 머릿속으로 되뇌고, 주머니 가득 담아온 마법 식물들을 손끝으로 쓰다듬었다. 후우. 심호흡을 크게 하고 고개를 들어 앨리스를 정면으로 바라보았다. 앨리스는 비틀린 웃음과 여유 넘치는 퍼포먼스를 보였다. 과연 앨리스답다. 그녀는 온몸을 화염으로 뒤덮으며 높이 뛰어올랐고, 관중석에선 셰르핀 가문의 격한 환호가 쏟아졌다. 루나는 그에 응하지 않고 경기장 위에 섰다. 종소리가 울림과 동시에, 세기의 경기가 시작되었다.

앨리스는 곧장 공격을 쏟아내기 시작했다. 그녀가 쏟아낸 얼음 파편들이 루나를 향했다. 루미노아가 한 박자 늦게 보호막을 쳐주었지만, 루나의 피부에는 파편들이 박혀 피가 흘렀다. 루나는 힐로우블룸을 꺼내 입에 물었다. 따끔한 느낌과 함께 마법처럼 상처가 아물었다. 앨리스는 그 짧은 틈을 이용해 루나에게 달려오며 손끝으론 강렬한 마법의 빛을 내뿜었다. 그 빛은 경기장을 두 동강 내며 루나를 향해 달려왔다. 하지만 루나는 루미노아의 보호막으로 공중으로 떠오르며 가뿐히 피해냈다. 루나는 배운 대로 신성한 힘을 가득 모으는 상상을 하며 앨리스의 코앞까지 순간이동을 했다. 그녀의 주위에 작은 원을 그리며 외쳤다.

"플라레오."

앨리스 주위로 불꽃이 타올랐다. 과거 루나의 기억 속에 있는 주문들은 루나의 머릿속을 세차게 휘저었고, 그녀는 자신도 모르게 불에 닿으면 폭발하는 바크늄을 앨리스에게 던졌다. 앨리스 주변의 불길은 불꽃놀이처럼 펑펑 터지기 시작했고, 앨리스는 황급히 물을 뿌렸지만, 이미 터지는 바크늄을 멈출 수는 없었다. 루나는 마지막으로 루미나스 클로바인을 던졌다. 영롱하고 날카로운 잎사귀가 앨리스의 몸을 감았다. 루나가 승리의 기운을 감지하며 루미나스의 잎사귀를 더욱 날카롭게 세우려던 순간, 위기에 처한 앨리스는 온몸의 힘을 다해 외쳤다.

"베일리스 레벨라토!"

앨리스의 주문이 루나에게 닿는 순간, 루나 눈의 분홍색 보호막이 녹아내리며 루나의 진짜 모습이 드러났다. 루나의 눈동자에서는 모두에게 숨겨왔던 신비로운 금색 빛이 여느 때보다 밝게 빛나고 있었다. 이 광경에 관중석은 순식간에 침묵에 빠졌다. 앨리스는 여유로운 미소를 지으며 루미노아를 가뿐하게 잠재우고는 관중석을 향해 큰소리로 외쳤다.

"한사라의 정체, 아시겠습니까?"

관중석이 술렁인다. 루나가 돌아왔다는 의견과 우연의 일치일 뿐이라는 소음이 점점 거세게 경기장을 울렸다.

"정체를 밝혀라!"

"베일리스 레벨라토!"

"루나가 돌아왔다!"

관중석은 난리법석이 났고, 이를 지켜보던 이리샤의 얼굴은 일그러졌다. 루나는 숨겨야 하는 자신의 본모습이 노출되자 당황스러움에 몸이 굳었다. 관중석의 외침이 루나의 머리를 웅웅

울렸다. 멈춰버린 루나를 보고, 이 기회를 놓칠 리 없는 앨리스는 마지막 공격을 가했다. 그녀가 날린 마지막 단검 모양의 광물이 경기장의 공중을 날았고, 이미 정체를 들켜버린 루나는 루나티를 불렀다

간절한 외침이었다. 순간 루나는 다른 세상에 와있었다. 시간이 천천히 흘렀다. 끝없는 공허 속, 번쩍이는 빛이 뿜어져 나와 경기장을 뒤흔들었다. 그리고 거대한 루나티의 형상이 나타났다. 처음 루나티를 만나던 순간처럼 그렇게 루나티는 모습을 드러냈다. 단검이 루나의 목을 스치는 순간 루나는 현실로 돌아왔고, 시간은 다시 빠르게 흘렀다. 루나티는 잽싸게 단검을 물어 막아내고는 그대로 앨리스를 덮쳤다. 눈에서 뿜어져 나오는 금색 빛이 앨리스에게 닿는 순간, 그녀는 온몸이 마비되었고, 루나티가 그런 앨리스를 가뿐하게 물고 뛰어올라 높은 곳에서 내팽개쳤다. 순간 관중석에는 환호성이 터졌다. 루나의 승리였다.

루나티는 어느새 루나의 곁으로 다가와 있었다. 루나는 눈을 감고 그의 머리에 얼굴을 기대며 루나티를 끌어안았다. 둘의 마음이 교감하는 것이 느껴졌다. 루나는 루나티를 처음 만났을 때처럼 혼자가 아니라는 생각에 벅차올랐다. 어떤 위험도 이겨낼 수 있을 것 같은 든든함과 힘이 마음속에서 솟아났다. 그토록 원하던 문라이트 서바이벌 우승을 이뤄냈다는 생각에 감격의 눈물을 흘렸다.

앨리스는 여전히 사지가 마비된 채로 경기장 바닥에 쓰러져

있었다. 루나는 그간 앨리스의 행실을 봐왔기에 그녀를 일으켜 주고 싶은 마음이라고는 추호도 없었다. 문라이트 서바이벌의 전통대로, 이리샤가 루나의 압도적인 승리를 발표하는 순간만을 기다리고 있었다. 자신이 구해준, 친언니처럼 따르던, 그러나 자신의 부모님을 무릎 꿇리고 신성한 힘을 빼앗아 간 이리샤의 입으로 루나의 승리를 외쳐준다면, 끝없는 원한의 일부는 녹아내릴 것 같았다. 관중석엔 긴장된 정적이 돌았다. 이리샤는 침묵을 지켰다. 한창 최측근들과 회의하던 이리샤는 드디어 입을 열었다.

"한사라 실격, 앨리스 승리!"

경기장엔 야유의 소리가 울렸다. 루나는 이 상황을 받아들일 수 없었다. 실격이라니, 누가 봐도 루나의 압도적인 승리였다. 앨리스는 여전히 바닥에 내팽개쳐져 있었다. 이리샤는 여느 때처럼 표정 하나 변하지 않고 경기장을 떠나고 있었다. 경기장의 커다란 중계 스크린에는 '문라이트 서바이벌 최종 우승자: 앨리스 셰르핀'이라 번쩍이고 있었다. 관중석의 야유는 점점 더 커졌고, 루나는 분노로 가득 찼다. 달려나가 이리샤의 앞을 막아섰다.

"내가 왜 실격이야?"

"규칙이 바뀌었어. 노버는 참여 자격이 없어졌어."

"누구 마음대로? 누가 봐도 내 승리였다고! 그리고 나는 노버가 아니야, 루나 베토스라고!"

이리샤는 기분 나쁜 웃음을 지었다.

"베토스 가문은 이제 없어. 노버만 있을 뿐이지. 반역자 루나를 체포하도록!"

이리샤의 경호원들은 루나의 정강이를 걷어차 쓰러뜨리고는 그녀를 포박하기 시작했다. 루나는 마지막 남은 힘을 쥐어짜 신성한 힘을 끌어모았다. 지하 세계에 있는 자신의 모습을 상상하며 순간이동을 하려던 찰나, 그녀의 목 뒤로 서늘하고 뾰족한 광물이 깊숙이 박히며 온몸에서 힘이 빠져나가는 것을 느꼈다. 뿌옇게 흐려지는 시야 속에서 점점 가까이 다가오는 땅, 그녀가 기억하는 마지막 모습이었다.

눈을 뜬 루나가 처음으로 발견한 것은 몸을 옭아 죄는 쇠사슬이었다. 루나는 움직일 수도, 입을 벌릴 수도, 소리를 지를 수도 없게 온몸이 사슬에 묶여있었다. 그 뒤로는 이리샤가 보였다. 신성한 힘에 주문은 필요 없다. 비록 지금 입도 뻥긋 못하게 묶여있지만, 마음의 힘으로 이리샤를 제압할 것이다. 베토스 가주로서 지닌 신성한 힘과 선물공장에서 일하며 얻은 신성한 힘에 루나티를 소환한다면, 이리샤를 잡을 수 있을 것이다. 아니, 잡을 수 있다. 굳게 믿어야 한다. 진심으로 믿어야 한다. 이곳은 믿음대로 이루어지는 곳이니까.

루나는 눈을 감고 처음 루나티를 만났던 순간을 떠올렸다. 루나티가 루나에게 머리를 비비며 교감하던 순간을 회상하며 속으로 외쳤다. '만나즈 아수스!' 다시 시간이 느리게 흘렀다. 그리고 곧 루나티가 나타났다. 현실의 시간이 천천히 흘렀다.

수상함을 감지한 이리샤는 뒤를 돌아보았지만, 루나티가 빨랐다. 루나티는 이리샤를 물어왔고, 루나는 신성한 힘을 모았다. 비록 말은 할 수 없지만 속으로 외쳤다. '카라 트리움!' 이리샤의 몸에서 나온 신성한 힘은 그대로 루나에게 들어왔다. 엄청난 힘을 이기지 못해 토할 것 같았지만, 이 힘을 절대 이리샤에게 돌려주지 않겠다는 독기로 그 모든 신성한 힘을 들이마셨다. 척추 마디마디가 찌릿하다 못해 녹아내릴 것만 같았다. 엄청난 양의 신성한 힘을 온몸으로 받아낸 뒤, 루나는 정신을 잃고 쓰러지고 말았다.

루나는 신성한 힘 속에서 정신을 잃은 채 환영을 보고 있었다. 행복했던 어린 시절의 부모님의 얼굴을. 실제로 눈앞에 있는 듯했다.

'루나, 네가 해냈구나. 정말 기특하다, 우리 딸.'

"엄마, 아빠! 정말 보고 싶었어요!"

부모님은 루나를 꼭 안아주셨다. 루나는 그 온기를 온몸으로 느꼈다. 가슴이 벅차오르며 슬퍼졌다.

"하지만 엄마, 아빠, 이건 꿈일 뿐이잖아요. 제가 신성한 힘에 정신을 잃고 보는 환영일 뿐이잖아요."

'그렇지 않아. 루나야. 잘 들으렴. 지혜의 나무가 했던 말 생각나니?'

그때였다. 누군가가 루나를 애타게 부르는 소리가 들렸다.

"루나! 루나! 정신 차려봐!"

"신성한 힘을 너무 많이 마셔서 몸이 버티지 못하고 영혼이 소멸하는 것인가?"

"안 돼, 루나! 살아야 해! 정신을 붙잡으라고!"

저항군이 루나를 깨워 루나의 신체는 환영에서 벗어나려 했지만, 루나의 마음은 부모님과의 대화를 이어가고자 하는 의지로 환영과 현실 세계 사이를 오갔다. 신체가 그녀를 현실 세계로 강하게 불러들여 세계가 왼쪽으로 휘었다. 하지만 그녀의 의지는 부모님이 있는 오른쪽의 세계로 강하게 휘어졌다. 루나가 두 세계로 분리되는 꼴이었다.

'루나, 우리는 곧 보자, 저항군의 도움을 받아 카일을 찾으렴! 사랑해, 우리 딸!'

아빠의 목소리를 마지막으로 오른쪽의 세계는 무너졌다. 사라는 현실 세계 속에서 의식을 되찾았다.

그곳엔 데릭을 포함한 저항군들의 얼굴이 보였다.

"뮤타!"

"몇십 베리 전부터 가주님께서 루나시움에 돌아오셨다는 소문이 무성했는데, 노버 신분으로 살아가고 있을 것이라곤 생각도 못 했습니다. 가주님께서 위험하실 것 같아 저희도 셰르핀 가문으로 잠입했습니다. 그런데 이미 혼자서 무찌르셨군요, 셰르핀의 가주를."

"힘을 잃고 잠시 쓰러져있는 것일 뿐이니 언제라도 일어나서 우릴 죽이려 들지 몰라요. 우선은 이리샤가 힘을 쓸 수 없도록 포박하고, 카일을 찾죠."

"알겠습니다!"

카일을 찾을 차례다. 루나는 신성한 힘을 모아 최대한 집중한 상태로 간절하게 카일을 떠올렸다. 어디 있는지 알 것만 같았다. 눈을 뜬 루나의 눈동자는 평소보다도 더욱 밝게 빛을 내뿜었다. 그 빛은 복도를 밝혔고, 그녀를 어떠한 장소로 인도했다. 루나는 자신을 믿고 그 빛을 따라갔다. 지하 감옥을 한참 돌고 돌아 도착한 곳에는 셰르핀의 병사들이 가득했다. 릴리가 본 그대로, 셰르핀 본부 깊은 속 수많은 셰르핀 병사들이 지키고 있는 감옥 속에 카일이 갇혀있었다.

"셰르핀 병사들은 저희가 처리하겠습니다. 어서 가서 카일을 찾으십시오."

"잠깐이면 돼요! 그동안만 시간을 끌어주세요. 일이 끝나면 저항군이 모이던 지하 세계에서 만나요."

"네!"

셰르핀 병사를 피해 빛을 따라 걸어간 곳에는 신성한 힘을 보관하는 감옥이 있었다. 전기처럼 반짝이는 신성한 힘이 가득 들어있었다. 저 모든 신성한 힘을 수용하기에는 이리샤의 그릇이 작았던 모양이다. 루나는 저 신성한 힘으로 무엇을 해야 할지 분명히 알 수 있었다. 하지만 카일을 찾는 것이 우선이다. 그녀를 안내하는 금색 빛은 신성한 힘을 보관하는 감옥 안에 딸린 작은 감옥까지 이어졌다. 그곳에서 하얀 무엇인가가 눈길을 사로잡았다. 손발이 묶인 채 널브러져 있는 카일이었다. 온몸이 피투성이였고, 마지막으로 음식을 먹은 것이 언제인지 알 수 없을 정도로 야윈 채 의식조차 없었다.

"카일."

"카일!"

루나는 두 손을 카일의 얼굴에 가져다 대고 이마를 맞대고 다시 그를 불렀다. 루나의 손에서 그녀의 신성한 힘이 카일에게로 옮겨갔다. 카일은 온몸이 으스러질 듯한 고통을 느끼며 조금씩 의식을 되찾았다.

"루나?"

"카일, 내가 정말 미안해. 네가 이리샤를 선택했다면, 우리가 사랑에 빠지지 않았다면, 이렇게 다칠 일도 없었을 텐데, 정말 미안해 카일…"

루나는 울먹이느라 말도 제대로 할 수 없었다. 카일은 그런 그녀를 꼭 안아주었다.

"괜찮아. 날 구해주러 왔잖아. 그거면 돼. 난 수천 번이라도 다시 널 선택하고, 사랑할 거야. 그러니까, 울지 마."

루나는 카일을 품에 안고, 이리샤가 모아둔 신성한 힘을 챙겨 지하 세계로 이동했다. 잠시 뒤, 저항군도 이리샤를 포박해 도착했다. 그러자 과거의 루나가 저항군을 이끌던 때처럼 광활한 지하 광장이 가득 찼다.

"여러분이 없었다면, 이리샤를 제압하고 카일을 되찾아오지 못했을 겁니다. 그때도, 지금도, 저를 믿고 제 곁에 있어 줘서 정말 감사합니다. 오늘, 우리는 드디어 그토록 바라던 성공을 이루었습니다!"

뮤타! 함성과 환호성이 쏟아졌다.

"자, 이 신성한 힘은 어떻게 하면 좋을까요?"

"우리끼리 나누어 가집시다!"

"그건 우리가 제2의 이리샤가 되는 것과 다를 바가 없어요. 신성한 힘을 공정하게 나눠 다섯 가문에게 돌려줍시다."

"그러면 내일 신성한 힘을 나눠주고, 이리샤도 함께 인간세계로 추방합시다. 오늘은, 우리의 승리를 만끽합시다!"

루나는 신성한 힘으로 지하 세계를 환하게 밝히고 모든 저항군이 먹고도 남을 만큼 많은 양의 음식을 만들어냈다. 저항군들은 그날의 승리를 충만하게 누리며 술과 음식을 두둑이 했다. 그때, 노버로 보이는 한 사내가 다가와 말했다.

"루나님, 아니, 베토스의 가주님, 베토스 가문은 어떻게 되는 겁니까? 저는 노버의 모습으로 변장을 하고 살아왔지만, 아직 수많은 베토스 가문들은 루나시움 외곽의 비밀스러운 숲에 숨어서 살고 있습니다."

"지금 같이 가봅시다."

"직접 가신다고요? 베토스 사람들이 정말 좋아하겠네요!"

"더 좋은 소식을 들려줘야죠. 갑시다!"

루나는 그와 함께 비밀스러운 숲으로 향했다. 어린 시절의 향수가 떠올라 아련해졌다. 환영에서 본 부모님도 그곳에서 미소 짓고 있을 것 같았다. 하지만 세상의 소식과 동떨어져 숲속에 숨어 살던 베토스 가문은 예정 없던 누군가의 방문에 깜짝 놀라 모두 숲속 깊은 곳으로 숨어버렸다. 비밀스러운 숲은 동물 한 마리 살지 않는 곳처럼 적막했다. 루나는 강렬한 금빛 눈동자를 비밀의 숲에 내뿜으며 외쳤다.

"오래 숨어 지내 온 베토스 가문이여! 오늘은 우리가 부흥하는 날입니다! 세르핀 가주는 몰락했습니다!"

노버로 변장했던 그 역시 베토스 가문의 모습을 드러냈다. 그리고 온 힘을 다해 외쳤다.

"세르핀 가주를 몰락시킨 루나시움의 새로운 주인, 우리의 루나 베토스가 돌아왔습니다!"

사람들이 웅성거리기 시작했다.

"루나 베토스가 돌아왔다고?"

"말했잖아, 베브 시리아가 본 미래는 단 한 번도 틀린 적이 없다고!"

"정말 돌아오셨군요, 가주님!"

소리와 함께 숨어있던 사람들이 하나, 둘 모습을 드러내기 시작했다. 익숙한 얼굴이 다가왔다. 루나는 반가운 마음을 주체할 수 없었다.

"에릭 베토스! 내 부탁대로 베토스 가문 사람들을 잘 지켜주고 있었던 거예요?"

"그럼요, 가주님! 사람들을 부르겠습니다. 여러분, 루나 가주님께서 돌아오셨습니다! 모두 나오십시오!"

숨어있던 사람들이 우수수 몰려나왔다. 루나는 세르핀이 몰락했으니, 이제 베토스 가문도 잊힌 가문이 아닌 다섯 가문 중 하나로써 부흥할 것이며, 5대 가주 회의에서 향후 루나시움을 바르게 이끌어갈 방안에 대해 논의할 예정임을 설명했다.

다음 날 아침, 루나시움 광장에는 수천 명의 시민이 모였다. 광장에는 베토스 가문을 포함한 다섯 가문의 깃발과 저항군의 깃발, 그리고 루나시움의 깃발이 시원하게 부는 바람에 펄럭이고 있다. 깃발은 가운데에 높이 솟아 있는 단상을 둘러싸고 있었다. 루나는 떨리는 마음으로 단상으로 향했다. 사람들의 환호성이 울려 퍼졌다.

"안녕하세요, 저항군의 창립자이자, 베토스 가문 50대 가주 루나 베토스입니다."

이번에는 베토스 가문과 노버들의 환호성이 터졌다. 환호성을 들으며 잠시 뜸을 들이던 루나는 말을 이어갔다.

"오늘 이 자리가 다섯 가문의 평화와 화합을 상징하는 날이 되었으면 좋겠습니다. 오랜 암흑기를 거쳐 루나시움은 끝내 평화를 되찾았습니다. 암흑기를 통해 우리는 평화의 중요성을 배웠습니다. 이에, 저항군이 되찾은 신성한 힘은, 원래대로 다섯 가문에게 똑같이 나누어주려 합니다."

이어 각 가문의 가주가 단상 위로 올라오고, 저항군의 대표는 각 가문의 가주에게 신성한 힘이 담긴 구슬을 건넸다. 다시 한번 환호성이 울려 퍼졌다.

"우리는 전쟁이라는 역사적 비극을 반복하지 않아야 합니다. 이에 루나시움 본부에 요청합니다. 첫째, 가문 간에 신성한 힘을 주고받는 것을 금지하는 법을 제정해주십시오. 둘째, 대전쟁이란 비극을 불러온 49대 세르핀 가주에게 루나시움 최고법 제5조 1항 '공익에 커다란 피해를 입히거나 남을 살해한 자는 소멸시키거나, 그에 상응하는 처벌을 내린다.'에 따라 강력한 처벌을 내리게 해주십시오."

루나시움 본부장은 흔쾌히 허락했다. 루나는 천천히 고개를 끄덕이더니 발언을 이어갔다.

"모든 루나시움의 시민 여러분! 우리는 이 추운 겨울에 한 송이 꽃을 피우듯 억압과 폭력 속에서 평화를 꽃피웠습니다. 저는 선물공장에서 일하면서 수많은 인간이 자신이 지닌 평범한 일상의 소중함을 못 본채 괴로워하는 모습을 많이 보았습니다. 그것은 이곳 루나시움도 마찬가지입니다. 우리는 오래된 평화 속에서 일상의 소중함을 모르고 안주하던 중, 대전쟁이라는 비극을 맞이했습니다. 선물공장 직원들이 인간들에게 조그마한 마법을 선물하며 평범한 일상의 소중함을 역설하듯, 우리도 대전쟁이라는 비극을 교훈 삼아 당연한 것으로 여겨졌던 것들의 소중함을 느끼며 매 순간을 찬란하게 살아가기를 바랍니다. 이어서, 그동안 루나시움을 혼동으로 몰아간 장본인 이리샤의 추방식이 있겠습니다. 이리샤 올려주세요."

쇠사슬에 묶여 공허한 눈빛으로 단상에 올라온 이리샤의 눈앞에는 수많은 문이 있었다. 다현이의 할머니가 불교 창구 앞에서 고민했던 때와 같았다.

"와, 저 반짝이는 문은 뭐지?"

"저 문으로 들어가면 벌을 받는 게 아니라 축복받은 삶을 살

것 같은데?"

이리샤는 가장 크고 반짝이는 문을 향해 걸어갔다. 이리샤가 가까워질수록, 문에선 신비로운 힘이 뿜어져 나오며 그녀를 끌어당겼다. 이리샤는 집어 삼켜지듯 문 안으로 빨려 들어갔다. 그녀를 삼킨 뒤, 그 문은 온갖 화려하고 반짝이던 것들이 태초부터 없었다는 듯 사라지고, 초라하게 녹슨 철문으로 변해버렸다. 불교 창구 직원으로 일하던 사람이 의미심장한 말을 남겼다.

"인간들은 저걸 카르마라고 부르더군요."

이리샤의 추방식이 끝나고, 다섯 가문의 가주는 다시 모여 예전처럼 대표자 회의를 진행했다. 루나시움을 바르게 이끌어갈 방향을 논의하는 중요한 회의로 루나시움 본부장도 참석했다.

"이 자리가 앞으로 루나시움을 이끌어갈 방향을 결정하는 중대한 자리인 것은 맞지만, 축하할 것은 또 축하해야 하지 않겠습니까? 마침내 찾아온 루나시움의 평화와 그 평화를 이끌어낸 루나 씨를 위해 건배합시다!"

다섯 가문의 가주들도, 루나시움의 본부장도 한껏 차오르는 행복함을 온전히 느꼈다.

"자, 그러면 앞으로 루나시움을 이끌어 갈 방향에 대해 이야기하겠습니다. 저희가 모두 동의하는 바는 아래와 같습니다. 첫째, 앞으로는 한 가문에서 신성한 힘을 독점할 수 없도록 가문 간에 신성한 힘을 주고받는 것을 원천적으로 금지한다. 둘째, 루나시움의 중대 사항에 대한 결정은 지금과 같이 다섯 가문의 가주와 루나시움 본부장이 함께 논의하여 결정한다. 그렇다면 그 외에 논의해보아야 할 사항은 무엇이 있을까요?"

"문라이트 서바이벌 말이에요, 명백한 루나 씨의 승리였는데 이리샤가 억지를 부려서 노버는 참여 자격이 없다고 실격 처리를 했잖아요. 이제는 베토스 가문이 원래대로 복귀를 한 마당에, 그 판정을 뒤집어야 한다고 생각합니다."

"저도 동의합니다. 문라이트 서바이벌을 진행하는 메이즈 대학 측에 연락을 취해보도록 하겠습니다."

"꼭 부탁드립니다! 문라이트 서바이벌에서 우승해서 꼭 살려내야 할 사람이 있어서요."

"살려내야 할 사람이요?"

"네, 제가 인간 세상에서 지낼 때 로즈 할머니가 선물공장에서 일하면서 저를 돌봐주셨어요. 그로 인해 선물공장에서의 시간이 끝나면 할머니는 영혼이 소멸하게 되었고요. 문라이트 서바이벌에서 우승하면, 간절한 소원 하나를 들어준다면서요? 그게 정말 절실해요, 제게는."

"그렇군요. 잘 말씀드려 보겠습니다."

"회의는 옛날과 같이 안건이 있을 때만 진행할까요? 아니면 시간을 정해두고 주기적으로 진행할까요?"

"안건이 있을 때만 진행했더니 가문 사이에 거리가 생겨서 이리샤의 악행도 미리 눈치채지 못했던 것 같아요. 지금은 평화가 찾아왔지만, 어딘가에 제2의 이리샤가 있을지 몰라요. 저는 10베리에 1번, 이런 식으로 주기적으로 만났으면 합니다."

"루나시움 본부장으로서, 아주 동의합니다. 신이 이곳에 계실 때는 저희가 이렇게 회의를 할 필요가 없었죠. 하지만 이제는 평화를 위한 체계적인 시스템이 필요하다고 생각해요."

"저도 동의합니다. 그러면 오늘로부터 10베리 뒤에 회의를 진행하도록 하죠. 장소는 어떻게 할까요?"

"각 가문의 영역에 돌아가면서 방문해 진행하는 것이 어떤가요?"

"루나시움 본부의 대회의장도 포함될까요?"

"그럼요!"

"좋아요, 그러면 다음 회의 때 뵙도록 합시다."

회의를 마치고 나오던 루나에게 누군가 다가왔다. 화관이 싱그럽게 개화한 신비롭고 아름다운 모습이었다. 시리아 가문의 여인처럼 보였고, 어딘가 익숙하면서도 낯설었다. 그녀는 아름답게 미소 지으며 루나에게 다가왔다.

"루나 씨! 미래를 보았어요."

"베브 씨? 세상에! 항상 온몸을 가린 모습만 보다가 드디어 본모습을 보네요. 너무 아름다우세요."

"셰르핀 가주가 없으니, 이제는 더 이상 정체를 숨길 필요가 없어졌죠. 루나 씨 덕분에요!"

"베브가 정말 아름답다고 미요도 항상 말했었는데, 정말이었네요. 아, 미요 말로는 막스가 미래를 보는 능력이 그렇게 뛰어나다면서요? 워낙 허풍이 심한 친구라 믿을 수가 있어야죠!"

"아, 막스요? 막스는 어릴 때 어디서 괴롭힘을 당해 제가 데려다 키우는 중이에요. 미래를 보는 능력은 당연히 없고요. 그런데 그들과 대화를 나눴다고요? 역시 베토스 가문은 동물과 소통하는 능력이 남다르군요."

"저는 신성한 힘 영향인 줄 알았는데 아닌가요?"

"신성한 힘이 가문마다 내재 된 힘을 발현시키죠. 그건 루나 씨가 베토스 가문이라 가능했던 거예요."

"그럼 설마, 제가 라테랑 대화했던 것도…"

"네 맞아요. 그런데 루나 씨, 제가 전하려 했던 소식이 있어요. 루나 씨의 부모님께서 루나시움으로 오고 계세요. 어떻게 알려야 하나 고민 중이었는데, 보아하니 루나 씨가 신성한 힘을 모아 부모님이랑 커넥터 없이 교감한 모양이군요?"

"네? 제가요? 환영으로 부모님을 만난 적은 있는데… 혹시 그게 설마!"

부모님이 하려던 말씀이 떠올랐다. 지혜의 나무가 한 말을 기억하냐는 말을.

'신성한 힘이 충분했을 때에는, 원하는 상대를 떠올리는 것만으로도 교감이 가능했어. 바보 같은 기계 없이도 잘 먹고 잘 살았다고.'

"제 환상이 아니라 정말로 교감한 것이었군요! 부모님께서 루나시움으로 돌아오시겠다고는 했는데, 어디로 오라고 말씀을 못 드렸어요."

"오늘 저녁에 선물공장에서 축제가 열린다고 들었어요. 그

축제를 성대하게 여세요. 그분들이 루나 씨를 찾는 게 한결 편할 거예요."

선물공장에선 이미 성대한 파티가 열리고 있었다. 선물공장은 크리스마스 시즌을 맞이해 특별히 아름답게 꾸며졌다. 선물공장 가게와 카페 윗편은 크리스마스트리 모양으로 변해있었다. 트리 위에는 아기자기한 장식들이 빛났고, 1층에서는 여전히 따뜻하고 신비로운 빛이 뿜어져 나왔다. 루나는 미요와 막스를 찾았다. 선물공장 파티 초대장을 주고는, 혹시라도 자신의 부모님을 발견하거든 꼭 전해주라고 부탁했다.

"어머! 드디어 부모님을 만나는 거니? 우리가 꼭 찾아서 전해주고 올 테니, 걱정할 것 전혀 없단다! 넌 편하게 즐기고 있으려무나!"

둘은 다시 알 수 없는 둘만의 춤을 추며 루나시움 하늘로 날아갔다. 그래, 털 빠진 새면 어때, 허풍쟁이면 또 어때. 저렇게 행복하다면 그걸로 충분했다. 선물공장에는 수많은 루나시움 시민들이 모였다. 앨리스는 자존심이 상해 선물공장 일을 그만두었다. 공장에서는 새로운 공장장이 누가 되어야 하는지에 대한 논의가 한창이었다. 시민들 사이에서는 영웅인 루나가 공장장이 되어야 한다는 의견과 가장 오랫동안 공장을 지킨 로즈 할머니가 공장장이 되어야 한다는 의견이 부딪히고 있었다.

"로즈 할머니!"

"루나! 드디어 왔구나! 한참 찾았다네."

"할머니, 문라이트 서바이벌 주관자 측에서 연락이 왔는데, 불합리한 판결이었기에 제가 우승한 것이 되었어요! 그래서 무슨 소원을 빌었게요?"

"글쎄, 선물공장장 자리를 빈 것이냐?"

"아니요! 할머니의 영혼 소멸을 막아달라고 했어요!"

"루나… 어찌 말을 해야 할지 모르겠구나. 나를 위해 그 소중한 소원을 쓰다니, 정말 한없이 고마우면서도 미안하구나."

"제가 루나시움에서 자리를 잡을 수 있었던 것은 할머니의 보살핌 덕분이었어요. 에드워드도 마찬가지고요! 저희에게 할머니는 영혼의 지도자세요. 그래서 말인데요, 저는 할머니가 공장장이 되셨으면 좋겠어요. 앨리스 자리가 비었으니 신입도 뽑아야 하는데, 할머니가 공장장이라면 그 신입도 훌륭한 직원으로 성장할 수 있을 거예요!"

로즈 할머니는 한참을 고민하더니, 제안을 수락했다.

"그리고 이건 제 생각인데, 선물공장은 인간들을 대상으로 하잖아요. 그래서 여기 직원들에 한해서라도 인간세계에서 한 번쯤은 살다 올 수 있도록 유학을 보내는 것은 어때요? 인간들에게 필요한 것을 더 적절히 알아챌 수 있을 것 같아요."

"좋은 생각이구나. 그 방안도 생각해보자꾸나. 내가 공장장이 된다면, 기존의 내 자리와 앨리스의 자리까지 신입을 최소 2명은 뽑아야 하는데, 내일 본부에 한번 가봐야겠다."

"신입 말이에요, 누구보다 인간들에게 관심이 많은 지원자가 한 명 있어요."

"벌써 지원자가 있다고?"

"네, 카일! 로즈 할머니, 이제 공장장이셔. 인사드려."

"로즈! 안녕하세요."

"카일은 항상 인간세계를 궁금해하고, 인간들의 자유의지를 부러워했어요. 누구보다 여기에 적합한 인재라고 생각합니다. 물론, 판단은 공장장님 몫이지만요!"

"그래, 카일, 이곳에 있는 사람들에게 꼭 필요한 선물을 한다면 무엇을 선물하겠나?"

"저는 루나에게, 아주 오래 기다려온 특별한 순간을 선물하고 싶습니다. 들어오시죠!"

카일이 기다렸다는 듯 문을 열자, 그토록 기다리던 루나의 엄마와 아빠가 서 있었다. 루나는 그대로 얼어붙고 말았다. 당장이라도 뛰쳐나가 그들의 품에 안기고 싶었지만 몸이 생각처럼 움직이지 않았다. 이토록 오랜 기다림과 그리움, 그리고 인간세계에서 고아로서 당해 온 설움이 북받쳐 올라 눈물만 흘러내렸다.

"루나!"

루나의 부모는 달려와 루나를 꼭 끌어안았다. 인간세계의 부모에게는 단 한 번도 받아본 적 없는 따뜻한 온기가 사랑이 가득한 눈빛을 통해 전해졌다. 기억 구슬로 경험한 어린 루나는 부모님께 많은 사랑을 받았지만, 기억 구슬도 실제의 포근한 온기는 재현해낼 수 없었다. 루나는 부모님께 처음으로 포옹을 받아본 기분이 좋았다. 앞으로 어떤 일이 있더라도 모든 게 다 괜찮아질 것만 같은, 끝없는 안정감에 폭 빠져들었다.

"인간세계에서 정말 못된 인간들과 부모 자식의 연으로 맺어졌던 모양이구나. 이제 그 기억은 모두 다 뒤로 넣어두고 우리 오래오래 행복하자, 루나야."

"우리 기특한 딸, 엄마, 아빠가 많이 사랑해, 널 처음 만난 순간부터 지금까지, 한순간도 빠짐없이."

"네! 보고 싶었어요, 정말 많이요. 사랑해요."

루나의 오랜 그리움과 설움이 눈 녹듯 녹아내렸다. 만약 추천서를 받지 못했다면, 이런 기회를 얻지도 못한 채 우주먼지로 돌아갔을 것이란 생각에 몸서리가 쳐졌다. 루나의 마음속에는 한 가지 생각만이 가득했다. 이젠 모든 게 다 괜찮을 거라고. 드디어, 가슴이 꽉 차게 행복하다고.

때마침 이승에는 보름달이 밝게 솟아올랐다. 해가 질 무렵부터 애타게 하늘만 바라보던 다현의 얼굴에는 미소가 걸렸다. 오늘 밤 동안은 사라를 만날 수 있겠지. 뮤니티로서의 능력이 되살아날 테니. 드디어 떠오른 보름달에 물고기가 빛나기 시작하자 다현은 그 어느 때보다 설레었다.

"언니, 내 기도 다 듣고 있다며, 얼른 와줘. 보름달이 떴어!"

"다현아!"

"계속 거기 있었던 거야?"

"약속했잖아. 저번 약속은… 교통사고가 나서 지키지 못했지만, 이젠 그럴 리 없을 거야."

다현은 달려와서 사라에게 안겼다.

"너무 보고 싶었어, 언니! 해주고 싶은 얘기가 정말 많아!"

"다 얘기해줘!"

"이제는 루나시움 존재들을 못 보니까, 특히 언니를 못 보니까 처음엔 너무 허전했는데… 그래서 내가 기억하는 것들을 그림으로 그리기 시작했어. 그 시간을 추억하려고. SNS에 업로드했더니 사람들이 너무 신비롭다면서, 진짜로 존재할 것 같다면서 너무 좋아해 주는 거야! 얼마 전엔 그림도 10장이나 팔았어. 어릴 때는 남들이 못 보는 것을 보는 게 저주받은 거라고 생각했어. 그런데 꼭 그렇지도 않은가 봐. 덕분에 나 요즘 꽤 유명한 화가가 된 거 같아!"

"정말 축하해 다현아! 넌 잘 할 줄 알았어. 네 그림은 사람을 따뜻하게 위로해주는 힘이 있어. 정말이야."

"그리고 이건… 선물이야!"

"와, 이거 나를 그린 거야?"

"응, 내가 제일 보고 싶었던 건 언니니까!"

"너무 예쁘다! 색감이 신비롭고 따뜻해. 고마워 다현아."

"이 그림을 사겠다는 사람이 엄청 많았는데, 언니한테 주려고 아껴놨어!"

"고마워… 정말로! 잘 지낸다니 너무 다행이다. 기특해!"

사라는 다현의 머리를 휘젓듯 쓰다듬었다.

"루나시움에도 엄청난 일이 일어났어."

"다 말해줘!"

둘은 다현의 방에 앉아 그동안 있었던 일에 대해 얘기를 나누었다.

"와… 그러니까, 언니가 사실 인간이 아니라, 루나시움의 가주였던 거야? 뭐야, 갑자기 되게 멀게 느껴진다."

"맞아. 하지만 인간으로 살았던 기억도 나야. 인간 한사라도, 루나 베토스도!"

"그런데 언니 말대로 세르핀 가주 때문에 추방당해서 인간세계에 왔던 거면, 언니는 그 기억이 참 싫겠다."

"이제 그렇지만은 않아. 그땐 힘들어서 몰랐지만 돌아보니까 좋은 순간들도 많았어. 덕분에 너도 알게 되었고, 루나시움 선물공장에서 일할 기회도 얻었잖아? 노버들이 겪는 설움도 이해할 수 있고 말이야. 루나로 살던 시절에는 전혀 몰랐던 것들이야. 전보다 현명한 가주가 될 수 있을 것 같아."

태양이 밝아올 때까지. 한 달에 한 번, 보름달이 뜬 밤에만. 소중해서 더 짧게 느껴지는 이 시간 동안 둘의 우정은 계속해서 깊어졌다.

다현과 헤어져 자신의 방으로 돌아온 루나는 그동안 학을 모은 진열대를 둘러보았다. 첫 번째 고객에게 받은 황홀함이라 불리는 학부터 첫사랑의 기적을 담은 학까지. 진열장에 놓인 학이 각자 반짝이며 빛나고 있었다. 그 모습을 보며 루나는 생각에 잠겼다. 모든 평범한 순간이 사실은 반짝이고 있다는 걸,

인간으로 살아있을 때 알았다면 얼마나 좋았을까? 삶이라는 여행을 매 순간 즐겼을 텐데. 루나는 지금부터라도 삶을 즐겨보기로 했다. 그리고 기다리고 있다. 선물공장의 다음 손님을, 그 손님과 함께 만들어갈 반짝이는 순간을.

에필로그

"이게 대체 무슨 일이야?"

"인간세계에서 어떤 작가가 루나시움에 대한 책을 썼나 봐. 그래서 사람들이 루나시움을 알게 되었고, 그게 사후세계에 대한 그들의 믿음이 되었어."

"그 말은… 인간들이 루나시움에서 영생을 살아갈 것이란 말이야?"

"근데 어떻게 인간이 루나시움에 대한 책을 쓰지? 그 사람도 뮤니티인가?"

"어쨌거나 인간들이 몰려올 거야. 대책이 필요해."

루나는 다섯 가문과 본부장이 모이는 대회의를 소집했다.

"인간들이 몰려오고 있어요."

"루나시움으로요!"

"대책이 필요해요."

"그래서 회의를 소집했습니다."

"우선은 그들이 그저 루나시움을 방황하고 돌아다니는 것이 아니라, 일하고 돈을 벌어 생활할 수 있는 기반을 만들어줘야 해요."

"아! 이건 어때요? 얼마 전에 루나시움에 온 교사 있잖아요. 세아 씨? 천국에 가 계신다고 들었는데, 그분은 가르치는 일을 사랑했어요. 루나시움에 학교를 세워 그분이 거기서 일할 수 있게 하는 건 어떨까요? 루나시움에 갓 도착한 인간들이 정착할 수 있도록 도움을 주도록 하는 거예요."

"그럼 루나시움에 인간용 학교를 따로 만들자는 말인데, 차별이에요! 그들도 메이즈 대학교에 다닐 자격이 있어요."

"그럼 이건 어때요? 인간용 학교를 졸업하면 메이즈 대학에 지원할 수 있도록 하는 거죠."

"우선 본부에 루나시움 창구를 새로 만들고, 루나시움에서 살아갈 사람들에게 간단한 투어를 시켜주도록 하죠."

"그건 그렇고, 이제는 혼혈아들이 많이 태어나겠어요. 지금까지는 가문 안에서만 결혼하고 자식을 낳아 가문끼리 섞인 적이 잘 없었는데 많이 달라질 것 같아요."

"그건 문제가 아니죠. 생명은 아름다운 거라고요!"

"우선 천국에서 세아 씨를 데려오죠."

"이렇게 인간이 많아진다면, 다섯 가문의 제자들도 한 번 정도는 인간세계에서 태어나 생을 살고 오게 하는 견학 프로그램도 필요하겠어요."

루나시움 본부에 새로 생긴 '루나시움 창구'는 갓 루나시움으로 들어온 인간들로 북적거렸다. 입장을 마친 사람들은 본부 직원들을 따라 루나시움 투어에 나섰다. 페리 가문 요정이 신성한 힘을 되찾자 반짝이는 숲은 그 어느 때보다 생기가 돌았다. 손수 재료를 채집하는 대신, 숲의 가운데에서 손을 펼치자 멀리서 마법 재료들이 날아왔다. 신성한 힘이 가득하기에 반짝이는 숲속 풍경도 더욱 풍성해졌다.

데어 가문은 어둠의 힘을 루나시움 전역에 공급할 필요가 없어졌다. 그 힘으로 과학기술을 더욱 발전시키는 데 한창이었다. 용암이 솟구치는 땅 위에서 각종 기계가 바쁘게 돌아가고, 이리샤에게 대항하다 루나시움 시민용 지옥에 갇혔던 사람들은 지옥의 열차를 타고 가족의 품으로 돌아왔다. 저항군으로 활동했다는 이유로 지옥관리자 자리에서 해고당했던 데릭은 다시 자리를 찾았는지 지옥의 열차 조종석에서 반갑게 손을 흔들었다. 데어 가문의 땅은 억울하게 갇혀있던 이들을 반기러 온 가족들로 가득 찼다. 루나시움 암시장도 때아닌 호황기를 맞이했다. 그들은 기다리던 가족을 만날 생각에 들떠 있었다. 땅 밑에서 튀어 오르는 뜨거운 용암에도 신기해하며 환호성을 질렀다.

더 이상 정체를 숨길 필요가 없는 베브 시리아는 자신의 뛰어난 능력을 나누기 위해 본격적으로 제자를 양성하기 시작했다. 신성한 힘을 되찾은 시리아 가문은 자신의 능력을 유감없이 발휘하며 베브 시리아의 가르침을 받고 있었다. 생명의 대지는 어느 때보다 평화로웠고, 마법 식물들은 시리아 가문의 보살핌 아래 풍요롭게 자라났다.

셰르핀 가문은 새로운 가주를 뽑는 데에 한창이었다. 신이 맡긴 대로 설산의 마법 광물을 가장 잘 보호할 수 있는 사람을 골라야 했다. 이전과 같은 역사가 반복되지 않도록 하기 위해 그들은 오색찬란한 광물이 핀 설산에 모여 사뭇 진지한 회의를 하고 있었다.

베토스 가문이 모두 숨어 지내던 동안 적막만이 가득했던 비밀스러운 숲에는 베토스 가문과 그들의 수호동물이 되돌아왔다. 생기를 찾은 각자의 집을 고치고, 비밀스러운 숲속의 마법 동물들을 돌보며 하나둘씩 제자리를 찾아갔다.

도서관의 정령은 드디어 자유의 몸이 되어 이승과 저승의 도서관을 옮겨 다녔다. 할아버지가 떠난 소호거리의 동네책방까지 지키며 그 어느 때보다 바쁘게 지냈다. 루나시움을 둘러보던 인간들이 익숙한 모습의 동네 책방을 찾아 안도할 때쯤, 도령은 불쑥 나타나 그들을 놀라게 한다. 그 일에 재미가 들렸는지 책이 날아다니게 하는 묘기를 선보이고, 감탄하는 인간들의 반응에 즐거워했다. 루나시움 곳곳에 불어오는 변화의 바람을 느끼며 미소 짓는 루나의 두 눈은 그 어느 때보다 밝게 빛났다.

루나사움 선물공장

초판인쇄 2024년 12월 02일
초판발행 2024년 12월 02일

글쓴이 정문경
발행인 채종준

출판총괄 박능원
책임편집 구현희
디자인 홍은표
마케팅 안영은
전자책 정담자리
국제업무 채보라

브랜드 그늘
주소 경기도 파주시 회동길 230 (문발동)
투고문의 ksibook13@kstudy.com

발행처 한국학술정보(주)
출판신고 2003년 9월 25일 제406-2003-000012호
인쇄 북토리

ISBN 979-11-7318-018-7 03810

그늘은 한국학술정보(주)의 소설 출판 전문브랜드입니다.
더운 여름날 그늘 밑에서 편하게 읽을 수 있는 책이라는 의미를 담았습니다.
세상에 없던 이야기를 발굴하고, 우리가 닿지 못한 세계의 그림자를 찾아봅니다.
스토리 속 일상의 즐거움을 발견할 수 있도록 이야기의 쉼터가 되겠습니다.

@geuneul_book